Penny L. Chapman

PRETEND

New Adult Roman

Penny L. Chapman
c/o Autorenservice Patchwork
Schlossweg 6
A-9020 Klagenfurt
Unfoldingserie@t-online.de

Korrektorat: C. Heinen / K. Licht
Cover: Marie Graßhoff
978-1540784223

»We cannot become what we need to be by remaining what we are.«
- Max DePree

Für alle, die nie genügen.

In einer Welt, in der jeder so sein soll, wie der andere, sei du selbst.
Sei laut, schrill, bunt und wild.
Breche aus deinem Käfig aus. Lebe, mache Fehler.
Es sind deine Fehler.
Sie machen dich einzigartig.
Du bist nicht unsichtbar.

- Penny L. Chapman

Kapitel 1

FARREN

Ich verglich mich gerne mit Büchern. Die, die im hintersten Regal verstaubten, weil niemand sie wollte. Mängelexemplare mit zerknitterten Seiten, Leserillen oder zerkratztem Einband.

Egal, wie sehr ich kämpfte oder mich bemühte, es reichte nicht.

Nicht für meine Eltern.

Ich hoffte, dass sich die Reise lohnen würde. Dass ich nach dem Jahr endlich das erreichen würde, wofür ich die letzten achtzehn Jahre meines Lebens verzweifelt gekämpft hatte. Ihre Akzeptanz, ihren Respekt.

Ich drehte die Lautstärke der Anlage höher und nickte im Takt zu Korn's *Coming undone.*

Albus, meine Französische Bulldogge, sprang um meine Beine herum und jagte einem batteriebetriebenen Rennauto hinterher, während ich mich im Spiegel begutachtete. Meine kaffeebraunen Haare, die ich zu einem ordentlich geflochtenen Zopf trug, reichten bis zur Mitte meines Rückens. Ich schob die schwarze Hornbrille auf die Nase und richtete mein Kleid. Weiß, knielang mit Spitze und Rüschen, wie es Mutter für mich ausgesucht hatte. Bei meinem Anblick herausgeputzt wie eine Puppe stieg mir das Frühstück fast wieder hoch. Ich atmete tief durch, vergewisserte mich ein letztes Mal, dass ich nichts vergessen hatte, rief Albus und schloss die Tür.

Bis in einem Jahr.

»Farren?«, hörte ich meine Mutter mit schriller Stimme von unten rufen. »Bist du fertig? Samuel hilft dir mit dem Koffer.«

Ich stürmte die Treppe nach unten und fand Mutter mit der Tageszeitung in der Hand im Eingangsbereich unseres Hauses stehen. Sie blickte auf und legte die Stirn in Falten. Ihr Mund verzog sich zu einem dünnen Strich.

»Was ist?«, fragte ich, blieb auf dem Treppenabsatz stehen und sah an mir herab. Meine Kniestrümpfe saßen, die Lackschuhe strahlten in einem makellosen Weiß, meine Haare waren ordentlich.

»Erstens heißt es nicht ›was ist‹, sondern ›wie bitte‹ und zweitens, was habe ich dir über diese Art von Musik gesagt?«

Ich sah zu Boden und war froh, dass ich mich nicht für Disturbed entschieden hatte. Wahrscheinlich hätte sie einen Herzinfarkt bekommen.

»Diese Art von Musik hören nur Asoziale«, betete ich einen ihrer Grundsätze nach und ballte die Fäuste.

Holt die Cops, Farren hört Korn. Böses Mädchen.

»Zum Glück hört das jetzt auf. Ich werde die Ruhe genießen.« Sie nickte zufrieden und winkte Samuel zu, der kerzengerade in der Tür zum Wohnzimmer stand.

»Bitte holen Sie Farrens Koffer von oben.«

Er setzte sich in Bewegung.

»Ich kann das alleine.« Ich drehte mich um und folgte ihm, bevor Mutter etwas entgegnen konnte.

Nur noch ein paar Stunden, dann kannst du atmen. Miami kann nur besser sein als das.

Samuel öffnete die Tür zu meinem Zimmer, hielt sie auf, als ich an ihm vorbeistürmte, und zeigte zu meinem Bett, auf dem der Koffer lag. »Sind Sie aufgeregt, Ms. Farren?«

»Sam, wie oft muss ich Ihnen das noch sagen? Ich bin keine Miss. Farren reicht«, erwiderte ich und hievte den Koffer von meinem Bett. Er sah aus, als würden jeden Moment die Nähte platzen.

Sam nahm ihn mir aus der Hand. »Tut mir leid, ich denke, Ihre Mutter würde es als unangebracht empfinden.«

»Meine Mutter findet auch Sex, Peanutbuttereiscreme und Spaß unangebracht, trotzdem verzichtet man nicht darauf«, sagte ich und zwinkerte ihm zu.

Samuel war Mitte dreißig, groß wie ein Bär und locker drauf. Zumindest, wenn Mutter sich in angemessener Entfernung aufhielt. Obwohl mein Zimmer in der ersten Etage unseres vierstöckigen Hauses lag, schien sie ihm anscheinend noch immer nicht weit genug entfernt.

Er verzog den Mund zu einem schiefen Lächeln. »Ich werde unsere Gespräche und heimlichen Videospielabende vermissen, Farren«, sagte er und hob den Koffer hoch.

»Ich auch. Ich hoffe, Mr. Moore ist nett.«

Logan Moore war der Mann, bei dem ich das nächste Jahr in Miami verbringen würde. Er war nicht nur ein guter Geschäftsfreund von Dad, sondern auch Inhaber drei riesiger Architektur-Firmen. Mutter meinte, durch seine strenge Hand würde ich endlich so werden, wie sie es sich vorstellte.

Ich öffnete die Tür, hielt sie auf, was mir einen vorwurfsvollen Blick von Sam einbrachte, und folgte ihm nach unten. Er nickte mir zu. »Ich bringe Ihre Sachen schon mal in den Wagen, wenn Sie bereit sind, kommen Sie raus.«

»Danke, ich beeile mich.«

Ich drehte mich nach links, lief den langen Gang der Empfangshalle entlang und öffnete die vorletzte Tür zu unserer Bibliothek, in der sich meine Mutter morgens am liebsten aufhielt, um ihre Zeitung zu lesen.

Wie erwartet saß sie mit übereinandergeschlagenen Beinen, die in einer schwarzen Strumpfhose unter ihrem beigen Bleistiftrock hervorguckten, auf dem Ledersessel von Großvater. Ich atmete tief durch, inhalierte den gemütlichen Geruch der Bücher, der sich mit dem der schweren Ledersofas und Holzwände mischte, und ging zu ihr.

»Ich wollte mich verabschieden, Mutter.«

Sie stand auf, legte die Zeitung beiseite und ihre Hände auf meine Schultern. In ihren braunen Augen lag nicht der Hauch von Melancholie und ich fragte mich, warum es mir etwas ausmachte.

»Wir verlassen uns darauf, dass du es ernst nimmst. Du bist dir der Konsequenzen bewusst, wenn du versagst?«

Ich zwang mich, ihrem Blick standzuhalten, und nickte. »Ich werde euch nicht enttäuschen.«

Das tue ich doch schon alleine, weil ich atme.

»Wenn wir von Logan hören, dass du dich mit Jungs triffst oder dich nicht an die Regeln hältst … zwinge uns nicht, zum letzten Mittel zu greifen.«

»Hast du nicht erwähnt, dass Mr. Moore einen Sohn hat? Ich kann ihm wohl kaum für ein Jahr aus dem Weg gehen.«

Ihr Blick verhärtete sich. »Kieran wohnt nicht mehr zu Hause. Außerdem ist er den Sommer über unterwegs.«

Besser so. Das Letzte, was ich gebrauchen konnte, war eines dieser geschniegelten Oberklasse-Söhnchen in Anzug und Ferrari, der mich nervte, weil Daddy großzügig Taschengeld springen ließ.

Meine Mutter streckte die Hand aus und hielt sie mir entgegen, als wären wir Fremde, die sich verabschiedeten. Eigentlich stimmte es. Obwohl ich achtzehn Jahre lang mit meinen Eltern zusammenlebte, kannten sie die echte Farren Andrews nicht.

Niemand tat das.

Ich verschränkte die Arme vor der Brust. »Passt du bitte gut auf Albus auf?«

Sie nickte, sah mich kalt an und zog die Hand weg. »Bis nächstes Jahr.«

»Bis dann.«

Ich wandte mich von ihr ab, straffte die Schultern, hob den Kopf und verließ die Bibliothek, ohne zurückzublicken.

Immerhin nahm sie sich Zeit, um mich zu verabschieden, während mein Vater die Gesellschaft seiner Angestellten bevorzugte. Nicht, dass er es nötig hatte, in der Firma zu erscheinen. Andrews Luxury Estate war die erfolgreichste Immobilienfirma in New York. Die Firma, die ich leiten wollte. Vorausgesetzt ich vergeigte es nicht. Sie hatten mich vor ein Ultimatum gestellt. Entweder ich verbrachte zwölf Monate bei Logan Moore, der ein Auge auf mich werfen sollte, damit mein großer Traum wahr wurde und ich unsere Firma übernehmen konnte, oder sie setzten mich vor die Tür, enterbten mich und schlimmer, ich wäre wertloser, als ich es ohnehin für sie war.

Albus rannte mir entgegen. Ich hockte mich neben ihn, kraulte seine Ohren und küsste seinen faltigen Kopf.

»Lass dich von den Muggeln nicht ärgern. Wenn ich zurück bin, zeigen wir es denen. Expecto Patronum und Butterbier … wir sehen uns, mein Schatz.« Ein letztes Mal küsste ich ihn, stand auf und verließ den Ort, der sich nie wie ein Zuhause angefühlt hatte.

Fünf Stunden später erreichte ich Miami. Ich strich die Haare zurück, die jetzt an meiner Stirn klebten, und schaute an mir herab. Mit meinem grauen Lieblings-Harry-Potter-Shirt, den ausgefransten Jeansshorts und Flip Flops sah ich aus, als gehörte ich hierher. Nach dem Start hatte ich mich auf der Flugzeugtoilette aus meinen Prinzessinnensachen geschält, sie in meine Tasche gestopft und gegen ein Outfit getauscht, in dem ich ich sein konnte. Ich hoffte, dass Mr. Moore, von dem ich bisher nicht mehr wusste, als dass er und mein Vater sich seit Jahren kannten, nicht gleich meine Eltern anrufen würde, um ihnen mitzuteilen, dass ihre Tochter sich daneben benahm. Ich durfte die Sache nicht vergeigen. Mutter hatte deutlich gemacht, dass ich im Fall meines Versagens nicht mehr mit ihnen reden brauchte.

Für einen Moment legte ich den Kopf in den Nacken und schloss die Augen.

Atmen.

Freiheit.

Ein Jahr auf mich gestellt.

Miamis Sonne brannte heiß auf meinen Armen, als ich mich auf dem Gehweg vor dem Flughafen umsah. Kerle in bunten Hawaiihemden und Flip Flops hetzten vorbei, während ich ihnen hinter herblickte. Eigentlich sollte mich Mr. Moores Fahrer abholen, doch niemand ließ sich blicken.

Gegenüber glitzerte das Meer in strahlendem Türkis. Am Strand reihten sich Handtücher aneinander. Eine Gruppe Mädchen in Neon-Bikinis spielte Beachvolleyball und eine leichte Brise wehte den Duft von Salzwasser und Sonnenmilch zu mir herüber. Mit dem Koffer würde es keine Freude sein, dort ein bisschen Zeit zu verbringen.

Genervt lief ich auf der Stelle hin und her, zog meinen iPod aus der Tasche und stellte Saving Abel's *Addicted* so laut, bis ich keine anderen Geräusche mehr wahrnahm. Meine Laune besserte sich schlagartig, als ich daran dachte, wie meine Mutter reagieren würde, wenn sie wüsste, in welchem Outfit ich gerade steckte oder dass ich ›asoziale‹ Musik hörte und zwei Typen, die mit freiem Oberkörper vorbeiliefen, hinterhersah. Sie würde mich ohrfeigen oder schlimmer.

Aber sie ist nicht hier.

Jemand tippte auf meine Schulter, ich fuhr herum, riss erschrocken die Kopfhörer aus den Ohren und starrte den freundlich grinsenden Mann mit Anzug und Glatze an. »Sind Sie Miss Andrews? Entschuldigen Sie bitte die Verspätung, ich bin Jeremy.« Er streckte mir seine Hand entgegen. »Mr. Moores Fahrer. Wollen wir?«

Jeremy stellte den Koffer im Wohnbereich ab. Moores Haus war unglaublich. Eine Villa war ich schon gewohnt, doch mit Mutters Barockmöbeln, die mit rotem Samt bespannt waren, und den Blümchentapeten war sie die perfekte Repräsentation meiner Eltern und ihrer Grundsätze. Spießig, freudlos, langweilig.

Das hier war das komplette Gegenteil.

Durch die verglaste Hinterfront konnte ich in den Garten sehen, Palmen, riesige Grünflächen. Um die Rückseite des Hauses schlängelte sich der Pool. An einem Ende bildete eine geschätzt vier Meter hohe Steintreppe den Abschluss, von der ein Wasserfall prasselte. Auch von hier oben strömte Wasser in Kaskaden in den Pool.

Die schwarzen Ledersofas, die in dem modern eingerichteten Wohnbereich auf dem Steinboden standen, bildeten einen Kontrast zu den hellen Wänden und der riesigen offenen Küche mit Holztheke. Ein Aquarium zog sich über eine Wand. Bunte Fische, manche silbrig schimmernd oder mit Flossen, die wie Federn aussahen, schwammen zwischen Wasserpflanzen.

»Ms. Andrews? Mr. Moore kommt gegen Abend nach Hause, wenn Sie wollen, zeige ich Ihnen Ihr Zimmer«, sagte Jeremy.

Ich schüttelte den Kopf. »Nein danke. Ich sehe mich noch etwas um, wenn's geht.«

»Wie Sie wollen. Wenn Sie irgendetwas brauchen, drücken Sie hier.« Er zeigte auf eine Telefonanlage, die neben der Couch stand. »Wählen Sie die Eins für Maria, die Haushälterin, die sich gerade irgendwo herumtreibt, oder die Zwei, dann erreichen Sie mich.«

»Oder die Drei für den heißen Typ, der Sonnenuntergänge und Pizza mag, mich zum Lachen bringt ...«, sagte ich und grinste. Entweder verstand er die Anspielung auf eine TV-Datingshow nicht, oder er fand meine Witze nicht lustig. »Verstanden, danke.«

Jeremy sah mich verwirrt an, nickte und verließ das Haus. Kaum war die Tür hinter ihm ins Schloss gefallen, schmiss ich die Flip Flops beiseite, zog den iPod aus meiner Tasche und warf einen Blick auf die Stereoanlage. Seit Mutter mir gesagt hatte, dass ich nach Miami sollte, fragte ich mich, was es hier, abgesehen von dem College gab, von dem sie annahm, dass es gut für meine Weiterentwicklung war. Wahrscheinlich setzte sie hohe Erwartungen in Mr. Moores Erziehungsmethoden. Warum war er nicht hier?

»Maria?«, rief ich, sie schien nicht in der Nähe zu sein. Ich war alleine. Die Anlage mit den Boxen, die in jeder Ecke des Raumes in die Decke eingelassen waren, wirkte verlockend, also warum sollte ich mir die Gelegenheit entgehen lassen? Wenn Moore nur annähernd wie Mutter war, bekam ich bald keine Chance mehr abzurocken. Vorfreude schoss durch meinen Körper.

Ich schaltete die Anlage ein, aktivierte das Bluetooth meines iPods und wartete, bis ein Geräusch ertönte. Dann stellte ich Disturbed's *Down with the Sickness* so laut, bis mir die Ohren wehtaten. Als die Gitarrenriffs durch den Raum dröhnten, sprang ich auf die Ledercouch, schüttelte die Haare und warf den Kopf im Takt der Musik nach vorne. Ich hatte nie die Möglichkeit gehabt, die Musik, die ich liebte, die mich daran erinnerte, dass ich lebte, laut zu hören. Ich riss die Arme in die Luft, schloss die Augen und tanzte. Zum ersten Mal seit Ewigkeiten konnte ich atmen. Für diesen Moment war ich Farren Andrews, das Mädchen, das Bücher wie Schätze behandelte, das Metal liebte, das Mädchen, das Abenteuer und Gefahr erleben wollte. Alles war besser, als unsichtbar zu sein.

»Get up come on get down with the Sickness«, schrie ich gegen die Musik an, sprang von einer Couch auf die andere und riss die Hände hoch. Meine Haare wirbelten durch die Luft, Schweiß lief über meinen Rücken, es war berauschend.

Die Musik ging aus.

Wie angewurzelt blieb ich stehen, strich die nassen Haare aus dem Gesicht und starrte den Typ an, der mit den Armen vor der Brust mitten im Raum stand und mich mit einem aggressiven Blick ansah.

Heiß, war das erste Wort, das mir einfiel.

Er trug schwarze Jeans, an denen eine silberne Schlüsselkette von der Seite hing. Das weiße T-Shirt hob sich gegen seine gebräunten Oberarme ab, die von Tattoos bedeckt und mit kräftigen Sehnen überzogen waren. Selbst seine Hände und sein Hals waren tätowiert.

»Wer bist du?«, fragte er.

Ich sprang von der Couch, ging auf ihn zu und streckte meine Hand aus. Schon jetzt bekam ich Nackenstarre, wenn ich ihn ansah, ich reichte ihm gerade bis zur Brust.

Als er keine Anstalten machte, meine Begrüßung zu erwidern, zog ich die Hand zurück und strich sie an meinen Shorts ab.

»Ich bin Farren und du?«

Sein Gesichtsausdruck wandelte sich von genervt zu verärgert. Er kniff die Augen zusammen und legte den Kopf schief.

»Du bist Farren? Ich dachte, du bist ein Kerl. Farren ist ein Männername.«

Die ewige Nummer. »Du bist nicht der Erste.« Ich stemmte die Hände in die Hüften. »Wie du siehst, bin ich ein Mädchen. Also, wie heißt du?«

»Ein Mädchen, das wie ein Typ heißt und sich wie eine Irre aufführt. Ich bin begeistert.«

»Okay, vergiss es einfach.« Ich rauschte an ihm vorbei, ohne zu wissen, wohin ich in dem fremden Haus gehen sollte. Geradeaus führte eine schwarze Steintreppe nach oben. Ich nahm zwei Stufen gleichzeitig, sah mich kurz um, auch hier zog sich die Glasfront über die gesamte Rückseite, und riss die erstbeste Tür auf. Ich hatte einfach nur weg von diesem Typen gemusst und nun stand ich in einem Zimmer mit Kingsize-Bett. Ich atmete tief ein und setzte mich aufs Bett, das mit schwarzer Leinenbettwäsche bezogen war, die zu den dunklen Wänden passte. Der Raum roch sauber und frisch und obwohl die Wände und Möbel schwarz gehalten waren, ließen die Glasfronten reichlich Sonnenlicht herein, sodass es hell wirkte. Auf einem

Tisch lagen Boxhandschuhe, ein schwarzer Hoodie hing über einem Stuhl und auch von hier konnte man direkt auf den Pool blicken.

Die Tür ging auf. »Okay, irre und unverschämt, habe ich was vergessen, Süße?«

Seine Art ging mir schon jetzt auf die Nerven. Meine Toleranzgrenze für Arschlöcher war nicht sonderlich hoch.

»Was willst du und wer bist du?«, fragte ich patzig und machte keine Anstalten, vom Bett aufzustehen.

Langsam, ohne seinen Blick von mir abzuwenden, kam er auf mich zu. Er schob meine Beine auseinander, stellte sich dazwischen und lächelte mich anzüglich an.

»Bist du immer so leicht zu haben? Ihr süßen Upper-East-Side-Mädchen seid die Schlimmsten. Unschuldig tun, aber sobald Daddy außer Sichtweite ist, steigen sie ins nächste Bett.«

Ich stand auf, was keine gute Idee war, denn er wich keinen Zentimeter zurück und nun stand ich Körper an Körper mit ihm und fühlte mich jede Sekunde unwohler.

Und wütender.

Ich stieß meine Hände gegen seine Brust, doch er griff nach meinen Handgelenken und sah mich finster an. Verdammt, er roch so gut wie das Zimmer.

Frisch, nach Sommer, Strand und Abenteuer.

»Lass mich los, du Arschloch, oder du wirst es bereuen!« Ich drehte meine Handgelenke unter seinem Griff, aber er lachte nur.

»Okay, unschuldig nehm ich zurück«, sagte er gelangweilt. »Ich bin Kieran und das, Trouble, ist mein Zimmer.«

Kieran? Von dem geschniegelten Oberklasse-Söhnchen, das ich mir vorgestellt hatte, war er meilenweit entfernt. Sein Zimmer? Mutter sagte, er würde nicht bei seinem Vater wohnen.

Ich sah ihm in die Augen. Sie waren braun und wirkten bedrohlich, aber wenn er meinte, er könnte mich einschüchtern, lag er daneben. »Mag ja sein, dass du ein paar New Yorker Tussis flachgelegt hast, aber du hast keine Ahnung, wer ich bin, und in dein Bett kriegst du mich garantiert nicht.«

Er grinste, ließ meine Handgelenke los und beugte sich zu mir herunter, bis ich seinen Atem an meinem Hals spürte. Meine Nackenhaare stellten sich auf und die Gänsehaut, die meine Arme überzog, wanderte über meine Beine bis in den Nacken.

»So ein wütendes, kleines Mädchen. Wie kommst du darauf, dass ich dich ins Bett kriegen will? Ganz davon abgesehen, gibt's dafür bessere Orte.«

»Wie auch immer«, erwiderte ich und wich zur Seite aus. »Was machst du überhaupt hier? Mutter meinte, du wärst unterwegs.«

»Mutter? Ihr versteht euch, was?«

Er setzte sich breitbeinig aufs Bett und ließ seine Hände lässig in den Schoß fallen. »Du willst alles ganz genau wissen? Okay, spielen wir. Ich beantworte eine Frage und dann bist du dran.«

»Von mir aus, klingt spaßig.« Ich verdrehte die Augen, er sollte ruhig sehen, wie ätzend ich unsere Begegnung fand.

»Wie kommt es, dass ein Mädchen aus gutem Haus so redet, solche Musik hört und so rumläuft?«

»Eine Frage, schon vergessen?«

»Warum Farren?«

»Was?«

»Warum heißt du Farren?«

»Das musst du meine Eltern fragen. Ich schätze, sie wollten einen Jungen. Als sie sich damit abfinden mussten, dass ich keiner bin, dachten sie vielleicht, dass wenigstens der Name nach ihren Vorstellungen sein sollte. Warum bist du hier?«

»Ich wollte sehen, wie der Typ ist, der ein Jahr bei meinem Vater wohnt.«

»Und? Wie ist *er*?«

Kieran lachte, seine Zähne machten seinem Shirt Konkurrenz und ich fragte mich, ob man sich darin spiegeln konnte, wenn man nah genug vor ihm stand.

»Interessanter als gedacht.«

Er findet mich interessant?

Sein Blick wanderte von meinen Füßen über meine Beine bis hoch zu meinem Oberkörper. Noch nie hatte mich jemand so angesehen.

»Woher sind die Narben an deinem Arm?« Mit dem Kopf deutete er auf meinen linken Unterarm.

Mist! Etwas zu hastig zog ich den Arm weg und versteckte ihn hinter dem Rücken.

»Als Kind bin ich hingefallen.« Ich hoffte, es klang locker, doch seinem Blick nach zu urteilen, lag ich falsch.

»Hingefallen? Klar.«

Sonst lügst du besser. »Zeigst du mir jetzt mein Zimmer?«, fragte ich und öffnete die Tür. Er blieb einfach sitzen.

»Ich denke, du kommst alleine klar, Trouble.«

»Danke für deine Hilfe, du bist zu freundlich.« Ich trat hinaus in den Gang und sah mich um. Wie es aussah, gab es noch zwei weitere Etagen, aber ich hatte vorerst genug von unangenehmen Überraschungen und ging nach unten, um Maria zu suchen.

Als ich zurück ins Wohnzimmer kam, stand eine kleine, grauhaarige Frau in der Küche und lächelte mich an. Ihre Haut strahlte olivfarben und ihre blauen Augen wirkten warm und freundlich. Sie kam zu mir.

»Hallo, ich bin Farren.« Ich streckte ihr die Hand entgegen, aber anstatt sie zu greifen, nahm sie mich in die Arme. Augenblicklich versteiften sich meine Muskeln. Körperliche Nähe war ungewohnt. Niemand nahm mich in den Arm. Sie ließ mich los und strahlte. »Schön, dich kennenzulernen. Ich bin Maria, Mr. Moores Haushälterin, Köchin – Mädchen für alles. Jeremy meinte, du könntest Hilfe gebrauchen.«

»Ähm ich -«

»Braucht sie nicht, Maria!«

Ich fuhr herum. Mit verschränkten Armen stand Kieran an der Treppe und nickte Maria zu.

»Was ist los mit dir, Kieran?«

Er antwortete nicht und stürmte wortlos an uns vorbei.

Ich atmete laut aus. »Ein richtiger Sonnenschein.«

Maria zuckte mit den Schultern. »Der ist heute aber komisch«, sagte sie nachdenklich und sah ihm nach. »Na ja, setz dich erstmal.«

Sie zog mich rüber an die Küchentheke und drückte mich auf einen Barhocker. »Ich habe Caprese gemacht, du solltest was essen. Schön, dass du hier bist, so kommt hoffentlich ein bisschen Leben ins Haus.«

Maria schob mir einen Teller mit Tomaten und Mozzarella hin, pfiff den Soundtrack von Hitman und stellte ein Glas Wasser neben den Teller.

»Sie kennen Hitman?«, fragte ich lachend, bevor ich mir den ersten Bissen in den Mund schob. Die Frau gefiel mir.

»Mein Sohn, Jackson, liebt die Spiele. Ab und zu habe ich mal mitgespielt, aber das Morden ist nicht so meins. Bitte sag einfach Maria zu mir, das machen alle.«

»Ist dein Sohn mit Kieran befreundet?«

Sie schüttelte den Kopf. »Jacks wohnt in Oregon, wir sehen uns nicht mehr so oft, aber meine Tochter Julie wohnt hier, sie ist gerade in Europa.«

Drei Monate vergingen. Drei Monate, in denen ich mich an die Luftfeuchtigkeit, die Hitze und die Freiheit gewöhnte. Ich fragte mich, wie Mutter auf die Idee gekommen war, Logan Moore könnte mir etwas beibringen. Zwischen seinen Geschäftsreisen und Stunden im Büro sah ich ihn nur selten. Kieran kam gelegentlich vorbei und ich lernte, dass seine Besuche Ärger bedeuteten. Jedes Mal warf er mir einen dummen Spruch an den Kopf oder forderte mich heraus. Das Verstörende daran war, dass ich den Mistkerl heiß fand. Dass Mutter seine Tattoos abstoßend finden würde, reizte mich zusätzlich. Alles, was sie schrecklich fand, mochte ich. Aber sein Aussehen half nicht über seine Art hinweg und ich versuchte, ihm entweder aus dem Weg zu gehen oder, falls es sich nicht vermeiden ließ, so kratzbürstig wie möglich zu sein. Nur weil ich mich bei Moore oder Mutter benehmen musste, hieß es nicht, dass auch er diesen Vorzug bekam. Kieran hatte keine Macht über mich.

Kapitel 2

FARREN

Ich gähnte und öffnete die Augen. Das Wasser des Pools spiegelte sich an meiner Zimmerdecke, es war noch immer dunkel, aber etwas hatte mich geweckt.

Ohne hinzusehen, tastete ich nach meinem Handy auf dem Nachttisch. Das grelle Licht des Displays blendete mich, als ich auf die Uhr sah. Kurz nach eins.

Wieder hörte ich das Geräusch und jetzt, wo ich wach war, erkannte ich es.

Stimmen, Schreie.

Ich setzte mich auf, schwang die Beine aus dem Bett und tapste über den kühlen Steinboden. Ich stellte mich an die Glasfront und ließ den Blick über den Garten wandern. Die Halogenlampen im Pool leuchteten im warmen weißen Licht und die Terrasse war hell erleuchtet, doch ich sah niemanden. Gerade, als ich mich umdrehen wollte, um wieder ins Bett zu gehen, huschten Schatten über den Rasen. Ich stellte mich auf Zehenspitzen und reckte den Kopf, als ich vier Gestalten durch den Garten rennen sah. Sie blieben ein paar Meter neben dem Pool stehen und ich erkannte Kieran an der Schlüsselkette seiner Jeans. Ein Typ mit nacktem Oberkörper, dessen Rücken tätowiert war, holte aus und schlug ihm ohne Vorwarnung seine Faust in den Bauch.

Mein Herz machte einen Satz, ich presste mich gegen die Scheibe und hielt den Atem an, als Kieran den Typen anlachte, ihm freundschaftlich auf die Schulter klopfte, um dann auszuholen und ihm seine Faust ins Gesicht zu donnern. Die anderen zwei hoben ihre Fäuste in die Luft, als würden sie Kieran und den Tätowierten anfeuern.

Was zum Teufel? Warum bemerkte Mr. Moore nichts von dem Spektakel?

Ich drehte mich um, riss die Zimmertür auf und schaute nach rechts und links, ob Moore in Sichtweite war. In der Decke leuchteten Halogenlampen, sie warfen gedämpftes Licht, gerade genug, um etwas sehen zu können.

Ich störte mich nicht an meinen nackten Füßen oder daran, dass ich mein viel zu weites Ramones-Shirt und rosa Shorts trug. So leise es ging, rannte ich die Marmortreppe hinunter, bis ich im Wohnbereich stand. Auch hier war es bis auf das beleuchtete Aquarium beinahe stockdunkel.

Aus dem Garten hörte ich sie lachen.

Langsam schob ich die Glasschiebetüren auf und betrat den schmalen Steinweg, der um den Pool führte. Die Nachtluft roch anders als die von New York. Ich atmete tief durch und sog den salzigen Duft vom Meer in mir auf, der sich mit dem des Wassers und Strandes vermischte.

Mein Herz schlug wild in der Brust, ich wischte den Schweiß von der Stirn und huschte über den kühlen Steinweg weiter, bis ich an der Seite angekommen war, wo die Jungs standen. Ich hockte mich hinter einen dicht bepflanzten Blumenkübel und beobachtete die Typen. Zwei von ihnen standen mit dem Rücken zu mir. Sie trugen graue Hoodies, unter deren Kapuzen sie die Köpfe versteckt hatten, genau wie Kieran.

Der Typ, der mit ihm kämpfte, hatte einen trainierten, aber nicht zu muskulösen Oberkörper und ich sah ein paar Minuten länger als nötig hin, um das Spiel seiner Rückenmuskulatur zu betrachten.

Kieran hielt wie ein Boxer seine Fäuste in Deckung, während er auf den anderen zulief, der ihn frech angrinste. »Komm schon, hat so schön gekribbelt«, sagte der Typ, der Kieran ein paar Zentimeter überragte, und lachte. »Oder hast du schon genug?«

»Ty, das bereust du morgen«, rief einer der Zuschauer.

Was machst du? Benimm dich wie ein anständiges Mädchen.

Geh in dein Zimmer und misch dich nicht ein, hörte ich die Stimme meiner Mutter in meinem Kopf. Aber sie war nicht hier und das Adrenalin, das mir durch die Adern pumpte und mein Herz so schnell wie lange nicht mehr schlagen ließ, fühlte sich zu gut an.

So gut, dass ich mehr wollte.

Ich atmete tief durch, straffte die Schultern, trat aus dem Schatten des Kübels hervor und ging zügig auf sie zu. Das Gras unter meinen Füßen fühlte sich angenehm kühl an. Keiner der Typen bemerkte mich, bis ich mich neben die Kapuzenträger stellte.

Sie drehten sich zur Seite, starrten mich an und Kieran und sein Gegner ließen voneinander ab.

»Wer ist das?«, fragte einer der Kerle neben mir, er hob eine Augenbraue, musterte mich von oben bis unten und lächelte.

»Was machst du hier?« Kieran kam auf mich zu, unter der Kapuze konnte ich seine Augen nicht erkennen, doch der Klang seiner Stimme ließ keine Zweifel daran, dass er wütend war.

Ich stemmte die Hände in die Hüften, achtete nicht auf das Gelächter, das neben mir ausbrach. »Sollte ich besser dich fragen«, sagte ich und sah abwechselnd ihn und den großen, dunkelhaarigen Typ an, dessen Brust genauso tätowiert wie sein Rücken war. Beide Brustwarzen waren gepierct.

»Na, Süße, willst du mit den großen Jungs spielen?«, fragte er und grinste. Kieran griff nach meinem Ellbogen. Seine Finger gruben sich schmerzhaft in meine Haut. Er zog mich beiseite, schob die Kapuze nach hinten und warf mir einen Ich-töte-dich-Blick zu. »Antworte.«

»Ihr wart nicht zu überhören.« Ich schüttelte meinen Arm, bis er mich endlich losließ, und sah ihm in die Augen. Sein Blick war kalt. Anstatt Angst spürte ich ein Feuer in mir, dessen Wärme sich von meinem Bauch bis in Arme und Beine zog.

»Also, was geht hier vor?«, fragte ich ihn und sah aus dem Augenwinkel die anderen, die uns ihre Köpfe zugedreht hatten.

»Geht dich nichts an. Geh wieder in dein Bett und träum von Hundewelpen und rosa Wolken.«

»Wie du willst. Dann frage ich deinen Dad. Mal sehen, was er davon hält.«

Mit einem Satz riss Kieran mich zu Boden, legte sich auf mich, griff mit einer Hand meine Handgelenke und hielt sie mir über dem Kopf zusammen.

»Wow, du willst sie gleich hier nehmen?«, rief einer der Typen uns zu. Die anderen lachten.

Das Feuer in mir breitete sich weiter aus, bis ich es zwischen meinen Beinen spürte.

Verdammt, so sollte ich mich nicht fühlen.

Sein Gewicht machte das Atmen schwerer. Ich wehrte mich nicht und blieb ruhig liegen, gespannt, was er als Nächstes vorhatte. Kieran runzelte die Stirn. »Was stimmt nicht mit dir?«

Such dir was aus. »Was meinst du?«, fragte ich und sah ihm in die Augen.

Er senkte den Kopf, seine Lippen streiften meinen Hals, sein frischer Duft stieg in meine Nase und für einen Moment schloss ich die Augen und genoss das Gefühl, dass mein Herz so schnell schlug, dass mir fast schwindelig wurde. Auch wenn er nervte, er war heiß.

»Jede andere würde sich wehren, du zuckst nicht mal mit der Wimper. Macht dich das nass?«, flüsterte er in mein Ohr.

Gefährlich.

Lebendig.

Dreckig.

Auf einmal spürte ich alles, was ich nicht spüren sollte. Mein Körper reagierte sofort auf diese ungewohnten Reize.

Das sollte keinen Spaß bringen. Ich war hier, weil es die letzte Chance war, meinen Eltern zu beweisen, dass ich keine totale Enttäuschung war.

Ich schluckte und zwang mich, meinen schneller werdenden Atem in den Griff zu bekommen.

»Geh runter von mir, oder ich tret dir in die Eier.«

Er atmete weiter gegen mein Ohr und eine verdammte Gänsehaut breitete sich in meinem Nacken aus, obwohl es auch um diese Uhrzeit noch schwül war. Ich öffnete die Augen und sah die anderen drei, die im Halbkreis standen und uns amüsiert zusahen.

»Willst du uns die Kleine nicht wenigstens vorstellen, bevor du sie fickst?«

Ich biss auf meine Unterlippe und bereute es sofort.

Einer der Typen brach in schallendes Gelächter aus und der Tätowierte beugte sich ein Stück zu uns herunter. »Okay, mach weiter, sie ist kurz vorm Kommen.«

Kieran ließ meine Hände los, richtete sich auf und streckte mir seine Hand entgegen, um mir aufzuhelfen. Ich ignorierte ihn, stand auf und zog das Shirt zurecht, das mir von einer Schulter gerutscht war.

»Halt dich aus meinen Sachen raus, Prinzessin.« Kieran drehte sich um und klopfte dem Typ mit nacktem Oberkörper auf die Schulter, der den Kopf schüttelte und mich von oben bis unten ansah und mir zuzwinkerte. Sie gingen davon.

Nicht mit mir, du Idiot.

Ich rannte ihnen hinterher, überholte sie und baute mich mit verschränkten Armen vor den vier Typen auf.

»Wo willst du um die Uhrzeit hin?«

Die anderen drei starrten mich ungläubig an.

»Mann, die hat Nerven. Du solltest deine Weiber besser in den Griff kriegen, K«, rief einer seiner Kumpels.

Kieran schüttelte den Kopf, atmete genervt aus, packte mich und schob mich beiseite. Er ignorierte meinen Protest und setzte sich in Bewegung.

Alle, bis auf den Tätowierten, den sie Ty genannt hatten, folgten ihm.

Ty lächelte mich an. Ein Lächeln, das seine Augen nicht erreichte. »Du willst mit den Erwachsenen spielen?«, fragte er und nahm mein Kinn in seine Hand. »Dann lern die Regeln kennen, Süße.«

Ich schluckte, meine Kehle fühlte sich staubig an. Irgendetwas an ihm war anders als an Kieran oder den anderen. Ich wusste nur nicht, was es war.

»Kommst du jetzt, Ty? Wir kommen zu spät!«, rief der Typ neben Kieran ihm zu. Ty drehte sich um, fiel in einen lockeren Laufschritt und verschwand mit ihnen in der Dunkelheit.

Maria kam mit einer Kanne eisgekühlter Ingwerlimonade zum Pool und füllte mein Glas bis zur Hälfte. Sie lächelte, als ich zum Rand schwamm und es in einem Schluck leer trank.

»Ich finde es immer noch komisch, dass du mich bedienst«, sagte ich und legte die Arme über den Rand des Pools. »Ich kann doch selbst in die Küche gehen.«

Sie kniff die Augen zusammen. »Aber ihr habt doch auch Bedienstete in eurem Haus.«

Ich nickte. »Aber das ist nur was für verwöhnte Reiche, die vergessen haben, wo sie herkommen.«

»Lass das nicht deine Eltern oder Mr. Moore hören«, sagte sie und lachte.

»Wo ist er überhaupt schon wieder? Ständig ist er unterwegs.«

Wenn das weiter so ging, würde meine Zeit hier ein Kinderspiel werden, wie die erste Flugstunde für Harry.

Sie schüttete mir nach. »Er hatte zu tun, aber ich denke, heute Abend wird er es schaffen, mit dir und Kieran zu essen.«

Mit Kieran? Super. Ich konnte es kaum erwarten.

Maria drehte sich um, pfiff eine Melodie und ging ins Haus.

Ich schwamm drei Bahnen im Pool, drehte mich auf den Rücken und schloss die Augen.

Bis Montag blieb genug Zeit, das unbeschwerte Leben zu genießen, auch wenn mich seit gestern Nacht die Frage beschäftigte, was es mit dem nächtlichen Kampf und Kierans Freunden auf sich hatte. Kieran war sieben Jahre älter als ich und arbeitete in der Firma seines Vaters. Mr. Moore schien lockerer als meine Eltern zu sein, wenn er seinem Sohn erlaubte, tätowiert für ihn zu arbeiten.

Ich ließ mich auf dem Wasser treiben, bis ich unter dem Wasserfall ankam, und platzierte mich genau unter ihm.

Ich schloss die Augen, legte den Kopf nach hinten und ließ das Wasser meinen Rücken massieren.

»Hey, hallo.«

Verwirrt sah ich mich um. Ein braunhaariges Mädchen mit grünen Augen strahlte mich an. Sie schwamm neben mich. Warum hatte ich sie nicht bemerkt?

»Ich bin Julie. Julie Hayes, Marias Tochter. Mom hat von dir geschwärmt. Sie meinte, vielleicht fühlst du dich etwas einsam hier.«

»Hi.« Ich hob die Hand und kam mir augenblicklich bescheuert vor. Mit Ablehnung kam ich besser klar, damit hatte ich zu leben gelernt. »Schön, dich kennenzulernen. So einsam bin ich nicht.«

Ich hoffte, es kam nicht zu unfreundlich rüber, aber ich war gerne alleine.

Alleine sein, bedeutete kein Verstellen.

Keine Show.

Ich sein.

Julie winkte ab und schüttelte den Kopf. »Ich wollte mich nicht aufdrängen, aber ich weiß, dass es einsam sein kann, wenn man neu ist. Ging mir anfangs jedenfalls so.«

Ich schwamm ein Stück an ihr vorbei und lächelte. »Tut mir leid. Ich bin nur nicht so gut im Umgang mit Leuten.«

»Dann müsstest du meinen Bruder kennenlernen. Ich weiß nicht, wie der es schafft, aber der knackt sie alle.«

Sie hielt sich die Hand vor den Mund und kicherte. »Okay, nicht so, wie es jetzt rüberkam«, stotterte sie. Jetzt musste ich auch lachen. Julie schien in Ordnung zu sein, vielleicht sollte ich das Jahr nicht nur für meine Ausbildung nutzen, auch meine sozialen Fähigkeiten waren ausbaufähig.

Und wofür? In neun Monaten bist du weg.

Wir schwammen zum Beckenrand, setzten uns auf den Steinweg und ließen die Füße im Wasser baumeln. Julie griff ein Handtuch und rubbelte es über ihren Kopf.

»Hey Jules.«

Gleichzeitig drehten wir unsere Köpfe herum.

Kieran stand grinsend mit freiem Oberkörper hinter uns. Er nickte Julie zu, die aufsprang und ihm um den Hals fiel. Mich würdigte er keines Blickes.

Ich sah weg. Das Letzte, was ich wollte, war den Idiot anzustarren, um sein Ego zusätzlich anzustacheln.

»Ich dachte, du bist unterwegs?«, hörte ich sie hinter mir. Sie lachte.

»Jetzt bin ich da. Kommst du mit hoch? Gibt da ein Problem, bei dem du mir helfen könntest.«

Der Idiot und Julie?

»Warte kurz.«

Julie tippte auf meine Schulter. Hinter ihr stand Kieran, dessen breite Brust in der Sonne glänzte. Er trug nur schwarze, weite Boxershorts und starrte auf ihren Hintern. *Du starrst ihn ja auch an.*

»Ich komme gleich wieder, okay? Dann können wir weiterreden, wenn du magst.«

»Schon gut.« Ich stand auf und band mir das Handtuch um die Hüften. »Lass dir Zeit, ich wollte sowieso noch lesen.«

Kieran, der mich total ignorierte, zog sie an der Hand und flüsterte etwas in ihr Ohr. Julie lächelte und nickte. Wieder einmal fühlte ich mich unsichtbar. *Blödes Arschloch.*

Ich presste das Wasser aus meinen Haaren und rauschte an ihnen vorbei. Dass meine nassen Füße im ganzen Haus Spuren hinterließen, interessierte mich nicht. Gerade bereute ich es, keinen Wagen zu haben.

Wegfahren, irgendwohin, wo ich alleine sein konnte. Ich hatte das Gefühl, nicht atmen zu können.

Ich rannte in mein Zimmer. Nur mit dem Handtuch bekleidet schmiss ich mich aufs Bett, nahm den iPod und steckte mir die Kopfhörer in die Ohren. Musik war meine Therapie. Meine Flucht, wenn alles zu viel wurde.

Als ich den Anfang von Drowning Pool's *Bodies* hörte, stellte ich die Lautstärke höher, nahm ein Kissen und brüllte hinein.

Ich war unsichtbar, aber nicht stumm.

Maria kam mit einem Tablett, das sie auf dem Unterarm balancierte, zum Tisch. Sie stellte Mr. Moore, der mir gegenübersaß, sein Dessert hin und servierte dann Kieran und mir den Nachtisch.

Die Ähnlichkeit zwischen Kieran und seinem Vater hielt sich in Grenzen. Auch Logan Moore war eine imposante Erscheinung. Er trug einen grauen Anzug mit Lederschuhen – die Krawatte hatte er abgelegt, die beiden obersten Knöpfe des weißen Hemdes geöffnet. Sein markantes Gesicht strahlte Autorität aus.

Er bedankte sich bei Maria und goss sich Rotwein in sein Glas.

»Tut mir leid, dass wir noch nicht viel Zeit hatten, uns kennenzulernen.« Er trank einen Schluck. »Die Firma fordert meine ganze Zeit, deshalb bin ich nur selten hier. Ich hoffe, du nutzt das nicht für Eskapaden. Ich weiß von den Vorfällen, so etwas werde ich nicht tolerieren.«

Ja, das sagtest du schon, als ich hier ankam. Vor drei Monaten.

Unter dem Tisch wippte ich mit den Füßen, oberhalb der Tischkante verzog ich keine Miene. Jahrelange Übung. »Ich benehme mich, Mr. Moore.«

Ich rückte meine Brille zurecht. Eskapaden? Was hatte Mutter ihm erzählt? Meine einzigen ›Eskapaden‹ waren Metal und Bücher. Für sie schon Grund genug, um mich als schwer erziehbar einzuordnen. Mutter jammerte immer, wie schlecht ich mich benahm. Damit konnte sie als engagierte Übermutter bei ihren Bridge-Freundinnen punkten.

»Kieran wird während meiner Abwesenheit ein Auge auf dich haben.« Moore nickte Kieran zu. »Ich freue mich, dass du eine Weile bleibst. Passt ganz gut.«

»Du kannst dich auf mich verlassen. Sie wird sich benehmen, dafür sorge ich.« Kieran schob sich den Löffel in den Mund und sah mich zum ersten Mal an diesem Tag an. Wie gewöhnlich war sein Blick finster.

Ich ballte die Hände zu Fäusten und starrte auf meinen Teller. Der Idiot machte einen auf Mustersohn, während er hinter dem Rücken seines Vaters Mädchen abschleppte und sich prügelte.

»Mr. Moore«, sagte ich zuckersüß, während ich versuchte, mir meine Wut nicht anmerken zu lassen. »Kieran ist selbst sehr beschäftigt, machen Sie sich keine Gedanken wegen mir.«

Er runzelte die Stirn. »Beschäftigt? Ich dachte, du bist zum Entspannen hergekommen. Übertreibst du es wieder mit dem Boxen?«

Kieran lächelte erst mich, dann seinen Vater an und nickte. »Sie hat mich gestern Nacht mit den Jungs gesehen. Farren muss noch einiges lernen.«

Mr. Moore hob den Kopf und sah mir mit hartem Blick in die Augen. »Farren, damit wir uns richtig verstehen, solange du gute Noten ablieferst, nichts Illegales«, beim letzten Wort sah er mich eindringlich an, »machst, ist es mir egal, wie du deine Freizeit verbringst. Denk an deine Eltern, bevor du auf dumme Ideen kommst und denk vor allem an die Konsequenzen, die Fehlentscheidungen mit sich ziehen. Mitch hat dich mir anvertraut und ich werde nicht dulden, dass du mich als inkompetent darstellst, wenn etwas schiefgeht, verstanden?«

Ich biss mir auf die Zunge, blickte auf meine Hände, deren Knöchel weiß wurden, weil ich sie zusammenballte, und nickte.

Meine Eltern und Moore blamieren? Warum behandelten mich alle wie eine Kriminelle?

Letztes Jahr hatte ich zwei Dreien auf dem Zeugnis. Meine Mutter meinte, ich wäre die größte Versagerin, die ihr je begegnet war.

»Mitch hat erzählt, du spielst Piano?«, fragte Mr. Moore, nachdem eine unangenehme Stille entstanden war, die nur durch das Klirren der Löffel auf den Tellern unterbrochen wurde.

Bitte nicht. Ich nickte.

Zu meinem Glück hatte ich bisher nirgendwo ein Piano entdeckt, so müsste er sich mit den Geschichten meines Klavierunterrichts zufriedengeben.

Er stand auf und reichte mir die Hand, als wollte er mich zum Opernball führen. »Spiel doch bitte etwas für uns.« Mit offenem Mund starrte ich ihn an. Tränen schossen in meine Augen, aber ich blinzelte sie weg, bevor es jemand bemerkte, stand auf und nahm seine Hand.

Mit klopfendem Herzen folgte ich ihm und Kieran in einen Raum neben dem Wohnzimmer, der durch eine schwere Holztür vom Wohnbereich getrennt war.

Ich hätte mich besser im Haus umsehen sollen, doch was hätte es geholfen.

Unzählige Bücherregale aus dunklem Mahagoni standen an den Wänden, die in einem kräftigen Royalblau gestrichen waren. In der Mitte stand das Piano.

Ich schluckte und strich die Hände an meinen Jeansshorts ab.

Seitdem ich vier Jahre alt war, unterrichtete Mutter mich. Ich musste auf den Betriebsfeiern meines Vaters spielen oder an Aufführungen teilnehmen, bis ich sieben war.

Nach dem Zwischenfall vor elf Jahren beschränkte meine Mutter sich darauf, mich zu Hause zu unterrichten. Weitere Auftritte blieben mir erspart.

Mr. Moore nickte mir zu. Noch immer stand ich vor dem Piano, ohne mich hinzusetzen.

»Bitte seien Sie nicht böse, aber ich bin müde …«

»Komm schon, ein Stück. Wie wäre es mit etwas Lustigem? Rossini. ›Valse anti-dasante‹'?« Mit dem Kopf deutete er zum Klavier. Kieran, der neben seinem Vater stand und ihn ein paar Zentimeter überragte, legte die Stirn in Falten und schüttelte den Kopf.

Was meint er?

Ich trat von einem Bein auf das andere, strich das graue T-Shirt zurecht und setzte mich zögerlich.

Aus dem Augenwinkel sah ich Kieran, der den Mund verzog und wieder den Kopf schüttelte.

Was ist sein Problem?

Was ist dein Problem? Warum tust du das?

Zufrieden setzte sich Moore auf einen schweren Ledersessel, schlug die Beine übereinander und zündete sich eine Zigarre an. Der Qualm stieg in Schwaden in die Luft. Mein Magen zog sich zusammen, doch ich richtete meinen Blick auf die schwarz-weißen Tasten vor mir, atmete tief durch und nickte.

Du kannst das, es kann nichts passieren.

Ich streckte die Finger aus, drückte die Tasten nach unten und spielte die ersten Töne. Als ich warm wurde, flogen meine Finger über die Tasten, ich konzentrierte mich auf die Noten, die ich im Kopf vor mir sah, und schluckte das saure Gefühl auf meiner Zunge hinunter.

Mutter wäre stolz auf mich.

Als ich die Mitte des Stücks erreicht hatte, wechselten die Töne von schnelleren zu langsameren Takten und ich schloss die Augen, blinzelte die Tränen fort, die hinter meinen Lidern brannten, und presste die Zähne zusammen, bis ich das Lied beendet hatte.

Mr. Moore applaudierte, während im Blick seines Sohnes Abscheu lag. Ich hatte keine Ahnung, was sein Problem war. »Dein Vater hat nicht zu viel versprochen«, sagte Mr. Moore begeistert und klopfte auf meine Schulter. »Ich werde Cynthia loben, sie ist eine ausgezeichnete Lehrerin.«

»Entschuldigen Sie mich jetzt? Ich will ins Bett.« Ich stürmte aus dem Zimmer, denn ich hatte das Gefühl zu ersticken.

Ich rannte die Steintreppe nach oben, nahm die zweite Treppe zu meiner Etage und riss meine Zimmertür auf.

Ohne darüber nachzudenken, zog ich das Shirt und die Shorts aus, legte meine Brille auf den Nachttisch und stellte mich unter die riesige Dusche in dem angrenzenden Badezimmer.

Von der Decke prasselte das Wasser auf mich. Es fühlte sich plötzlich zu heiß an. Viel zu heiß …

Kapitel 3

FARREN

Elf Jahre zuvor

Ihre Hände krallten sich in meine Zöpfe, sie zog mich hinter sich her und so sehr ich auch weinte und sie anflehte, mich loszulassen, ließ sie nicht von mir ab.

»Denkst du, du kannst mich vor allen Eltern in der Schule bloßstellen? Wie oft haben wir geübt?«

»Mommy, bitte«, flehte ich, als ich versuchte, ihre Hand aus meinen Haaren zu befreien. Ich hatte keine Chance. Sie war viel stärker als ich. »Es war keine Absicht, ich habe die Tasten verwechselt, ich war so aufgeregt.« Tränen liefen über meine geröteten Wangen und mein Bauch schmerzte.

Sie war oft wütend auf mich. Kleinigkeiten reichten. Ein heruntergefallenes Glas beim Dinner. Zöpfe, die nicht ordentlich gebunden waren. Dann bekam ich Ohrfeigen.

Aber so wütend war sie noch nie gewesen. An den Haaren schleifte sie mich die Treppe nach oben, in einer Hand hielt sie eine Zange und mir wurde schlecht. Ein Gefühl sagte mir, dass es heute nicht bei den Ohrfeigen bleiben würde. Als wir oben angekommen waren, schmiss sie die Zimmertür hinter uns zu.

Sie ließ mich los und obwohl sie nie lieb mit mir sprach und mich immer wie ein fremdes Kind behandelte, hatte sie mich noch nie so angesehen. Als hasste sie mich. Mommys Gesicht war rot.

»Zieh deine Sachen aus!«

Als ich nicht gehorchte und mir die Tränen mit den Ärmeln meiner Bluse abwischte, griff sie mich, drehte mich um und riss mir das weiße Tutu von den Hüften, zog meine Strumpfhose und die Lackschuhe aus und riss mir die Bluse von meinem kleinen Körper.

Sie packte mich wieder an den Haaren und zog mich unter die Dusche.

Panik stieg in mir auf und ich klammerte mich in ihre Unterarme. »Mom, bitte. Nicht.«

Warum war Daddy nicht hier, um mich zu beschützen?

Von ihrem harten Griff tat mir die Kopfhaut weh, ich rieb mit den Händen darüber und starrte in ihre Augen. Sie waren kalt und tot.

»Mommy, bitte, es tut mir leid. Ich wollte dich nicht böse machen.«

Doch sie antwortete nicht und nahm die Zange, drehte an einem Hahn herum, stellte das Wasser an, schloss die Glastür hinter mir und stellte sich davor.

Das Wasser fiel auf mich, es war warm, doch etwas stimmte nicht, denn es wurde immer heißer.

Zuerst tat es nicht sehr weh, aber nach wenigen Minuten fing es an zu dampfen.

Mit den Handflächen hämmerte ich gegen die Glastür, als das Wasser auf meinen Rücken fiel. »Mom, bitte … lass mich raus.« Ich versuchte, die Tür aufzureißen, sie hielt sie zu.

»Mom, es tut weh … Aua … Mommy, bitte. Es ist zu heiß!«

Die Schmerzen fühlten sich an, als ob jemand tausend Nadeln in meine Haut stechen würde, sie war ganz rot. Der Schmerz, das Brennen war das Schlimmste.

»Mom, bitte …«, schrie ich, sie achtete nicht auf mein Weinen und die immer lauter werdenden Schläge gegen die Glastür.

Ich versuchte, die Dusche auszustellen, aber der Hahn ließ sich nicht bewegen. Mit zittrigen Beinen und pochendem Herzen sank ich auf den Boden der Dusche, hielt mir die Hände über den Kopf und legte ihn auf meine Knie. Ich schrie und weinte. Es tat so weh, dass ich tot sein wollte, damit ich es nicht mehr spüren musste.

Als sie endlich die Tür öffnete, stieg der Nebel aus der Dusche ins ganze Bad, sodass ich sie kaum noch sehen konnte. Ihre Hand legte sich fest um meinen Arm, sie schüttelte mich. Ein Zittern ging durch meinen Körper, nur ihr Griff hielt mich noch auf den Beinen.

»Mom, mein Rücken tut weh.« Ich schlang die Arme um mich. Meine Arme, meine Brust. Mein ganzer Körper war feuerrot. Meine Hände hatten Blasen und die Haut sah seltsam aus. Sie nahm ein Handtuch und rieb es über meine Arme und den Kopf, ohne auf meine Schreie zu achten. »Es tut so weh, bitte, bitte, ich will ins Bett.«

»Gut, dann hast du hoffentlich gelernt, wie weh Mommys Herz tut, wenn du sie enttäuschst!«

Mit einer Hand stieß sie gegen meine Schulter, schubste mich zu Boden und verließ den Raum. Ich rollte mich auf die Seite, schlang die Arme um die Knie und machte mich klein. Das war der Moment, in dem ich wusste, die Zeit der Ohrfeigen war vorbei.

So sehr ich Klavier spielen hasste, gerade hasste ich mich mehr.

Ich hätte darauf bestehen sollen, nicht zu spielen. Warum widersetzte ich mich meinen Eltern oder Moore nicht?

Warum kämpfte ich noch immer um ihre Liebe und Akzeptanz, wenn alles, was ich empfand, Wut und Scham war?

Ich trocknete mich ab, schlüpfte in dunkelgrüne Sporthosen, ein weißes Top und kämmte meine Haare, die in wilden Locken über meine Schultern fielen. Die letzten Sonnenstrahlen des Tages schienen schwach durch die Glasfront meines Zimmers. Sie tauchten die beige Wand hinter meinem Bett in rotoranges Licht und wie so oft, fühlte ich mich einsam und wütend.

Ich stellte den iPod an, ohne der Musik Beachtung zu schenken, und holte mein Lieblingsbuch aus dem Koffer, den ich auch nach drei Monaten noch immer nicht ausgepackt hatte. Wozu? Zu Hause war ich sowieso nirgendwo.

Mit dem Buch in der Hand kuschelte ich mich ins Bett.

Ich legte es aufgeklappt auf meine Stirn und schloss die Augen, um zu vergessen.

Harry Potter und der Gefangene von Askaban war das letzte Buch, das von meiner Pottersammlung übrig geblieben war. Die anderen sechs hatte Mutter kurz vor meiner Abreise gefunden und entsorgt.

Ich sollte in die Stadt fahren, um die Bücher neu zu kaufen. Beim Gedanken daran besserte sich meine Laune. Ich streckte die Beine aus, vergrub meine Arme unter dem Kopfkissen und starrte auf die aufgeschlagenen Seiten, von denen ich jedes Wort auswendig kannte.

Seite einhunderteinunddreißig.

Ich lächelte, als ich mir Snape und Neville im Zaubertrankunterricht vorstellte und verspürte Dankbarkeit, dass Sam wenigstens dieses Buch noch hatte retten können. Bis heute wusste ich nicht, wie er es geschafft hatte, es an meiner Mutter vorbeizuschmuggeln.

Es klopfte an der Tür. Ich legte das Buch beiseite, sprang vom Bett und riss sie auf.

Kieran stand gegen den Türrahmen gelehnt. Mit einem Arm stützte er sich gegen den Rahmen. Die schicken Klamotten, die er beim Dinner getragen hatte, waren schwarzen Jeans und einem passenden Shirt gewichen. Es lag eng an, die Muskeln darunter zeichneten sich ab.

»Was willst du?«

Wortlos drängte er sich an mir vorbei und setzte sich auf mein Bett.

»Verschwinde aus meinem Zimmer!« Mit den Armen vor der Brust stellte ich mich vor ihn.

»Für so jemanden wie dich hast du einen verdammt guten Musikgeschmack«, sagte er und griff nach meinem Buch. »Aber deine Lektüre lässt zu wünschen übrig.«

Erst jetzt achtete ich auf die Musik. Disturbed's *Stricken* dröhnte aus den Boxen, die ich an meinem iPod angeschlossen hatte.

»Jemanden wie mich?«

»Hörst du diese Musik, weil Klassik dich zum Heulen bringt?«

Ich riss ihm das Buch aus der Hand und legte es auf den Schreibtisch. Er verfolgte mich mit seinem undurchschaubaren Blick, der mir jedes Mal wie ein Stromschlag durch den Körper jagte.

»Warum bist du hier?«

»Was war das eben da unten?«

»Wovon redest du?«

»Jeder Blinde konnte sehen, dass du nicht spielen wolltest. Warum tust du es dann?«

Er stand auf und stellte sich vor mich, dass ich zu ihm aufsehen musste. Mit zwei Fingern strich er eine Strähne hinter mein Ohr. Ich schlug seine Hand weg.

»Warum bist du wütend, Prinzessin? Warum bei mir und nicht bei denen, auf die es ankommt?«

»Du nervst mich, das ist alles.«

Kieran legte den Kopf schief und strich über meine Wange. Seine Berührung war sanft, ein Kribbeln ging durch meinen Bauch.

»Bist du wütend, weil ich dich heute Mittag nicht angesehen habe oder weil du dich die ganze Zeit verstellen und das brave

Mädchen spielen musst, obwohl du lieber schreien willst?«, flüsterte er.

Ich schluckte. Mein Herz raste. *Woher?* War ich so leicht zu durchschauen?

»Mach dir keine Sorgen, ich bin okay. Auf dein Mitleid und deine Blicke kann ich verzichten.«

Er schüttelte den Kopf. »Mein Mitleid brauchst du wirklich nicht, was du brauchst, ist Rückgrat.«

»Wie bitte?«

»Du bist schwach«, sagte er und seine dunklen Augen verengten sich zu Schlitzen. »Schwach, rückgratlos und naiv.«

Zum zweiten Mal an diesem Abend musste ich meine Tränen unterdrücken.

Ich presste die Lippen zusammen, um ihm nicht auch noch diese Genugtuung zu schenken, griff nach seinem Shirt und riss daran, um ihn aus meinem Zimmer zu schmeißen. Als das nichts half, er unberührt stehenblieb und mir zusah, wie ich mich abmühte, holte ich mit der flachen Hand aus und wollte sie ihm in sein Gesicht schlagen.

Bevor ich ihn treffen konnte, griff er mein Handgelenk, hielt es mit einer Faust fest und nickte.

»Genau das meine ich«, sagte er, verstärkte seinen Griff und zog mich an sich. »Wehr dich. Kenne deinen Wert. Und vor allem, entschuldige dich nie dafür, wer du bist.«

Was wollte er? Meine Hände kribbelten von seinem festen Griff, der mir das Blut abschnürte, aber es fühlte sich gut an.

Verdammt gut.

Sein warmer, harter Körper an meinem fühlte sich gut an. Für einen Moment drückte ich mich gegen ihn, presste meine Brüste gegen seinen Oberkörper und atmete seinen frischen Duft tief ein, bis er sich in meiner Lunge ausbreitete und für einen Augenblick ein Teil von mir wurde.

Mit den Fingern seiner freien Hand strich er mir von meinem Nacken über die Wirbelsäule, bis zu meinem Steißbein. Ich spürte die sanfte Berührung, spürte das Kribbeln, das sich von meinem Bauch bis in meine Beine ausbreitete und wusste nicht, warum ich es mir gefallen ließ oder warum er es tat, wo er mich doch so offensichtlich verachtete.

Er beugte sich zu meinem Hals herunter. Sein Atem streifte meine Haut, ich schloss die Augen und ließ meinen Kopf gegen seine Schulter sinken.

»Ich bin nicht hier, um dich zu retten, Prinzessin. Das ist kein scheiß Märchen. Rette dich selbst.« Mit einem Ruck ließ er mich los, wich zurück. Ich stolperte über meine Füße und fiel direkt vor ihn. Kieran lachte.

Als ich aufstand, straffte ich meine Schultern, riss die Tür auf und deutete mit dem Kopf nach draußen. »Hau endlich ab, eh ich mich vergesse.«

»Dann würde ich vielleicht sehen, wer Farren wirklich ist und vielleicht würde sie mir gefallen.«

Als er meinen Namen mit seiner tiefen, ruhigen Stimme aussprach, spürte ich, wie mein Gesicht warm wurde und das Blut in meinen Ohren rauschte. Kieran ging an mir vorbei, doch als er im Türrahmen stand, hielt ich ihn zurück.

»Was war das letzte Nacht? Warum prügelt ihr euch?«

»Lies dein Buch und flüchte dich in Fantasiewelten«, sagte er und ging.

Als Kieran um die Ecke verschwunden war und ich seine Schritte auf der Treppe hörte, siegte die Neugier über meine Wut. Ich überlegte nicht lange und rannte hinter ihm her. Meine nackten Füße tapsten über den kühlen Steinboden und ich war froh, dass Mr. Moore in der untersten Etage war und uns nicht hören konnte. Wenn er wüsste, dass sein Sohn und ich uns stritten, würde er vielleicht meine Eltern informieren, ich war sicher, Mutter würde ausrasten.

Mutter. Ob sie wusste, dass Kieran auf mich aufpassen sollte?

»Bleib stehen!«, rief ich ihm nach, als er die Tür seines Zimmers öffnete.

Er blieb stehen, drehte sich nicht um und legte stattdessen die Hände rechts und links auf den Türrahmen, als ob ich ihn durchsuchen wollte. Unter seinem T-Shirt zeichneten sich die kräftigen Muskeln seines Rückens ab und ich hätte mich am liebsten geohrfeigt, denn der Anblick gefiel mir.

Er ist trotzdem ein Arschloch.

»Entweder beantwortest du mir die Frage oder ich …«

Scheiße. *Oder was?*

»Oder was?«, fragte er, nahm sich den grauen Hoodie, der an seiner Türklinke hing, und kam auf mich zu.

Ich verschränkte die Arme vor der Brust, als er vor mir stehen blieb und wir uns erneut an diesem Abend so nah waren, wie ich es seit zwei Jahren niemandem mehr gewesen war.

»Du willst Antworten?«, fragte er und zog sich den Hoodie über.

Ich nickte hastig.

Ohne etwas zu sagen, griff er meinen Oberarm und zog mich hinter sich die Treppe hinunter.

»Hey, ich habe keine Schuhe an.«

»Es sind noch immer achtundzwanzig Grad, du wirst schon nicht krank.« Er zog mich bis zum Treppenabsatz, blieb stehen und legte einen Finger an die Lippen.

Als ich den Mund öffnete, schüttelte er den Kopf. »Aber du bist doch alt genug, waru…«

Mit einer blitzschnellen Bewegung drückte er seine Hand auf meinen Mund. »Halt deine verdammte Klappe«, flüsterte er und mein Herz machte einen Satz.

Er wartete einen Moment, um sich zu vergewissern, dass sein Vater außer Hörweite war. Seine Hand lag noch immer auf meinem Mund, er sah mir in die Augen und bewegte sich keinen Zentimeter.

Sein Blick ging mir durch und durch. Etwas Bedrohliches lag darin und ich erkannte, dass seine Augen nicht nur braun, sondern mit grünlichen Sprenkeln waren, die kleine Muster um die Iris bildeten.

»Sie sind blau«, flüsterte er.

Ich runzelte die Stirn.

»Deine Augen. Ohne die Brille erkennt man es besser.«

Kieran nahm seine Hand von meinem Mund, griff mich am Arm und zog mich die Treppe hinunter, bis ins Wohnzimmer, in dem bis auf das Summen der Aquariumpumpe absolute Stille herrschte. Mittlerweile war es dunkel draußen. Gedämpftes Licht schien vom Pool ins Wohnzimmer.

»Lass mich los«, flüsterte ich und versuchte, meinen Arm aus seinem Griff zu befreien, indem ich ihn zurückzog, doch Kieran schüttelte den Kopf.

»Du bleibst hier.«

Ich tapste ihm hinterher, als er die Haustür öffnete, wir dem Steinweg der Einfahrt folgten und er in die Tasche seines grauen Hoodies griff und seinen Autoschlüssel herausholte.

Vor der Garage parkten drei Wagen.

Die Limousine, mit der Jeremy mich vom Flughafen abgeholt hatte, ein schwarzer Bentley und ein roter Mustang.

Kieran ließ mich los, schloss den Mustang auf und nickte mir zu, dass ich einsteigen sollte. Ich schwang mich auf den Beifahrersitz. Die rauen Fußmatten kratzten unter meinen nackten Füßen, der Geruch der Ledersitze mischte sich mit dem seines Deos. Als er die Fenster herunterließ, wir den Highway entlangrasten und Miamis schwüle Nachtluft in den Wagen wehte, streckte ich den Kopf aus dem Fenster, ließ meine Haare im Wind wehen und schloss die Augen. Ich hatte keine Ahnung, was er vorhatte, aber die Aufregung, die durch meinen Körper zuckte, erinnerte mich an letzte Nacht.

Frei.

Wild.

Lebendig.

Der Puls pochte gegen meinen Hals, als Kieran meine Hand nahm und mich an den unzähligen parkenden Wagen vorbeizog, die auf dem verwitterten Gelände umherstanden.

Aus der Ferne hörte ich Bässe dröhnen, Geschrei und Applaus.

Ich lief Slalom, damit ich nicht in das Glas trat, das überall auf dem staubigen Boden lag.

»Wo sind wir?«, rief ich ihm zu, doch Kieran antwortete nicht und zog mich weiter.

Die Musik wurde lauter, je näher wir kamen. Dem Jubeln nach zu urteilen, das durch das verwahrloste Gebäude hallte, mussten es viele Menschen sein. Bisher hatte ich nur wenige in der Eingangshalle gesehen. Ein paar Kerle standen mit Bierflaschen in den Händen gegen die Wände gelehnt, von denen der Putz blätterte.

Sie lachten, als sie meine nackten Füße bemerkten, andere waren damit beschäftigt, sich die Zungen in den Hals zu stecken.

Schweiß lief über meinen Rücken und Hals, während Kieran gelassen wirkte. Er nickte einer Gruppe Typen zu, begrüßte einen von ihnen mit Handschlag und zog mich weiter.

Eine Blondine mit knappen Hotpants kam auf uns zu. Sie musterte mich von oben bis unten, verzog den Mund, als hätte ich Pestbeulen im Gesicht, und gab Kieran einen leidenschaftlichen Kuss. Mit beiden Händen griff er ihren Hintern und knetete ihn, während sie sich gegen ihn drückte. Die beiden mussten es ziemlich nötig haben.

»Spielst du jetzt Babysitter?«, fragte sie, als sie voneinander abließen. Sie deutete mit dem Kopf zu mir und dann auf meine Füße. »Ist sie sowas wie ein Hippie?«

»Ich-«

»Wir reden später, Janet«, unterbrach Kieran mich.

Sie beugte sich zu seinem Ohr und flüsterte etwas, das nicht für mich bestimmt war. Kieran nickte, küsste sie auf die Wange und lief weiter.

Ich verdrehte die Augen. »Babysitten. Sie ist furchtbar originell.«

»Eifersüchtig?«

»Und wie.«

Wir erreichten eine andere Halle. Hier wurde der Applaus lauter, die Leute schrien, wir konnten nicht mehr weit von unserem Ziel entfernt sein.

Eine Rolltreppe führte nach unten, doch es war nicht mehr viel davon übrig, das Geländer war abgerissen.

Ich hielt seinen Arm fest, als er mich in Richtung der Treppe zog. »Ich geh da nicht runter.«

»Dann warte halt«, sagte er und ging nach unten.

Ich schaute mich um.

Eine Gruppe Männer mit Mädchen in Hotpants kam auf mich zu, einer von ihnen musterte mich von oben bis unten und nickte, als sie an mir vorbeiliefen und nach unten stiegen. Ich stand alleine am Absatz der Rolltreppe und zögerte. *Was machst du hier?*

Wenn wir hören, dass du dich mit Jungs triffst oder dich nicht an die Regeln hältst ... zwinge uns nicht, zum Äußersten zu greifen.

Du hast ein Jahr, um ihnen zu beweisen, dass du es kannst. Denk an die Firma.

Doch die Spannung, die in der Luft lag, die Musik, die durch das Gebäude hallte, das Jubeln der Masse und der staubige Boden unter meinen Füßen lockten mich.

Ich wollte wissen, was da unten vor sich ging.

Vorsichtig betrat ich die erste Stufe und tastete mich Stück für Stück vorwärts.

Das kalte Metall presste sich unangenehm gegen meine Fußsohlen, doch ich ging weiter, bis ich endlich am Ende angekommen war.

Als ich die Masse sah, riss ich die Augen auf.

An die hundert Menschen drängten sich an die Gleise der alten U-Bahn-Station. Sie schrien, jubelten, klatschten in die Hände und schubsten sich gegenseitig.

»Du bist so vorhersehbar.«

Ich fuhr herum.

Mit den Armen vor der Brust verschränkt und einem düsteren Lächeln im Gesicht stand Kieran, mit den drei anderen Typen, mit denen er sich die letzte Nacht geprügelt hatte, neben der Treppe.

Alle trugen graue Hoodies und Jeans. Einer von ihnen lächelte mich an, während der Typ, den sie Ty genannt hatten, mir zunickte. »Hast du ihr nicht mal Zeit gegeben, sich die Schuhe wieder anzuziehen?«, sagte er lachend. Er klopfte Kieran auf die Schulter, aber sein Lachen verschwand sofort, als er nach rechts schaute. Ich folgte seinem Blick. Ein Mädchen mit langen weizenblonden Haaren stand gegen die Wand gelehnt. Sie trug schwarze Jeans, die über den Knien zerrissen waren, einen schwarzen Pullover. Dazu eine Lederjacke und schaute konzentriert in die Menge, als suchte sie jemanden. Sie war hübsch. Rosa Wangen, strahlende Haut und Augen von einem so kräftigen Blau, dass ich es bis hierher erkennen konnte. Sie war anders als die Barbies, die umherliefen.

»Wenn sie nicht mehr damit rechnet, knöpfe ich mir die Schlampe vor«, sagte Ty gelassen.

Besorgt sah Kieran zwischen Ty und dem Mädchen hin und her. Er legte eine Hand auf den Oberarm seines Freundes. »Bleib cool, es ist vorbei, okay?«

Ty starrte sie noch immer an. Er wirkte gefährlich ruhig, doch jeder Muskel in seinem Gesicht spannte sich an und ich war sicher, wenn Kieran und die anderen nicht hier wären, würde er auf sie losgehen.

Wahrscheinlich spürte sie unsere Blicke, sie drehte den Kopf in unsere Richtung. Ihre Augen wurden kleiner, als sie Tys Blick fand.

»Pass auf, Richardson«, rief er ihr über die Köpfe einiger Leute zu. »Für die Sache wirst du noch bezahlen.«

Sie stieß sich von der Wand ab, legte den Kopf schief und kam zu uns herüber, ohne den Blick von Ty abzuwenden. Ich hielt den Atem an. Die Luft schien plötzlich fünf Grad kälter und ich fragte mich, was zwischen den beiden vorgefallen war.

Sie begrüßte Kieran und die anderen Jungs mit einem Nicken, baute sich mit verschränkten Armen vor Ty auf und taxierte ihn. Gegen ihn wirkte sie zerbrechlich, aber ihre Ausstrahlung machte das wett. Kampflust lag in ihrem Blick. »Ach ja? Ich glaube, dann bist du schneller wieder drin, als dass du die nächste Nutte vögeln kannst.«

Ty presste die Zähne zusammen. Als er auf sie losgehen wollte, zogen Kieran und sein Kumpel ihn zurück. »Ist besser, du gehst ihm aus dem Weg, Blake«, sagte Kieran.

Sie ignorierte seine Warnung und sah Ty herausfordernd von oben bis unten an. »Es quält dich noch immer, oder? Komm endlich drüber hinweg und lass die Vergangenheit ruhen.« Sie drehte sich um, zwängte sich an den Leuten vorbei und verschwand. Ty regte sich nicht, er sah ihr nach, blanker Hass lag in seinem Blick.

»Wow, was war das gerade?«, fragte ich. Ich bewunderte ihren Mut, die Entschlossenheit. Blake würde sich von niemandem herumschubsen lassen.

»Bevor du dich weiter fragst, welchen Namen du heute Nacht schreien sollst, stelle ich dir die Jungs vor«, sagte Kieran und zeigte auf den Typen, der mich angelächelt hatte. Er versuchte eindeutig, die Situation zu entschärfen. »Das ist Elisha Deleon.«

Elisha hob die Hand. Er hatte braune Haare und sah neben Kieran und Ty, die groß, breit und gefährlich wirkten, beinahe brav aus.

Ich lächelte ihn schwach an und stemmte die Hände in die Hüften, als ich Kierans dämliches Grinsen bemerkte. »Ich werde weder deinen noch den Namen einer deiner Freunde schreien.«

Ty schüttelte den Kopf. »So ein versautes Stück. Hast du nur Sex im Kopf? Ich kann dir behilflich sein …«

Gott, er war unheimlich.

»Du musst einen von uns unterstützen!«, sagte er.

»Was?« Ich sah sie an, als ob sie verrückt geworden waren, während die Masse um uns in einen tosenden Applaus verfiel.

Kieran fing sich als Erster. »Wir kämpfen«, sagte er und deutete mit dem Kopf zu der grölenden Menschenmenge. »Siehst du gleich alles. Der abgefuckte Typ hier ist Tyler Kinley.« Er klopfte Tyler, dessen Laune sich gebessert zu haben schien, auf die Schulter. Tyler lächelte anzüglich. »Merk dir den Namen.«

Kein Problem, er war schwer zu vergessen.

»Okay, krieg dich ein, Ty«, ging Kieran dazwischen. Er legte dem Typ neben ihm die Hand auf die Schulter. »Das ist Harlan Avery, damit kennst du jetzt alle.«

Harlan antwortete weder noch grüßte er. Stattdessen schob er die Hände in seine Hosentaschen und sah sich um, ohne mir Beachtung zu schenken.

Ich verschränkte die Arme vor der Brust. Mit meinen Sporthosen, nackten Füßen und den zerzausten Haaren passte ich nicht zu den anderen Mädchen, die in Hotpants und High Heels umherstaksten.

»Hier kämpft ihr? Warum?«

Tyler verdrehte die Augen. »Weil es Spaß macht.«

»Nein.« Ich schüttelte den Kopf. »Das meine ich nicht. Warum nicht in einem Verein oder so?«

Kieran schlug sich die Hand vor die Stirn, als wäre ich schwer von Begriff. »Weil wir unsere eigenen Regeln haben.«

Die Lautsprecher knackten und die Musik stoppte. Eine tiefe Stimme ertönte und die Leute wurden leiser, als warteten sie auf etwas. »Den letzten Kampf des Abends bestreiten Kieran Moore und Harlan Avery – Bare Knuckle!«

Jetzt brach Geschrei aus. Die Menge riss die Hände in die Luft, sie schrien und riefen wieder und wieder die Namen der beiden.

Harlan und Kieran setzten sich in Bewegung, sie duckten sich unter den Armen der Leute her, die ihnen auf die Schultern klopften, und kurz darauf waren sie verschwunden.

»Komm«, sagte Elisha, griff nach meiner Hand und zog mich durch die ekstatische Menschenmenge.

Ich stieß gegen die schwitzigen Arme von Leuten, drängte mich mit Elisha an ihnen vorbei und rempelte gegen ihre nassen Rücken. Die Mehrheit bestand aus Männern, nur weiter hinten standen ein paar Mädchen zwischen ihnen, aber sie wirkten genauso fehl am Platz, wie ich mich fühlte.

Warum hat er mich hierher mitgenommen?

»Scheiße!« Als ich auf einen Stein trat, blieb ich stehen und ließ Elishas Hand los.

»Stell dich nicht an.« Tyler griff nach meinem Oberarm und zog mich hinter sich her.

»Hey! Lass mich los«, rief ich ihm zu, doch er kümmerte sich nicht darum, schob sich mit seinem breiten Oberkörper durch die Menge und stieß einige Männer beiseite, bis wir ganz vorne an einem Geländer ankamen, das als Abgrenzung diente.

Unter uns lagen die Schienen, die rechts und links in Tunnel führten.

Von hinten drängten die Leute. Sie schoben sich weiter nach vorne, bis ich gegen das Geländer gepresst wurde und mich kaum noch bewegen konnte. Als ich meinen Kopf zur Seite drehte, sah ich Elisha, der sich durch die Haare fuhr und konzentriert auf die Schienen schaute.

»Was hast du dafür getan, dass er dich mitgebracht hat?« Erst jetzt bemerkte ich, dass Tyler direkt hinter mir stand. Er strich mit seinen Händen über meine nackten Arme und atmete gegen meinen Nacken, an dem meine Haare an der Haut klebten. »Warst du ein braves Mädchen und hast es ihm gut besorgt?«

Ich straffte meine Schultern, umklammerte das Geländer, dessen Rost unter meinem Griff abblätterte, und konzentrierte mich auf die Schienen. »Was bedeutet Bare Knuckle?«, rief ich gegen den Lärm der Meute an, und ignorierte seine Anzüglichkeiten. Kieran hatte recht. Tyler war kaputt.

»Sie kämpfen ohne Handschuhe, mit blanken Fäusten«, sagte er in mein Ohr. Mit einer Hand strich er über meine Haare und legte sie auf eine Seite. »Ich hoffe, du kannst Blut sehen, Süße.«

»Du hoffentlich auch. Wenn du nicht sofort deine Griffel von mir nimmst, hau ich dir auch Bare Knuckle eine rein.«

»Wir werden viel Spaß mit dir haben«, sagte er und nahm die Hände von mir.

Die Menge verfiel in tosenden Applaus. Ich kniff die Augen zusammen, sah auf die Schienen und jetzt erkannte ich Kieran und Harlan, die mit freiem Oberkörper über die Schienen liefen, die Fäuste in die Luft streckten und der Masse zunickten.

Auch Harlan hatte Tattoos, aber sie beschränkten sich auf seine Brust und einen Teil seiner Oberarme. Ich achtete nicht weiter auf ihn. Mein Blick blieb an Kieran hängen. Am Pool hatte ich nicht richtig hingesehen, aber jetzt klopfte mein Herz schneller.

Seine definierte Brust strahlte Stärke aus. Die silbernen Ringe, die er durch seine Brustwarzen trug, schimmerten. Seine Bauchmuskeln waren ausgeprägt. Ich starrte auf das V, das sich bis in die dunklen Jeans zog, und schluckte.

Kieran strich sich die schwarzen Haare zurück und reichte Harlan, der sich vor ihm aufgebaut hatte, die Hand. Neben den beiden stand ein großer Typ, dessen Gesicht man unter seiner Kapuze nicht erkennen konnte. Ich nahm an, er wäre so etwas wie der Ringrichter, auch wenn das nicht im Entferntesten an einen Ringkampf erinnerte.

Die Technoklänge, die durch die Tunnel jagten, verstummten. Für einen Moment wurde es beinahe still und dann dröhnte, lauter als zuvor, Disturbed's *10.000 Fists* aus den Lautsprecherboxen.

»Survivor, Survivor«, stimmte die Menge in die erste Strophe ein. An diesem Ort galt meine Musik nicht als asozial. Hier wurde sie gefeiert. Ich spürte einen heißen Schauer über meine Wirbelsäule laufen, fühlte das Blut in meinen Adern pulsieren und meinen pochenden Herzschlag. Ein Glücksgefühl, stark wie ich es noch nie empfunden hatte. Ohne darüber nachzudenken, riss ich die Hände in die Luft, legte den Kopf in den Nacken, bis ich gegen Tylers Brust lehnte und jubelte und schrie wie die anderen um mich herum.

Es war egal, dass ich mitten in der Nacht barfuß in einem alten Bahnhof mit staubigem, dreckigem Boden und Hunderten fremden Menschen stand und einen illegalen Kampf beobachtete. Es war egal, dass ich Tyler hinter mir lachen hörte oder gegen das Geländer gepresst wurde.

Es spielte keine Rolle.

Alles, was ich spürte, war die Elektrizität in der Luft.

Die Bässe der Musik, die in meinem Bauch kitzelten.

Die Hitze, der Leute neben und hinter mir, die auf mich überging und das Adrenalin durch meinen Körper peitschen ließ.

Kieran hob die Fäuste vor sein Gesicht und ging einen Schritt auf Harlan zu.

Blitzschnell schoss Harlans Faust vor, doch Kieran duckte sich nach rechts, riss die Linke hoch und donnerte sie Harlan ins Gesicht. Er taumelte einen Schritt zurück, leckte sich das Blut von der aufgeplatzten Oberlippe und holte erneut aus, doch Kieran war wieder schneller. Mit einem doppelten Haken schlug er Harlan gegen das Kinn. Sein Kopf flog nach oben und ehe er zum Gegenschlag ansetzen konnte, traf Kierans Faust ihn erneut im Gesicht.

Ich hielt den Atem an und umklammerte das Geländer. Die Leute jubelten, ihre Stimmen vermischten sich mit den Gitarrenriffen der Musik als Harlan zu Boden ging und die Hände vors Gesicht hielt.

Kieran tänzelte, noch immer in Deckung und wartete wie alle anderen gespannt, ob sein Gegner noch einmal aufstand.

Harlan stützte sich mit den Händen auf den Schienen ab, drückte sich ein Stück nach oben und stand mit wackeligen Beinen auf. Nicht nur seine Lippe blutete, aus seiner Nase floss Blut, es tropfte auf seine Brust und ließ sie rot schimmern. Er lächelte Kieran an, ging einen Schritt auf ihn zu und holte mit der linken Faust aus, als er nah genug vor ihm stand. Er schlug Kieran, der nicht schnell genug war, die Faust in den Magen. Kieran krümmte sich, wich dem nächsten Schlag aus und donnerte seine Rechte so heftig gegen Harlans Stirn, dass er auf den Rücken fiel und regungslos zwischen den Schienen liegen blieb.

»Fuck!«, rief Tyler hinter mir.

Die Leute rasteten aus. Manche sprangen auf die Gleise. Sie klopften Kieran, der über Harlan gebeugt stand, auf die Schultern, nahmen seinen Arm und rissen ihn in die Luft.

Harlan bewegte sich endlich. Er atmete stoßweise und drehte sich auf den Bauch. Kieran griff ihn unter den Armen und zog ihn auf die Beine.

Bevor ich sie weiter beobachten konnte, riss Tyler an meinem Arm und zog mich mit sich.

Elisha und Tyler saßen auf der Motorhaube des Mustangs.

Tyler lächelte finster, als Harlan und Kieran aus der Halle kamen. Beide trugen ihre Hoodies, sie sahen aus, als kämen sie direkt aus der Hölle.

Kierans Stirn glänzte vor Schweiß, im Gegensatz zu Harlan, dessen Gesicht angeschwollen und blutig war, wirkte er, als wäre er joggen gewesen.

Elisha hievte Harlan, der noch immer schwieg, auf den Beifahrersitz und schmiss die Tür zu.

»Steig ein.« Tyler nickte mir zu, als er die Tür öffnete. Kieran setzte sich hinters Steuer, wartete, bis Elisha und Tyler eingestiegen waren, startete den Motor und raste den staubigen Schotterweg entlang, bis wir wenige Minuten später auf den Highway fuhren.

Ich beugte mich von hinten ein Stück über den Beifahrersitz und warf einen Blick auf Harlans zerstörtes Gesicht.

Ein Auge war angeschwollen, die Lippen aufgeplatzt und seine Nase blutete, wenn auch nicht mehr so stark wie während des Kampfes. Auf der grauen Kapuzenjacke hatten sich rote Flecken gebildet.

»Er muss sofort ins Krankenhaus.«

»Er braucht 'ne Dusche und Schlaf. Morgen ist er so gut wie neu«, antwortete Tyler.

Ungläubig sah ich ihn an und tippte an meine Stirn. »Vielleicht hat er eine Gehirnerschütterung.«

»K, sag ihr, sie soll die Klappe halten, oder ich mach's auf meine Art«, sagte Tyler und sah in den Rückspiegel, wo sich seine

Augen mit Kierans trafen. »Ich hoffe, du hast die Kleine im Griff.«

»Hallo? Ich sitze direkt neben dir, du Idiot, wenn du was zu sa…«

»Schluss jetzt«, unterbrach Kieran mich. »Kein Krankenhaus.«

Er gab Gas, der Wagen schoss nach vorne, dass ich in den Sitz gedrückt wurde und es in meinem Magen kitzelte.

»Er ist schwer verletzt, du warst nicht gerade zimperlich.«

Tylers Hand schoss zu meinem Hals. Er beugte sich dicht zu mir, ich spürte seinen Mentholatem auf meiner Haut. Als er sprach, presste er jedes Wort durch seine Zähne hervor. »Ich sagte, du sollst die Klappe halten. Ich habe dreitausend Riesen verloren, bin wütend und geil und du sitzt hier in diesen knappen Shorts, die deinen Arsch betonen, und legst dich mit mir an. Wenn du nicht sofort gefickt werden willst, halt endlich die Klappe.«

»Lass sie in Ruhe«, sagte Kieran.

»Danke, aber ich kann mich selber wehren.« Ich lehnte mich zu ihm nach vorne, aber er starrte stur auf die Straße. »Halt sofort an. Ich habe keine Lust mehr auf euren Scheiß.«

»Beruhigt euch alle.« Elisha, der die ganze Zeit geschwiegen hatte, ging dazwischen. »K, du hast ihr alles erklärt, oder?«

Als Kieran nicht antwortete, legte Tyler den Kopf in den Nacken und atmete laut aus. »Super, das erklärt einiges. Morgen rennt sie zu den Cops wie die andere Schlampe.«

Ich hatte keine Ahnung, wovon sie sprachen, aber das Theater reichte mir schon jetzt. Mit einer Hand strich ich meine klebrigen Haare aus dem Nacken, während ich mich mit der anderen in den Ledersitz krallte und aus dem Fenster starrte.

»Sie wird nichts verraten, okay?«, sagte Kieran. Seine Stimme nahm einen bedrohlichen Unterton an. »Farren hat gelernt, die Klappe zu halten, ist doch so, oder Prinzessin?«

Kapitel 4

KIERAN

Ich hielt mich nicht an viele Regeln, sie beschränkten mehr, als dass sie für Ordnung sorgten, zumindest in meiner Welt.

Aber gestern Nacht hatte ich eine der wichtigsten gebrochen.

Wegen ihr.

Farren Andrews, das Mädchen, das keine Ahnung hatte, wie sie auf mich wirkte.

Farren Andrews, der erste Mensch, der es nach drei Jahren geschafft hatte, dass ich wieder etwas spürte. Auch wenn es nicht das war, was ich fühlen wollte. Die erste Zeit hatte ich mich ferngehalten. Die Firma forderte mich, die Mädchen nicht weniger. Doch wenn ich frei hatte, verbrachte ich immer Zeit im Haus meines Vaters. Vielleicht würde es lustig werden, Prinzessin an ihre Grenzen zu bringen.

Ich wusste nicht, ob es der vertraute Hunger in ihren blauen Augen war, der mich dazu gebracht hatte, sie mitzunehmen und meine Freunde in Gefahr zu bringen, oder ob ich sie schocken wollte, um zu sehen, wie sie reagieren würde. Sie schocken wollte, damit sie endlich aus sich herauskam und ich herausfand, ob ich richtig lag. Irgendetwas in ihrem Blick erinnerte mich auf eine seltsam vertraute Weise an mein altes Ich. Das Ich, das ich vor drei Jahren hinter mir gelassen hatte. Konnte es sein, dass sie mir ähnlich war?

Mein Handy vibrierte auf der Küchentheke. Ich stellte die Wasserflasche beiseite und nahm ab. Tyler.

»Hast du schon mit ihr gesprochen?«, kam er ohne Umschweife zur Sache.

Ich stieß mich mit der Fußsohle von der Küchentheke ab, was mir einen missbilligenden Blick von Maria einbrachte, die mit Töpfen und Pfannen hantierte, und lief ein paar Meter weiter ins Wohnzimmer, damit sie nichts von unserem Gespräch mitbekam.

»Ich hab sie heute noch nicht gesehen.«

»Durftest du sie von hinten nehmen oder wie hat sie's geschafft, dass du sie mitbringst?«

Ich setzte mich auf die Couch. »Ich ficke sie nicht.«

Er stieß ein heiseres Lachen aus. »Vielleicht tu ich's dann. Der Nerdlook ist heiß. Die Kleine ist richtig abgegangen.«

Ich bezweifelte, dass Tyler Chancen hatte. So zickig, wie sie sich verhielt, würde sie jedem Typ die Eier abreißen, der es wagte, Prinzessin zu nahe zu kommen.

Nicht, dass ich Interesse hätte. Sie machte mich verdammt wütend.

So wütend, wie ich es seit drei Jahren nicht mehr gewesen war.

Die Wut, die sie zurückhielt, sprang zu mir über.

Sie ließ sie an mir aus, weil sie zu feige war, den richtigen Leuten die Stirn zu bieten.

Aber das war es nicht. Ihre Schwäche, ihre Opferrolle waren die Dinge, die mein Blut zum Kochen brachten. Schwache, feige Prinzessin.

»Versuch's. Ich denke, die reißt dir eher die Eier ab, als dass sie dich ranlässt.«

»Wir werden sehen«, sagte er. Tyler stand auf Machtspielchen. »Rede mit ihr, K.«

»Wie geht's Harlan?«

»Er wird's überleben. Seine Nase ist hin, aber du kennst ihn, er ist hart im Nehmen. Schade nur um die Kohle.«

»Ich heb dir was vom Dinner auf und auf der Couch ist immer Platz für dich.«

Tyler lachte und verabschiedete sich.

Ich schmiss das Handy neben mich und rieb mir über den Bauch. Harlan hatte mich nicht oft getroffen, aber der Schlag in die Magengrube hatte verdammt wehgetan und selbst heute Morgen, als ich den großen blauen Fleck entdeckt hatte, hatte sich mein Magen noch schmerzhaft zusammengezogen.

Ich hörte Maria in der Küche mit dem Geschirr hantieren und ging zu ihr. »Weißt du, wo Farren ist?«

Sie drehte sich um, ein Lächeln auf dem Gesicht. »So ein liebes Mädchen. Sie ist mit Julie in die Stadt gefahren. Die beiden wollten Bücher kaufen.«

Liebes Mädchen. Aber sicher doch.

»Wann sind sie zurück?«

Maria sah auf die Uhr hinter mir. »Ich denke zum Essen.«

Gut. Es wurde Zeit, einige Dinge zu klären.

»Dad ist in seinem Büro?«

»Seit Stunden. Gibt wohl Probleme mit der Fusion.« Sie zuckte mit den Schultern. »Habe ich so am Rande mitbekommen.«

Ich hatte gehofft, mein Vater hätte etwas Zeit, denn ich brauchte Antworten.

Außer, dass sie für ein verwöhntes Mädchen von der Upper East Side einen brillanten Musikgeschmack hatte, auf schlechte Bücher stand und wütend war, wusste ich nichts über sie. Doch ich war neugierig. Warum heulte sie fast beim Klavierspielen? Die Narben auf ihrem linken Unterarm …

Ich gab es nicht gerne zu, aber Farren Andrews ging mir unter die Haut.

Ich musste herausfinden, ob sie weiter das Opfer spielen wollte oder ihre Wut und den Hunger in etwas anderes umwandeln konnte. Warum ausgerechnet sie?

Warum musste ich mich ausgerechnet in ihr wiedererkennen?

Ich drehte mich um, nahm zwei Stufen gleichzeitig, als ich in die zweite Etage lief, in der die Gästezimmer lagen.

Bis zum Essen blieb nicht mehr viel Zeit, aber es würde genügen, um mich umzuschauen.

Ich drückte die Klinke nach unten und die Tür sprang mit einem Knacken auf. Wie ein Dieb schlich ich in ihr Zimmer. Vom Grundriss glich es meinem. Die Wände waren Beige statt Grau und die Möbel waren heller gehalten. Neben dem Bett lag ein Koffer, der mit Shirts, Jeans und Yogahosen übersät war, und selbst daneben lagen ihre Sachen verstreut herum. Mit zwei Fingern griff ich nach einem grauen Shirt, hob es auf und verdrehte die Augen, als ich die Aufschrift las. ›Auf einer Skala von eins bis zehn – wie sehr stehst du auf Harry Potter? Neundreiviertel.‹

Keine Ahnung, was es bedeutete, aber es zeigte, was für ein Freak sie war.

Ich legte das Shirt beiseite. Auf ihrem Bett lag – wie konnte es anders sein – das Buch, das ich letztens gesehen hatte. Harry Potter. Daneben lag der lila iPod, den sie immer bei sich trug.

Ich stellte ihn an und klickte mich durch die Playlist. Fuck! So sehr sie auch nervte, das war speziell. Skillet, Thousand foot Krutch, Crossfade … Disturbed.

Sie mochte Disturbed, zumindest hatte sie ohne Zweifel dazu abgerockt, als ich sie zum ersten Mal gesehen hatte.

Ich legte ihn zurück, ging zum Schreibtisch, der neben der Tür stand, riss die Schubladen auf, aber fand nichts, bis ich die unterste öffnete.

Ihr Tagebuch.

Nicht cool. Wie alt bist du?

So weit brachte sie mich, dass ich in ihrem Zimmer schnüffelte und mir wie ein kranker Stalker oder besessener Teenie vorkam.

Seit zwei Jahren leitete ich die Tochterfirma meines Vaters, war verantwortlich für mehrere Hundert Angestellte und arbeitet hart daran, dass wir weiterhin erfolgreich blieben. Mit meinen fünfundzwanzig Jahren wusste ich, wie es lief, aber jetzt stand ich im Zimmer einer Achtzehnjährigen und war drauf und dran, ihr Tagebuch zu lesen.

Meine Zweifel wichen der Neugier. *Scheiß drauf.*

Ich fuhr mir durch die Haare, nahm das Tagebuch aus der Schublade und öffnete das mintgrüne Notizbuch, auf dem vorne mit schnörkeliger Schrift ›Tagebuch‹ geschrieben stand.

Die Daten der ersten Seiten lagen zwei Jahre zurück. Ich überflog sie, aber blieb an einer Stelle mit dem Wort Jungfrau hängen.

Könnte interessant werden.

10/25/2014

Michael und ich haben's getan. Es war wie erwartet nichts Besonderes. Es hat noch nicht mal sehr wehgetan. Aber vielleicht kommt es daher, dass ich Schmerzen gewöhnt bin. Jedenfalls bin ich jetzt keine Jungfrau mehr. Mutter würde ausrasten und mich sofort rausschmeißen, wenn sie davon wüsste. Oder nein, dann könnten die Leute ja bemerken, dass nicht alles so ist, wie sie es nach außen gerne vorspielt. Egal, ich habe es getan. Sex. Nichts Besonderes. Vielleicht probieren wir beim zweiten Mal was anderes. Ich mag ihn. Wenn er mich berührt, fühle ich mich weniger alleine. Noch komischer als der Sex war das Gefühl, als ich in seinen Armen lag. So warm und geborgen. Ob es sich immer so anfühlt, wenn man in den Arm genommen wird? Ich wünschte, er hätte mich nie mehr losgelassen. Für einen Moment kam ich mir fast wichtig vor. Lächerlich, ich weiß.

Meine Magengegend zog sich zusammen. Das waren die Worte eines sechzehnjährigen Mädchens, das zum ersten Mal Sex gehabt hatte, und anstatt sich über seine Techniken auszulassen, schrieb sie über das Gefühl, in den Arm genommen zu werden. Als ob sie es nicht kannte.

Einsam.

Alleine.

Ungeliebt.

Ich atmete tief aus. Meine verdammten Hände zitterten und ich schluckte das Gefühl herunter, das mir im Hals aufstieg und die Luft abdrückte.

Farren Andrews, das Mädchen, dass das Gefühl kannte, mutterseelenalleine zu sein.

Ich blätterte ein paar Seiten weiter.

11/10/2014

Diesmal haben sie mich nicht in den Spind gesteckt, obwohl mir das im Nachhinein lieber gewesen wäre. Heute war es besonders schlimm.

Victoria und Tori haben mich erwischt, wie ich Casey geholfen habe, ihre Bücher aufzuheben, nachdem sie sie auf dem ganzen Gang verteilt hatten. Sie haben mich an den Haaren in die Waschräume gezogen und mit dem Kopf in der Toilette untergetaucht. Immer und immer wieder. Bis ich nur noch gehustet habe. Ich dachte, ich ersticke. Zum Glück hat es dann geklingelt und sie ließen mich los. Aber ich musste mit den nassen Haaren nach Hause und Mutter ist wieder ausgerastet. Sie hat mich angeschrien, geohrfeigt und … Aber ich habe nicht geweint. Nicht vor Victoria, Tori oder Mutter.

Das Leben ist scheiße und manchmal denke ich, es hört nie auf, es geht immer weiter. Sam meint, wenn man erwachsen ist, wird es leichter. Aber bis dahin muss ich es erst mal schaffen. Manchmal denke ich, ich sollte es beenden. Aber das ist was für Feiglinge, oder? Gestern habe ich mich wieder rausgeschlichen. Ich liebe den Central Park nachts. Es ist so friedlich, wenn alle schlafen. Dann kann ich endlich weinen und alleine sein. Dann kann ich sein, wie ich bin.

Es ist komisch, den ganzen Tag bin ich von Leuten umgeben, aber ich fühle mich wie der einsamste Mensch der Welt. Wenn ich nachts wirklich alleine bin, auf der Bank im Park und in dich schreibe, fühle ich mich weniger einsam. Harry Potter hat es geschafft, vielleicht wird auch für mich irgendwann alles besser. Ich muss nur noch ein kleines bisschen durchhalten. In zwei Jahren kann ich ihnen allen beweisen, dass ich kein Versager bin. Wenn ich die Firma leite, sehen sie, dass ich doch zu etwas gut bin.

Ich rieb über meine Augen und legte den Kopf in den Nacken. Ich hatte recht. Seit ich sie zum ersten Mal gesehen hatte, erkannte ich etwas in ihren Augen, was ich selbst nur zu gut kannte. Wut.

Mir gefiel nicht, wie sie sich in mein Hirn schlich und Gefühle auslöste, die verborgen bleiben sollten, oder zumindest unter Kontrolle gehalten werden mussten. Ich legte das Tagebuch zurück in die Schublade und schloss sie. Ich wollte Antworten, aber die, die ich bekommen hatte, lösten nur neue Fragen und Gefühle aus. Nichts davon wollte ich.

Ich griff nach der Klinke, öffnete die Tür einen Spalt und vergewisserte mich, das niemand bemerkte, wie ich aus ihrem Zimmer schlich.

Gerade, als ich um die Ecke bog, rannte sie in mich. Farren rieb sich die Stirn. Ihre Wangen waren rot, das Gesicht verschwitzt und die schokobraunen Locken klebten strähnig an der Stirn.

Sie trug Jeansshorts mit ausgefransten Rändern, die ihre schlanken Beine länger wirken ließen, und ein graues Shirt, das ihren kleinen, festen Körper betonte. Die ersten zwei Knöpfe ihres Shirts waren geöffnet, ein schwarzer BH lugte unter dem Ausschnitt hervor und mein Herzschlag beschleunigte sich.

Farren war schwach, aber verdammt heiß. Würde sie sich nicht die ganze Zeit wie eine Furie benehmen oder hinter den Shirts mit den lächerlichen Aufdrucken verstecken, würden die Kerle Schlange stehen.

»Was starrst du mich so an?«, fragte sie angriffslustig wie immer und stemmte die Hände in ihre Hüften.

»Wer läuft bei dreißig Grad mit langen Ärmeln rum?«

»Was geht's dich an?«

»Willst du nicht, dass jemand deine Narben sieht?«

Sie nahm ihre Tasche und stürmte an mir vorbei, doch ich griff nach ihrem Arm. »Du tust mir weh. Lass mich los.«

Vielleicht hatte ich sie zu fest gepackt, denn sie rieb sich mit der Hand über den Arm und lief weiter.

»Farren!« Als sie ihren Namen hörte, blieb sie stehen und drehte sich um.

»Was ist? Wir essen gleich und ich will noch duschen.«

Mit dem Kopf deutete ich auf meine Zimmertür. »Wir müssen reden.«

»Müssen wir das. Ja?«

»Bitte.« Ich biss auf meine Lippen und schob die Hände in die Hosentaschen. Am liebsten wollte ich sie packen und zum Schweigen bringen, aber so würde ich nur das Gegenteil erreichen.

Sie stieß einen Seufzer aus, doch zu meiner Erleichterung schob sie sich an mir vorbei in mein altes Zimmer, das ich nur noch nutzte, wenn ich zu Besuch war.

Farren knallte die Tür hinter sich zu und baute sich mit verschränkten Armen vor mir auf, als ich mich breitbeinig aufs Bett setzte.

»Okay, rede.«

»Die anderen machen sich Sorgen, du würdest quatschen.«

»Du meinst, weil du einen deiner Freunde krankenhausreif geprügelt hast?«

»Setz dich. Ich will dir was erklären.« Mit der rechten Hand klopfte ich neben mich, ohne zu erwarten, dass sie gehorchte. Doch sie überraschte mich und tat es.

Mit zwei Fingern schob sie die Brille auf ihre Stupsnase zurück.

»Hat es dir gefallen?«

Sie wandte den Blick von mir ab und sah zu Boden. Ihre Haare fielen in Locken über die Schultern. Sie kaute an ihrer Unterlippe und nickte langsam.

»Es gibt ein paar Regeln, die du kennen solltest.«

»Okay. Wäre vielleicht besser, damit ich beim nächsten Mal Bescheid weiß.«

Ich presste den Handrücken gegen den Mund, um das Lachen zu unterdrücken, das in meinem Hals anstieg.

Wow. Ich dachte, ich hätte sie geschockt. Zumindest hatte ich es gehofft. Aber es gefiel ihr. Sie besaß definitiv mehr Courage, als ich ihr zugetraut hatte.

»Wer sagt, dass du noch mal mitkommst?« Doch bevor sie sich wieder aufregen konnte, fuhr ich fort. »Wir reden mit keinem Außenstehenden über das, was da nachts passiert.«

Sie öffnete den Mund.

»Gleich.« Ich schüttelte den Kopf. »Das heißt, egal, was dort passiert, wir fahren weder ins Krankenhaus, noch reden wir darüber. Kein Wort. Hält sich jemand nicht daran, bekommt er Besuch von ein paar Mitgliedern.«

»Klingt nach Fight Club trifft auf die Sopranos«, sagte sie ernst. »Du hast mich mitgenommen … warum?«

»Du sahst aus, als könntest du Spaß gebrauchen«, log ich.

»Und die Kampfregeln?«

Trouble wollte es wirklich wissen. »Wir kämpfen, bis der Gegner am Boden ist.«

»Das ist alles?«

»Die meisten kämpfen mit Handschuhen, aber einige von uns kämpfen -«

»Bare Knuckle«, vervollständigte sie den Satz und deutete mit dem Kopf auf meine geröteten Fingerknöchel. »Tyler hat's mir erklärt«, sagte sie, als sie meinen Gesichtsausdruck bemerkte.

»Ansonsten gibt es noch drei Regeln. Das Lieblingslied des Siegers wird beim nächsten Kampf gespielt und Wetten gehen ab zweitausend los, nach oben gibt es keine Grenzen.«

»Keine Grenzen«, murmelte sie und nickte nachdenklich. »Und die letzte Regel?«

»Das Mädchen eines anderen aus dem Club ist tabu. Wer sich nicht daran hält, bekommt ein besonderes Geschenk.«

Ihre Augen wurden größer. So ruhig sie jetzt mit mir sprach, kam sie mir fast wie das sechzehnjährige Mädchen aus ihrem Tagebuch vor. »Ihr tötet niemanden, oder?«

Ich beugte mich ein Stück zu Farren herüber. »Bisher noch nicht.«

»Sehr witzig. Dein Dad weiß davon?«

»Er weiß, dass ich boxe, aber nicht, wo oder wie ich es tue.«

»Sieht aus, als hätte ich dich jetzt in der Hand.« Sie lächelte.

»Ich hab das Gefühl, dass du nichts sagen wirst.«

»Warum bist du so zu mir?«

Ich stand auf, zog sie auf die Beine und griff sie bei den Hüften. Ich lehnte mich zu ihr und brachte meine Lippen an ihr Ohr. Wie beim ersten Mal ließ sie es sich gefallen. Ich vergrub meine Nase an ihrem warmen Nacken, bis ich von ihren Haaren umgeben war und sie flach atmen spürte. Ihr Duft war unbeschreiblich. Warm, süß. Wie Äpfel mit Zimt. Sie roch nach Thanksgiving und ich spürte einen verdammten Hunger in mir aufsteigen.

»Weil ich dich sehen will, Prinzessin.« Meine Lippen wanderten über ihr Schlüsselbein. Vorsichtig biss ich in die weiche Haut, schmeckte ihren salzigen Geschmack und zog sie näher an meinen Körper.

»Ich bin unsichtbar«, flüsterte sie gegen meine Wange.

»Dann hör auf, dich zu verstecken. Sag, was du willst, und nimm es dir.«

Mein Schwanz drückte gegen die Jeans, ich hatte das Gefühl, vor Lust zu platzen. Mit einer Hand griff ich in ihre schweißnassen Haare und zog ihren Kopf nach hinten, bis ihr Hals frei lag. »Was willst du?«, fragte ich sie mit kratziger Stimme. *Scheiße, sie ist verdammt heiß.*

Farren schüttelte den Kopf und schob meine Hand weg. »Spielt eh keine Rolle.« Sie riss die Tür auf und stürmte aus dem Zimmer.

Kapitel 5

FARREN

Was zur Hölle war passiert? Wie gelang es Kieran, mich zu verwirren? Warum berührte er mich ständig und wieso gefiel es mir?

Ich stürmte den Gang entlang, rannte die Treppe nach unten, bis ich außer Atem im Wohnbereich ankam.

»Wie siehst du denn aus? Wolltest du nicht duschen?« Maria deutete mit einem Kochlöffel auf meine Haare. Sie klebten in meinem Nacken und an der Stirn. Ich war sicher, ich sah aus, wie ich mich fühlte.

»Ähm … Ich …«

»Beeil dich, Mr. Moore hasst es, zu warten. Wo ist Kieran?«

Ich zuckte mit den Schultern, während ich an ihr vorbei in Richtung Esszimmer lief. »Er kommt sicher bald.«

Ich betrat das großzügig geschnittene Esszimmer mit dem langen Tisch aus Mahagoniholz. Mr. Moore saß mit dem Rücken zu mir. Er hatte die Hände hinter dem Kopf gefaltet und schaute durch die Glaswand in den Garten.

»Setz dich«, sagte er autoritär, ohne sich umzudrehen.

Ich nahm Platz und legte die Serviette über meinen Schoß. »Tut mir leid, dass ich zu spät bin.«

»Wenn du arbeitest, kannst du dir das nicht erlauben.« Er nahm seinen Stuhl, schob ihn an den Tisch und sah mich ernst an.

»Wird nicht wieder vorkommen«, sagte ich, während ich die Gabel zwischen meinen Fingern drehte.

Ich fühlte mich mehr als unwohl.

Kieran schlenderte ins Zimmer, als wäre nichts geschehen. »Sorry, Dad, ich habe versucht, sie davon zu überzeugen, duschen zu gehen, aber sie ist etwas ...« Er sah mich über den Kopf seines Vaters an und lächelte fies. »Stur.«

Mit den Lippen formte ich das Wort *Arschloch*, als Mr. Moore zu ihm schaute. Er ließ sich neben seinem Vater nieder, nahm das Besteck vom Tisch und betrachtete es. »Sie sollte Maria in der Küche helfen, vielleicht lernt sie so Disziplin.«

»Du und dein Humor, Junge. Du machst das schon. Wo wir auch beim Thema sind. Ich muss für ein paar Tage nach Los Angeles. Kellerman macht Probleme. Könntest du länger hierbleiben? Ich weiß, du hast selbst zu tun, aber ich möchte sie nicht unbeaufsichtigt lassen.«

Mit einem scheppernden Geräusch ließ ich die Gabel auf den Tisch fallen. *Der Idiot soll auf mich aufpassen?*

Kieran wirkte überrascht, aber er zuckte nur mit den Schultern. »Klar, ich werde sie richtig rannehmen.«

Er zwinkerte mir zu und ich hatte das Gefühl, keine Luft mehr zu bekommen.

Die Bücher in meiner Hand entglitten mir beinahe, so schwitzig waren meine Hände, als ich durch die Gänge meiner Schule lief und mich umsah.

Raum 102, irgendwo musste er doch sein. Das T-Shirt hing über einer Schulter, ich spürte den Schweiß, der den Rücken entlanglief.

Schüler rannten an mir vorbei. Ein Mädchen mit wilden blonden Haaren, die sie zu einem Dutt gesteckt hatte, rempelte mich an.

»Hey«, rief ich hinterher, als sie einfach weiterging. »Beim nächsten Mal entschuldigst du dich gefälligst!«

Ich sah auf die Schilder neben den unzähligen Türen und fand endlich das Klassenzimmer. Heute begann mein Kreativkurs in Literatur, etwas, auf das ich mich sehr freute, auf die anderen Schüler hätte ich allerdings verzichten können.

Durch ein kleines Fenster in der Tür sah ich, dass einige Jungs und Mädchen auf ihren Tischen saßen, sich unterhielten und lachten. Noch zehn Minuten bis Unterrichtsbeginn.

Du kannst das, geh einfach rein. Alles gut.

Ich atmete tief ein, straffte die Schultern, hob den Kopf und öffnete die Tür. Niemand achtete auf mich.

Gott sei Dank!

In der Mitte waren drei Tische frei, keine Tasche stand dort, also ging ich darauf zu und legte meine Bücher auf den zweiten.

»Hey!«, rief eine raue Stimme hinter mir. Ich drehte mich um. Ich sah zwei Kerle in weiten blauen Jeans und weißen Shirts breitbeinig auf ihren Stühlen sitzen. Einer von ihnen musterte mich abschätzig, während der andere mich ansah, als wäre ich ein Alien, der auf dem falschen Planeten gelandet war.

»Nicht der.«

»Wie bitte?«

»Spreche ich parisisch?« Er zeigte mit dem Stift, den er in der Hand hielt, hinter mich. »Nicht dieser Tisch. Nimm 'nen anderen.«

Der Typ war das beste Beispiel für die Rückwärts-Evolution durch Smartphones und Talkshows.

»Parisisch?«

Er verdrehte die Augen. »Na klar, so sprechen sie in dem Land Paris.«

»Vielleicht solltest du mal lesen. Bücher, du weißt schon, so Dinger aus Papier.«

»Warum?« Er sah mich an, als hätte ich ihm mitgeteilt, seine Datenflatrate sei soeben abgelaufen.

»Vergiss es einfach.«

»Und du vergiss den Tisch.«

»Aber der ist doch frei.«

»Richtig, aber deine Mähne ist so voluminös, dass ich nicht drübergucken kann.«

»Was man von deinem Hirn nicht behaupten kann.« Ich drehte mich um und setzte mich trotzdem. War Miami so etwas wie die Hochburg der Anti-Einsteins?

»Hörst du schlecht, Vierauge?«

Genervt rollte ich mit den Augen und drehte meinen Oberkörper in seine Richtung. »Leg dir ein Kissen unter den Hintern, schluck Wachstumshormone, aber nerv mich nicht.«

Sein Kumpel brach in schallendes Gelächter aus und klopfte ihm auf die Schulter. »Mann, die gibt's dir aber.«

Ich nickte seinem Freund zu, der mich mit zusammengekniffenen Augen ansah. »Dann wäre das ja geklärt.«

Er riss den Mund auf, doch bevor er weiter nerven konnte, drehte ich mich um und beendete die Diskussion. Mein Herz schlug schnell, ein heißes Kribbeln stieg in meinem Bauch an. Ich hatte mich gewehrt.

Grinsend zog ich einen Stift aus meiner Tasche und kritzelte geometrische Figuren und Blitze auf ein Blatt aus meinem Notizblock. Kieran hatte recht. Ich war wütend. Ständig. Es brauchte nicht viel, um mich zur Weißglut zu treiben.

Kieran. Der Gedanke an ihn machte es nicht besser. Wie besessen kratzte ich mit dem Kugelschreiber so lange über das feine Papier, bis die Stelle von der Tinte ganz blau war und zerriss.

Als ob das hier noch nicht reichte, war ich ab heute Nachmittag mit ihm alleine. Mr. Moore arbeitete die meiste Zeit, aber ich hatte das Gefühl, dass Kieran sich, solange sein Vater in der Nähe war, besser benahm. Berechenbarer.

Ich wusste nicht, warum er sich mir gegenüber ätzend verhielt, oder was gestern zwischen uns geschehen war.

Ich wusste nur, es hatte sich gut angefühlt. Aber wir mochten uns nicht und es verwirrte mich, dass ich ihn anziehend fand.

Der Typ hinter mir lachte noch immer, doch zu seinem und meinem Glück hielt er wie sein Kumpel die Klappe.

Noch vor zwei Jahren hatte ich mir an der Schule alles gefallen lassen, aber die Zeiten waren vorbei. Ich fühlte mich noch immer schrecklich zwischen all den anderen Schülern. Fremde Leute waren nichts für mich, aber ich war kein Opfer mehr. Nicht in der Schule.

›*Wehr dich. Kenne deinen Wert. Entschuldige dich nie dafür, wer du bist.*‹

Warum sagte Kieran solche Sachen zu mir? Was bedeutete sein Satz von letzter Nacht, als ich mich ihm wie eine Schlampe an den Hals geworfen hatte? *Ich will dich sehen* …

Maria kam mir mit Büchern, die sie unter den Arm geklemmt hatte, entgegen, als ich den Eingangsbereich betrat.

Auf ihrem Gesicht lag ein breites Grinsen.

»Lass mich raten, dein Sohn kommt zu Besuch?«

Hastig schüttelte sie den Kopf und sah zu mir auf. Obwohl ich mit meinen ein Meter sechzig kein Riese war, überragte ich Maria um mindestens zehn Zentimeter.

»Nicht ganz.« Sie wechselte die Bücher unter den anderen Arm. »Kieran hat mir frei gegeben.«

Ich griff den Gurt meiner Tasche fester und sah sie verwirrt an. »Das ist super. Aber du siehst nicht aus, als willst du dir einen ruhigen Abend machen.«

»Ich fahre zu Julie. Wir hatten seit Ewigkeiten keinen Mutter-Tochter-Abend mehr. Ich koch was Schönes und dann sehen wir uns alte Filme an.«

Mein Hals fühlte sich plötzlich staubig an und ich räusperte mich. Alleine mit ihm zu sein, ohne Maria, meine einzige Bezugsperson, war alles andere als ein Grund zur Freude. Ob Mutter davon wusste? Ich lächelte sie an und hoffte, sie spürte nicht, wie geknickt ich darüber war. »Habt viel Spaß.«

Maria umarmte mich mit dem freien Arm. »Er meint es nicht so. Ich weiß nicht, was zwischen euch vorgefallen ist, aber ihr solltet reden.«

Wir waren besser, wenn wir nicht redeten. Jedes Mal, wenn wir ein Gespräch anfingen, endete es im Streit. Nur wenn wir schwiegen, in den winzigen Momenten, in denen er mich nicht wie ein dummes Schulmädchen behandelte, fühlte es sich gut an. So gut, wie ich es nur mit Michael erlebt hatte.

Ich nickte, hielt die Tür auf und sah ihr hinterher, als sie zu Julie ins Auto stieg und verschwand.

Es war später Nachmittag. Die zweite Stunde meines Kreativkurses war besser als erwartet gelaufen und nachdem ich Carter und Liam in ihre Schranken verwiesen hatte, ließen sie mich in Ruhe. Auf die verbalen Seitenhiebe, die sie mir in den Pausen zuwarfen, reagierte ich nicht. Meine Mitschüler ignorierten mich weitestgehend, was mir gelegen kam. Es war vertraut und ich musste mich nicht verstellen. Auf dem Nachhauseweg hatte Julie angerufen, sie wollte wissen, wie mein Tag gewesen war und wir hatten eine Weile telefoniert. Wieder schoss mir die Frage durch den Kopf, wie Mutter auf die Idee gekommen war, dass ich hier Disziplin lernen sollte. Moore war nie da, die meiste Zeit war ich mir selbst überlassen, genau das, was ich wollte. Warum dachte sie, Moore könnte mich erziehen? Mutters Logik hatte ich nie verstanden.

Als ich das Wohnzimmer betrat, saßen Tyler und Harlan auf der Couch und sahen sich ein Baseballspiel im Fernsehen an. Tyler zog an seiner Zigarette. Er stieß den Rauch durch die Nasenlöcher aus und starrte gebannt auf den Bildschirm, während Harlan, dessen Gesicht in Gelb- und Violetttönen leuchtete, gelangweilt aussah. Er trug seine schwarze Kapuzenjacke und hatte die Hände hinter dem Kopf verschränkt.

Als er mich bemerkte, nickte Harlan mir kurz zu und sah wieder zum Fernseher. Noch nie hatte ich ihn sprechen gehört und fragte mich, was sein Problem war. Die meisten gut aussehenden Jungs redeten zu viel. Tyler stand auf. Er trug ein schwarzes T-Shirt mit V-Ausschnitt, das einen Teil seiner definierten Brust freigab, und Jeans, die seinem Körper schmeichelten. Mit dem spöttischen Grinsen im Gesicht, mit dem er mich immer ansah, kam er geschmeidig auf mich zu. Kieran ging mir unter die Haut, aber Tyler bereitete mir Unbehagen.

Ständig wirkte er wie auf der Jagd. »Na Süße, hast du den Schultag gut überstanden?«, fragte er und ließ seinen Blick von meinen Füßen über meine nackten Beine bis hin zu meinem Bauch wandern.

Ich straffte die Schultern und ließ meinen Ton locker klingen, auch wenn seine Blicke und die Art, mit der er jedes Wort wie eine Drohung klingen ließ, mich nervös machten. »War ganz okay, habt ihr Spaß?«

Er beugte sich über mich, sodass ich seinen Zigarettenatem roch. »Wir hätten noch mehr Spaß, wenn du uns Gesellschaft leisten würdest.«

»Tja, sorry, ich muss lernen.« Ich ging an ihm vorbei und lief die Treppe nach oben, ohne mich noch einmal umzusehen.

Wo trieben Elisha und Kieran sich rum?

In meinem Zimmer angekommen schmiss ich die Tür hinter mir zu, als im selben Moment mein Laptop ein eingehendes Skype-Gespräch meldete.

Ich setzte mich auf den Schreibtischstuhl, strich die Haare zurecht und schaute mich um.

Bett ordentlich.

Harry-Potter-Buch außer Sichtweite.

Kein Junge im Zimmer.

Ich nahm das Gespräch an. »Hallo Mutter.«

Noch bevor sie sprach, wurde mir schlecht. Ihr pudrig blasses Gesicht, die dünnen Lippen und ihre stahlblauen Augen reichten, dass sich mein Magen vor Anspannung zusammenzog. Ich klemmte meine Hände unter die Knie, damit ich nicht an den Nägeln kaute.

»Benimmst du dich?«

»Dir auch einen guten Tag.« *Verdammt*. Meine Hand schoss vor den Mund. Aber sie war weit weg, sie konnte mir nicht wehtun und ich entspannte mich.

»Treib es nicht auf die Spitze. Wie läuft es in der Schule? Sollte ich etwas wissen?«

Stimmt, ich hatte Noten bekommen. »Eine Zwei in Englisch und eine Eins in Kunst.«

Sie zog eine Augenbraue hoch, ihre ohnehin schmalen Lippen wurden dünner. »Eine Zwei? Was hatten wir gesagt?«

»Aber eine Eins in Kunst«, erwiderte ich.

»Mit Kunst führt man kein Unternehmen. Ich erwarte nicht weniger als das Beste von dir. Enttäusche mich nicht schon wieder.«

Ich atmete tief ein und nickte. »Jawohl Mutter.« *Fahr zur Hölle.*

»Ich muss hoffentlich nicht erwähnen, dass du die Finger von Logans Sohn lässt? Ich habe zwar gehofft, er bleibt in Cape Coral, aber gut. Kieran ist ein ordentlicher Junge, er weiß, wie er mit dir umzugehen hat.«

Fassungslos starrte ich auf den Bildschirm. Er, der sich nachts im Dreck wälzte und prügelte, der mich begrapschte, war der Gute, während sie mich als Schlampe hinstellte?

»Du weißt, dass er total tätowiert ist und boxt?«

Sie verzog den Mund. »Über seine äußere Erscheinung bin ich mir bewusst, du weißt, was ich davon halte. Aber er arbeitet hart, ist fleißig und verantwortungsbewusst, was man von dir nicht behaupten kann.«

Tränen stachen hinter meinen Augenlidern, doch ich schluckte sie zusammen mit der rasenden Wut, die sich in meinem Körper ausbreitete, hinunter und zwang mich, sie anzusehen. Der einzige Weg in die Firma war über meine Mutter. Dad vertraute auf ihr Urteil, ich wusste nicht, wie viel sie ihm von meinen ›Eskapaden‹, die sich auf einen heimlichen Bibliotheksbesuch nach der Schule und eine Vier in Chemie beliefen, erzählt hatte, aber ich durfte es mir mit ihr nicht verscherzen. Nicht jetzt.

»Wie geht's Albus?«, wechselte ich das Thema.

»Deinem Hund geht es gut.«

»Und Sam?«

Sie drehte sich zu jemandem um, der ins Zimmer kam, nickte und wandte sich mir wieder zu. »Ich habe zu tun, wir geben heute Abend einen Empfang. Wenn du hier wärst, könntest du Klavier spielen.«

Mir wurde schlecht. »Ich muss noch lernen. Mach's gut, Mutter.«

Sie nickte und beendete die Unterhaltung.

Meine Lider wurden schwerer. Ich schaltete die kleine Lampe neben dem Bett ein, als ich bemerkte, dass es dunkel geworden war. Im Schneidersitz, mit Heften und Schulbüchern um mich herum verteilt, saß ich auf meinem Bett und lernte seit Stunden für die kommenden Tage. Den Stoff, den sie hier durchgingen, hatten wir in New York nicht gehabt und ich musste hinterherkommen, wenn ich Ende des Jahres einen guten Abschluss schaffen wollte.

Mit der Handfläche rieb ich über meine Augen, streckte die Beine aus und griff nach der Wasserflasche neben meinem Bett. Ein plötzlich ohrenbetäubender Lärm ließ mich zusammenschrecken. Er dröhnte durchs Haus, gefolgt von Geschrei und die Zimmerwände vibrierten unter den wummernden Bässen der Musik.

Mit einem Satz sprang ich vom Bett, riss die Zimmertür auf, stürmte die Treppen nach unten und erschrak.

Der Wohnbereich glich einem Club. Mädchen in kurzen Röcken und Bikinioberteilen tanzten auf den Ledersofas. Um den Wohnzimmertisch saßen sechs Jungs und ein Mädchen, die ein Trinkspiel veranstalteten. Das Mädchen hielt einen Schlauch, der mit einem Trichter verbunden war, in den Mund eines Typen und goss eine ordentliche Portion Bier hinein. Die anderen feuerten ihn an, bis er sich verschluckte und einen Schwall Alkohol auf den Boden spuckte. Die Schiebetüren zum Garten standen weit auf, im Pool tummelten sich Leute, Mädchen saßen auf den Schultern von Typen. Lachend warfen sie die Köpfe in den Nacken, während sie versuchten, sich gegenseitig ins Wasser zu schmeißen.

Ein paar Kerle warfen mir abschätzige Blicke zu, als sie mich am Treppenabsatz stehen sahen. »Wo ist Kieran?«, rief ich einem von ihnen zu. Er trank einen Schluck aus der Bierflasche, die er in den Händen hielt, und zuckte mit den Schultern. Ich drängte mich an den tanzenden Leuten vorbei, die die Mitte des Wohnzimmers zur Tanzfläche umfunktioniert hatten. An der Küchentheke, die jetzt einer Bar glich, weil sie von Bierflaschen übersät war, saß Harlan. Er nickte im Takt der Musik und schwenkte ein Whiskyglas in seiner Hand.

»Hast du Kieran gesehen?«

Harlan drehte den Kopf zu mir und sah mich mit seinen angeschwollenen Augen an. »Im Kino.« Seine Stimme klang sanfter, als er aussah.

»Was?«, schrie ich gegen die Musik an.

»Im Keller.« Er deutete mit dem Kopf zum Flur. »Aber du solltest da nicht runtergehen, Farren. So was willst du nicht sehen.«

Ich wandte mich zum Gehen, er legte seine Hand auf meinen Arm. »Geh da nicht runter. Das ist nichts für Mädchen wie dich.«

»Warum?«

Er schüttelte den Kopf. »Danke, dass du dir Sorgen gemacht hast. Nach dem Kampf, meine ich.«

»Wie geht's dir?«

Er zuckte mit den Schultern. »War schon schlimmer.«

Ich nickte ihm zu und drehte mich um. *Mädchen wie du …*

Was meinten sie alle damit? Warum sollte ich nicht sehen, was Kieran da unten trieb?

Wahrscheinlich prügelt er sich wieder. Zwei Typen, die Mädchen hinter sich herzogen und lachten, rempelten mich im Vorbeigehen an, als ich den schmalen Flur betrat. Bisher war ich immer nur bis zum Esszimmer gegangen, aber das Haus war riesig. Größer als unsere Stadtvilla und ich hatte bisher nicht mal die Hälfte gesehen.

Der flauschige Teppich fühlte sich weich unter meinen nackten Füßen an. Ich ließ das Esszimmer hinter mir und folgte dem schwach beleuchteten Gang mit Türen, die rechts und links abgingen. Die Musik, die vom Wohnbereich dröhnte, war kaum noch zu hören.

Der Gang machte einen Knick, ich bog um die Ecke und stand vor einer schwarzen Tür.

Endstation.

Ich drückte die Türklinke nach unten. Mit rotem Samt bespannte Treppen führten nach unten. Das einzige Licht schien von den Strahlern, die dicht über dem Boden rechts und links der Stufen angebracht waren.

Leise Musik spielte. »Ja, gib's ihr«, rief jemand mit rauer Stimme.

Mein Herz schlug schneller, als ich ein Mädchen hörte. Ihr Stöhnen vermischte sich mit den heftigen Atemgeräuschen eines Mannes.

Du solltest das nicht sehen …

Ich ging weiter, bis ich vor einem schweren Samtvorhang stand. Meine Finger fühlten sich nass an, als ich ihn zur Seite schob und einen Raum mit schwarzen Wänden und schwarzen Ledersesseln betrat.

Wie vom Blitz getroffen blieb ich stehen.

In der vordersten Reihe saßen Kieran, Elisha und acht weitere Typen, die ich nie gesehen hatte. Sie saßen mit dem Rücken zu mir, die Arme im Nacken verschränkt oder lehnten entspannt in den Sesseln, als sahen sie einen Film.

Ich beachtete sie kaum. Alles, was ich sah, waren Tyler und das Mädchen, das breitbeinig auf einem runden Tisch in der Mitte des Raumes lag. Auf der Leinwand hinter ihnen flackerten Musikvideos, aber das Stöhnen übertönte die Musik.

Blut rauschte in meinen Ohren, mein Herzschlag verdoppelte sich. Ich zwang mich, hinzusehen.

Du solltest das nicht sehen …

Die Muskeln in Tylers Rücken bewegten sich, als er ihre Knie griff und sie sich über die Schultern legte und so heftig in sie stieß, dass der Tisch im Rhythmus seiner Bewegungen wackelte.

Einer der Kerle hob den Kopf. »Lass uns noch was übrig, Ty.«

Tyler war zu beschäftigt. Er nahm ihr Kinn in seine Hand, während er sich weiter bewegte.

»Wie heißt du?«

»Blake Richardson.«

»Und was bist du?«

Sie schrie auf, er bewegte sich schneller und legte beide Hände um ihren Hals. »Eine Verräterin. Deine Hure«, antwortete das Mädchen heiser. Das Geräusch von Haut auf Haut, sein Atem, ihre Schreie erfüllten die Luft und ein warmes Gefühl breitete sich von meinem Bauch bis in meine Beine aus. Warum sollte das Mädchen so tun, als wäre sie Blake?

»Ja, härter! Fick mich!« Ihre langen Nägel krallten sich in seinen Rücken, als er seine Hüften härter gegen sie stieß. Tyler stöhnte auf, griff mit einer Hand in ihre Haare, bewegte sich schneller, der Tisch wackelte im Rhythmus seiner Stöße. Ein letztes Mal stieß er heftig in sie und ließ dann schwer atmend von ihr ab. Die Typen applaudierten und lachten.

»Ich hoffe, die verträgt noch mehr«, sagte ein großer Kerl, als er aufstand, den Reißverschluss seiner Jeans öffnete und Tyler auf die Schulter klopfte. Die anderen grölten, das Mädchen lächelte und begann, den Typ zu streicheln.

»Du bist echt krank«, sagte Elisha, als Tyler sich neben ihn in den Sessel sinken ließ.

Genug. Ich hatte genug gesehen, das war krank. Ich drehte mich um, wollte nur noch in mein Zimmer, als mich eine Hand zurückhielt.

»Bleib.« Kierans Stimme ließ mich erschaudern. Er hielt meinen Oberarm in seiner Hand. »Wie viel hast du gesehen?«

Ich drehte mich zu ihm. »Genug.«

Sie stöhnte heiser, doch alles, was ich wahrnahm, waren Kierans dunkle Augen. Seine Hand streichelte meinen Arm. Er ließ mich los und stellte sich hinter mich. Seine Brust drückte sich gegen meinen Rücken und ich spürte, dass er einen Ständer hatte. »Sieh hin!«, befahl er mir.

Ich schloss die Augen, während ich sie stöhnen hörte, und versuchte, die Erregung in mir zu unterdrücken. Ich stand nicht auf das, was sie taten, doch das Verbotene darin zog mich an. »Zwingt ihr sie dazu?«

Sein Atem streifte meinen Nacken. »Hört es sich für dich so an?«

»Ah, Baby … ja, mach weiter!«, schrie sie.

Ich schüttelte den Kopf. »Warum tut sie es dann?«

»Weil sie es kann. Weil sie ihre eigenen Regeln hat. Sie wollen, dass wir uns der Norm anpassen, Farren«, sagte er sanft und ließ seine Lippen über meinen Nacken wandern. »Sie wollen, dass wir in einer Welt leben, die sie uns vorgeben, dass wir das tun, was als normal gilt. Jeder Mensch lebt von Geburt an in einem Käfig. Uns wird gesagt, was richtig und falsch ist. Nur die wenigsten brechen aus. Ist es das, was du willst?«

Ich schluckte. Mein Hals fühlte sich trocken an. Die Luft im Raum war warm und stickig, doch es war Kierans Körper, der sich gegen mich presste, der das Top an meinem Rücken kleben ließ, der Wärme in mir aufsteigen ließ, obwohl ich mich mit jedem Funken Verstand dagegen wehrte.

Noch immer hielt ich die Augen geschlossen. *Ich sollte das nicht sehen …*

»Manche von uns wollen mehr. Du kennst das Gefühl«, sagte er sanft. »Als Kind wird uns erzählt, wir können werden was wir wollen. Aber irgendwann bist du erwachsen und erkennst, dass alles nur eine Lüge war.«

»Wenn jeder seine eigenen Regeln macht, herrscht Chaos«, antwortete ich mit schwacher Stimme.

»Und wenn sich jeder beugt, gibt es irgendwann keine Freiheit mehr«, flüsterte er gegen meinen Nacken. Seine Hände glitten über meine Hüften und legten sich auf meine Oberschenkel. Mit dem Daumen rieb er über meine Haut. »Du hast Hunger, Prinzessin. Du willst mehr. Genauso wie ich.«

Ich schüttelte den Kopf. »Das ist krank, Kieran.«

»Sagt wer? Deine Eltern? Weißt du, was krank ist?« Sanft biss er in mein Ohrläppchen. »Dass du dich versteckst. Dass du ihre Marionette bist. Du spielst das brave Mädchen, aber ich sehe mehr.«

»Ich weiß nicht, wovon du sprichst.«

»Dann bist du noch feiger, als ich dachte.« Er ließ mich los.

Ich drehte mich um. Sein Blick war kalt. Mit dem Kopf deutete er auf das Mädchen, das jetzt mit zwei Typen beschäftigt war. Ich hörte ihre Stimmen, wie sie mit ihr sprachen, während sie stöhnte. »Halte davon, was du willst, aber sie nimmt sich, was sie will. Sie verstellt sich nicht, weil sie Angst hat, verurteilt zu werden.«

Ich erwiderte nichts und rannte die Treppe nach oben, den Gang entlang, bis ich wieder im Wohnzimmer stand. Umringt von Leuten, die tranken, Sex hatten oder tanzten. Niemand schenkte mir Beachtung, als ich die Marmortreppe zu meinem Zimmer hochstürmte und die Tür zuknallte.

›*Kieran ist ein ordentlicher Junge.*‹ Meine Mutter hatte keine Ahnung, was hier vor sich ging, und ich wusste nicht, in was ich geraten war oder was zur Hölle er von mir wollte.

Ich wusste nur, es wurde immer schwieriger, wegzusehen. Schwieriger, *ihn* nicht zu sehen.

Und es wurde immer schwieriger, die Gefühle zu verleugnen, die ich empfand, wenn wir zusammen waren.

Wütend, aber lebendiger als je zuvor in meinem Leben.

Frei und wild. Doch meine Zukunft stand fest. Die verdammte Firma übernehmen. Den Respekt meiner Eltern bekommen. Es war das Einzige, worauf es ankam. So war es doch, oder?

Kapitel 6

KIERAN

»Verdammt noch mal!« Ich donnerte meine Faust auf die Theke.

Die Musik, die Leute, alles ging mir auf die Nerven, seit sie vor einer Stunde in unsere private Vorstellung geplatzt war.

»Ich hab gesagt, sie soll nicht zu euch runtergehen«, sagte Harlan. Er saß an der Theke und ließ sich mit Whisky volllaufen. Er nahm weder an den Special Events der Partys teil noch hatte er Mädchen. Auch er versteckte etwas, aber ich kannte ihn gut genug, um nicht zu fragen. Harlan war nicht der Typ, der seine Gefühle offenbarte.

»Das Mädchen hat ernsthafte Probleme.« Ich starrte auf meinen Finger, der unruhig die Linien des Holzes nachzeichnete.

»Was läuft da mit euch?«

Ich zog das Messer, das ich immer bei mir trug, aus meiner Jackentasche und stocherte mit der Klinge auf der Theke herum. »Frag mich was Leichteres, aber ich hab die Schnauze voll.«

Tyler klopfte auf meine Schulter, setzte sich neben mich und öffnete eine Bierflasche. Seine Haare klebten in der Stirn. Er sah total erledigt aus. »Mann, die Kleine hat vielleicht Ausdauer. Madoc und Pax sind immer noch dran.«

»Drehst du jetzt total durch?«

»Wie bitte?«

»Die Nummer da unten. Blake? Ich dachte, du bist über sie hinweg.«

»Ich bin gerade entspannt, also lass uns das Thema wechseln«, sagte er und an seinem Ton hörte ich die Wut, die in ihm aufstieg. Er trank einen Schluck und sah zur Seite.

Blake zu erwähnen, war so vernünftig, wie einem Kind Rattengift in die Hände zu geben, aber ich musste wissen, ob ich mir Sorgen machen musste. Ich musste ihn unter Kontrolle behalten, denn im Gegensatz zu den anderen, die nur harmlose Spielchen im Kopf hatten, war Tyler gefährlich.

»Elisha hat gesagt, sie hat zugesehen. Vielleicht fragen wir, ob sie beim nächsten Mal auf dem Tisch liegen will.« Er leckte über seine Unterlippe und lächelte.

Es reichte. Ich sprang auf, drängte mich an den Partygästen vorbei und riss das Kabel der Anlage aus der Steckdose. Die Musik ging aus, alle drehten ihre Köpfe zu mir und hörten auf zu tanzen. Sie starrten mich an. »Okay, die Party ist vorbei! Geht nach Hause.«

Einige Leute fluchten, als sie sich hintereinander aus dem Wohnzimmer schoben. Ich rannte in den Garten, damit es wirklich jeder verstand, und zog ein Mädchen, das halb schlafend im Gras lag, auf die Beine. »Verschwinde, Süße.«

Sie blinzelte, strich sich den Rock, der gerade so ihren Arsch bedeckte, nach hinten und torkelte mit den anderen in Richtung Tor.

Als die Letzten das Haus verlassen hatten, ging ich zu meinen Freunden. Harlan starrte mich von der Theke an, während Tyler und Elisha zur Tür liefen. »Reiß dich zusammen, K. Du weißt, wie das endet. Mach keinen Scheiß«, rief Elisha mir zu. Tyler schüttelte nachdenklich den Kopf. Er nuschelte etwas, aber ich verstand nur das Wort »Tussi« und sie verschwanden.

»Ich sagte alle, Harlan.«

Träge glitt er vom Barhocker. »Es fängt wieder an, ist doch so?«

»Mach dir keine Sorgen, ich bekomm's in den Griff.«

Den anderen konnte ich vielleicht etwas vormachen, aber nicht ihm. Auch wenn er nicht viel sprach, Harlan beobachtete alles. Die Leute hielten ihn für einen gut aussehenden Spinner, aber ich wusste, dass mehr dahintersteckte. Wir hatten alle unsere Dämonen. Er kannte meine, ich seine. Niemand von uns sprach darüber, aber ich wusste, dass meinem besten Freund nicht verborgen blieb, wie ich mich zusammenreißen musste, um nicht durchzudrehen.

Als er an der Tür stand, drehte er sich noch einmal um. »Sie ist es nicht wert, dass du dir alles versaust, K.«

Ich nickte. Als ich endlich alleine war, schmiss ich mich auf die Couch. Die Plastikbecher unter mir zerknitterten.

Verfluchte Prinzessin.

Ich stimmte Harlan zu. Sie war es nicht wert. Weder Farren Andrews noch meine Mutter waren es wert, dass ich durchdrehte. Ich stand auf, schaltete das Licht aus, zog mich um, lief in die zweite Etage und betrat die Sporthalle.

Die Holzdielen quietschten unter den Gummisohlen meiner Sportschuhe. Ich atmete tief ein, schloss die Augen für einen Moment und genoss die Stille.

In der hintersten Ecke der Sporthalle hing der Boxsack. Ich lief darauf zu, holte aus, schlug kräftig mit den bloßen Fäusten auf ihn ein, dass er zurückschleuderte und zur Seite schwang. Wieder holte ich aus. Ich boxte so hart gegen das Leder, bis die Knöchel meiner Finger schmerzten und sie sich röteten.

Rechts, links, Doppelkombination. Immer und immer wieder.

Schweiß tropfte von der Stirn auf mein Shirt, ich zog es über den Kopf, schmiss es zu Boden und holte erneut aus. Nichts half. Die verdammte Wut, die verdammte Hitze, sie verschwanden nicht.

Alles, was ich sah, war ihr Gesicht.

Sommersprossen. Augen so blau wie das Meer und der Himmel zusammen. Runde Hüften, weiche Haut. Haare, die in Kaskaden über ihre Schultern fielen. Die Narben an ihren Unterarmen. Feste, runde Titten. Und ihr Mund. Ihre hübschen rosa Lippen, über die nur Lügen, Heuchelei und Schwachsinn kamen.

Als der Boxsack auf mich zuschwang, schoss meine Rechte nach vorne. Ich schlug ihn, spürte den brennenden Schmerz in den Knöcheln und hoffte, dass es aufhören würde.

Aber das tat es nicht.

»Fuck!« Meine Stimme hallte durch den Raum und plötzlich war Stille das Letzte, was ich brauchte. Ich schaltete die Anlage ein. Aus den sechs Boxen, die in den Ecken und Seitenwänden der Decke eingelassen waren, dröhnte *Puppet* von Thousand foot Krutch. Ich drehte die Lautstärke so hoch, bis ich nichts mehr außer den kreischenden E-Gitarren und Trevor McNevans Stimme hörte, die das Geräusch meines Atems übertönte.

Gut, dass ich Maria und Jeremy weggeschickt hatte. Sie hätten Dad nichts erzählt, aber Maria würde sich sorgen. Harlan tat es.

Scheiße, es ging wieder los.

Wie ein Besessener holte ich aus, schlug, boxte, trat gegen den verdammten Sandsack. Bei jedem Schlag stellte ich mir ihre Gesichter vor. Bis vor Kurzem hatte ich nur meine Mutter gesehen, aber jetzt sah ich sie. Farren Andrews, die verdammte Heuchlerin, die sich für etwas Besseres hielt, wenn sie doch in Wirklichkeit genauso kaputt war wie ich.

Das Herz hämmerte wie wild gegen die Brust, meine Knöchel waren wund, mein ganzer Körper stand unter Strom. Und zum ersten Mal seit drei Jahren half selbst das Boxen nicht mehr.

»Verdammte Scheiße!«

Ich stellte die Musik aus, schloss die Tür und stürmte auf ihr Zimmer zu.

Du hast dich unter Kontrolle. Bleib verdammt noch mal ruhig. Mach nichts Dummes.

Bitte lass das Zimmer abgeschlossen sein. Bitte.

Meine brennenden Fingerknöchel drückte ich gegen die Schläfen, ich zwang mich, ruhig zu atmen.

Die Stille, die sich durchs Haus zog, schnitt mich wie ein Messer. Als ich vor ihrer Tür stand, griff ich die Klinke und betete, sie wäre vernünftig und hätte abgeschlossen.

Ich drückte die Klinke hinunter. Sie war nicht vernünftig gewesen. Die Tür öffnete sich knarrend, doch Farren schien zu schlafen, denn nichts bewegte sich.

Sie musste die Vorhänge zugezogen haben, es herrschte vollkommene Dunkelheit.

Ich schloss die Tür, ballte die Fäuste gegen meine Brust, lauschte auf das gleichmäßige Geräusch ihres Atems und hoffte, es würde mich zur Vernunft bringen, mich beruhigen.

Doch das tat es nicht.

Mit einem Satz war ich auf ihrem Bett. Und bevor sie richtig wach war und realisieren konnte, was geschah, presste ich eine Hand auf ihren Mund.

Farrens Hände schossen nach vorne, sie krallte sich in meine Unterarme, ihre Nägel zerkratzten meine Haut. Und ich wollte mehr.

Ich beugte mich zu ihr, roch ihren warmen Apfelduft und vergrub meine Nase an der Stelle ihres Halses, an der der Puls raste. Farrens Atem ging stoßweise.

»Du weißt nicht, was du mit mir machst«, presste ich zwischen den Zähnen hervor und griff mit einer Hand in ihre Haare. Sie schmiss sich unter mir hin und her, zerkratzte meine Arme, aber sie hatte keine Chance.

»Gib mir einen Grund, warum ich dir jetzt nicht die Beine auseinanderzwängen sollte, um dich auf der Stelle zu vögeln, Prinzessin.«

Ich nahm die Hand von ihrem Mund und bereitete mich auf den Schrei vor, doch er blieb aus. Stattdessen holte sie aus und schlug mir die flache Hand ins Gesicht.

»Du kranker Bastard!« Und sie schlug wieder zu. Und wieder. Und wieder. Das Kribbeln, das ihre Hand auf meiner Wange hinterließ, zog sich durch mein ganzes Gesicht, bis runter in meinen Schwanz. Ich hielt sie nicht davon ab. Sie trat um sich, doch mein Gewicht hinderte sie daran, mir ernsthaft wehzutun. Als ob das kleine Mädchen das konnte.

»Geh runter von mir«, schrie sie und drückte die Hände gegen meine Schultern.

Ich lehnte mich zu ihr, nahm ihr Ohrläppchen zwischen die Zähne und saugte daran.

»Ja, wehr dich endlich. Schlag mich, kratz mich, aber wehr dich verdammt noch mal!«

Und dann presste ich meine Lippen auf ihre Lippen. Mit den Händen hielt ich ihr Gesicht fest, leckte über ihre Unterlippe und schob meine Zunge in ihren warmen Mund. Farrens Hände prasselten auf meinen Rücken. Sie keuchte, schlug um sich, kratzte, biss in meine Unterlippe und mein Hunger wurde größer.

Ich hielt inne, doch ließ ihr Gesicht nicht los. Meine Augen hatten sich an die Dunkelheit gewöhnt. Ich sah ihre Silhouette, die Umrisse ihres Gesichtes und wünschte, ich könnte den Ausdruck in ihren Augen erkennen.

Ihre Hände ruhten auf meinen Schultern, sie schlug nicht mehr auf mich ein. Nur ihr Atem ging schneller und ich spürte Farrens Blick auf mir. Auch ihr Hunger wurde größer.

Mit einer Hand riss ich die dünne Decke, die unsere Körper voneinander trennte, zur Seite und legte mich auf sie.

»Hör auf«, flüsterte sie. Doch entgegen ihrem Protest schlang sie die Arme um meinen Nacken und zog mich zu sich. Unter dem dünnen Top spürte ich ihre harten Nippel. Sie streiften meine Brust, rieben über meine nasse Haut. Mein Schwanz drückte gegen die Shorts.

Mit einer Hand nahm ich ihr Kinn und leckte mit der Zungenspitze ihre Lippen. Sie stöhnte auf und brachte mir ihre Hüften entgegen. *Gott, was machen wir?*

Sie öffnete den Mund, schob ihre gierige Zunge in meinen und fing an, meine Zunge mit ihrer zu massieren.

So viel zu dem braven Upper-East-Side-Mädchen.

»Hat es dich angemacht, als sie die Kleine gefickt haben?«, flüsterte ich gegen ihre Lippen und streichelte die Innenseiten ihrer Oberschenkel.

»Nein«, sagte sie und küsste mich heftiger. *Lügnerin.*

Ich nahm ihre Haare im Nacken zusammen und riss ihren Kopf nach hinten. »Du lügst schon wieder, Trouble.«

Meine freie Hand wanderte über ihren Arsch, ich knetete ihn und genoss jede ihrer Bewegungen, wie sie sich gegen mich drückte oder ihren schnellen Atem an meinem Hals. Scheiße, sie fühlte sich so verdammt gut an.

»Hast du Angst vor mir?«

Sie schüttelte den Kopf.

»Kannst du nur lügen?«

»Hör auf, Kieran.«

Ich presste meine Lippen auf ihre, küsste sie hart und tief und ließ eine Hand in ihre Seidenshorts gleiten. Farren stöhnte. Sie griff nach meiner Hand. Doch sie schob sie nicht weg. Stattdessen presste sie sie gegen ihre nasse, heiße Pussy und bewegte die Hüften vor und zurück. Ihre Feuchtigkeit lief über meine Finger und ich biss mir auf die Unterlippe, um nicht aufzustöhnen. Das war besser als Boxen.

»Doch. Du hast Angst«, flüsterte ich gegen ihre Lippen. »Du hast Angst, dir das zu nehmen, was du willst.«

Mein Finger glitt mühelos in sie. Ich zog ihn wieder heraus, wiederholte das Spiel, rieb ihre Klit.

Gerade, als sie laut aufstöhnte und den Kopf in den Nacken schmiss, hielt ich inne und zog meine Hand, nass von ihrem Saft, aus den Shorts. Meine verletzten Fingerknöchel brannten von ihrer Feuchtigkeit, aber der Schmerz trat in den Hintergrund, mit ihm die Wut.

Sie war so heiß auf mich, dass sie zitterte.

»Sag, was du willst, und dann nimm es dir.« Ich hatte das Gefühl, vor Lust verrückt zu werden.

Sie hielt inne und schob meine Hände von sich. »Hau ab!«

»Wie bitte?« Ungläubig starrte ich sie an und setzte mich auf. War das ihr verdammter Ernst?

Farren griff nach der Decke und bedeckte ihren Körper, als wäre sie nackt. »Ich … Das war falsch. Wird nie wieder vorkommen. Verschwinde jetzt«, sagte sie leise und zum ersten Mal klang sie nicht wütend.

Ich sprang vom Bett. »Du bist unglaublich. Du kommst fast auf meiner Hand und machst dann einen Rückzieher?«

»Ich hab einfach keine Lust, eine von deinen Tussis zu sein. Ich bin nicht zum Spaß hier. In neun Monaten bin ich sowieso weg«, rief sie mir hinterher, als ich die Tür aufriss. Doch bevor ich das Zimmer verließ, drehte ich mich noch einmal um.

»Feige, rückgratlos und naiv. Du bist wirklich das Letzte, Farren Andrews!«

Veronicas Blick blieb einen Moment an meinen geschundenen Fingerknöcheln hängen, als sie mir die Unterlagen für die neuen Kunden auf den Schreibtisch legte und eine Tasse Kaffee hinstellte.

»Wenn Sie nichts mehr brauchen, würde ich jetzt Pause machen, Mr. Moore«, sagte sie, lächelte mich an und strich sich die blonden Haare hinter die Ohren.

»Danke, ich habe alles.«

Sie schwebte aus meinem Büro. Ich trank einen großen Schluck und rieb mit einer Hand über meine müden Augen. Nachdem Prinzessin mich aus ihrem Zimmer vertrieben und ich mich, wütender als zuvor, in mein Bett gelegt hatte, lag ich fast die halbe Nacht wach und dachte darüber nach, was geschehen war. Beinahe hätte ich ihr wehgetan. Beinahe hätte ich sie gevögelt.

Das Telefon klingelte. Ich erkannte die Nummer auf dem Display, atmete tief durch und nahm ab. »Hallo Dad, was gibt's?«

»Ich wollte nur hören, ob du die Stellung hältst. Benimmt sie sich?«

Ich verdrehte die Augen. Nach gestern bereute ich mein Angebot, ein Auge auf sie zu haben, während er fort war. »Bis jetzt. Ich habe sie heute noch nicht gesehen. Wann kommst du wieder?«

Im Hintergrund hörte ich einen Motor aufheulen. »Ich bin noch mitten in den Verhandlungen. Kellerman ist ein harter Brocken«, sagte er lachend. »Er hat mich zum Rennen mitgeschleift. Er erhofft sich wahrscheinlich, dass ich nachgiebiger werde, wenn ich Spaß habe.«

»Genieß es und sag Bescheid, wenn du zurückkommst.«

»Kieran, die Kleine ist attraktiv. Normalerweise würde ich mich raushalten, aber sie ist Mitchs Tochter. Lass die Finger von ihr, haben wir uns verstanden?«

»Wie kommst du darauf, da…«

»Ich habe Augen im Kopf, Junge.«

»Sie geht mir auf die Nerven. Farren ist nicht mein Fall. Also mach dir keine Gedanken.«

Ich hörte, wie ihn jemand rief. »Ich muss los. Denk an die Abmachung. Finger weg von der Kleinen.«

Ich feuerte das Telefon auf den Schreibtisch und legte das Gesicht in die Hände. Mein Vater hatte keine Ahnung, wie leicht es mir nach gestern fallen würde, mich von ihr fernzuhalten.

Tyler öffnete die Haustür, lief vor und holte vier Dosen Bier aus dem Kühlschrank, während Harlan, Elisha und ich uns auf die Couch setzten.

Ich war erledigt. Nachdem der Vormittag ruhig verlaufen war, war es gegen Mittag hektisch in der Firma geworden. Wir bekamen neue Aufträge, Kundentermine standen an und ständig stellte Veronica Anrufer durch, die mich persönlich sprechen wollten.

Die Jungs und ich trafen uns oft nach der Arbeit, um abzuschalten oder um uns auf die nächsten Kämpfe vorzubereiten. Normalerweise taten wir das in meinem Loft in Cape Coral und obwohl ich gerade lieber dort wäre, musste ich mich an das Versprechen gegenüber meinem Vater halten und dafür sorgen, dass Prinzessin nichts anstellte.

Tyler hielt mir das Bier vor die Nase und deutete auf meine Hände. »Ich habe so gut wie gewonnen.«

»Klar, als ob mich das davon abhält, dich fertigzumachen«, sagte ich und boxte gegen seine Schulter. Tyler war gut. Er hatte eine hervorragende Beinarbeit, aber gegen meinen Uppercut kam er nicht an. Flinke Beine hin oder her.

»Ich wette auf Tyler«, sagte Harlan und lächelte mich mit seinen aufgeplatzten Lippen an. Ich hatte ganze Arbeit geleistet.

»Ich werde dich nicht enttäuschen, Bruder, warte ab, wenn ich … Holy Fuck!«

Ty riss die Augen auf, stieß Harlan gegen die Schulter. Ich sah in die Richtung, in die sie starrten und schluckte.

Scheiße.

Farren schwebte die Treppe nach unten. Das weiße Bikinihöschen, das an den Hüften nur durch Schleifen gehalten wurde, verdeckte gerade genug von ihrem Arsch. Ihre gebräunten Beine schimmerten. Die Titten, die perfekt in meine Hände passten, pressten sich gegen das Bikinioberteil, das aus weißer Spitze bestand. Die haselnussbraune Wallemähne fiel üppig über ihre Schultern und den Rücken. Sie nickte uns kurz zu, warf sich das Handtuch über die Schulter und öffnete die Schiebetüren, um sich dann auf einer Liege am Pool auszustrecken.

»Verdammte Scheiße, wie hältst du das aus?«, fragte Tyler, ohne seinen Blick von ihr abzuwenden. »Willst du mir immer noch erzählen, dass du die Kleine nicht ficken willst?«

Ich habe sie fast gefickt.

Ich ignorierte das schmerzhafte Ziehen in meinem Schwanz.

Ihr flacher Bauch glänzte von der Sonnenmilch, er senkte sich langsam auf und ab und ich dachte an letzte Nacht, als meine Finger tief in ihrer nassen Pussy gesteckt hatten, ich ihren Arsch geknetet und ihren gierigen Mund geschmeckt hatte.

Atemberaubend hin oder her. Sie ist ein feiges Miststück. Schwach. Kein Mädchen für dich.

Ich zuckte mit den Schultern, wandte den Blick ab und trank einen großen Schluck. »Zu brav für mich.«

Tyler stand auf. »Brav? So wie die immer abgeht?« Er nahm seine Bierdose in die Hand, drehte sich um und lief davon.

»Willst du sie jetzt hier klarmachen, oder was?«, rief Harlan ihm hinterher, als Tyler in den Garten ging.

»Er hat's doch schon länger auf sie abgesehen«, sagte Elisha.

Doch ich hörte kaum hin und beobachtete Tyler, der sich vor Farren aufbaute und sich mit ihr unterhielt. Farren nickte. Sie senkte das Buch, das sie in der Hand hielt, legte es sich auf den Bauch und hielt den Kopf schief, als höre sie aufmerksam zu.

Ich hatte keine Ahnung, was er vorhatte, aber es gefiel mir schon jetzt nicht. Sie bedeutete Ärger. Etwas, das ich gerade am allerwenigsten brauchte.

Mit einem düsteren Lächeln auf dem Gesicht kam er wieder.

»Was?«, fragte Harlan, als Tyler sich neben ihn auf die Couch schmiss.

»Verdoppelt die Einsätze.« Seine braunen Augen verengten sich zu Schlitzen. »Am Samstag bist du dran. Keine Chance, dass ich mich vor der Kleinen blamiere.«

»Sag nicht, du hast sie …«, sagte Elisha.

Tyler nickte und schürzte die Lippen. »Sie geht mit mir zum Kampf.«

Ich biss auf meine Zunge und blickte durch die Glasfenster. Farren hielt das lila Kabel der Kopfhörer zwischen ihren Fingern und bewegte den Kopf im Rhythmus der Musik. Und alles, was ich spürte, war Wut. Das Brennen in meinen Eingeweiden, bei dem Gedanken daran, dass sie mir den einzigen Tag der Woche, an dem ich ich sein konnte, an dem ich meinen Gedanken entkommen konnte, auch noch verdarb.

Kapitel 7

FARREN

Ich warf die Haare nach hinten, schloss die Augen und grinste. Bis vor Kurzem noch war ich unsichtbar gewesen. Hier war ich Farren. Zum ersten Mal in meinem Leben wurde ich gesehen.

Die Blicke der Jungs waren mir nicht entgangen. Obwohl es ein merkwürdiges Gefühl war, als sie mich angestarrt hatten, tat es gut, beachtet zu werden.

Als Tyler mich fragte, ob ich am Wochenende mit ihm zum Kampf gehen wollte, zögerte ich keine Sekunde.

Seit er mir nach dem ersten Kampf im Auto gedroht hatte, machte Tyler mir Angst. Ich wusste nicht, ob es daran lag, dass etwas Dunkles in ihm vorging, das niemand kannte, oder seine Tonlage, die jedes Wort aus seinem Mund wie eine Drohung klingen ließ. Aber seit ich in Miami war, hatte ich neue Dinge kennengelernt und die Angst, die ich empfand, war aufregend. Sie fühlte sich anders an als die meiner Mutter gegenüber. Hier pulsierte es, war wild und neu.

Das Gefühl, das ich beim ersten Kampf empfunden hatte, war unbeschreiblich gewesen. Ich konnte es nicht erwarten, mich wieder in der Menge, der Musik und der Spannung zu verlieren.

Ich drehte mich auf den Bauch und wippte mit den Füßen, als der Titel wechselte und Thousand Foot Krutch's *War of Change* spielte. Mit einer Hand wischte ich die Schweißperlen von der Stirn, dachte an letzte Nacht und mein Grinsen verschwand. Kieran. Was hatte ich mir dabei gedacht? Sobald er in der Nähe war, benahm ich mich wie ein Flittchen. Warum forderte er mich andauernd heraus? Was wollte er?

Bis eben hatte ich ihn nicht gesehen. Als ich von der Schule kam, war ich froh, dass er nicht hier war. Jetzt als ich seinen Blick auf meinem Körper gespürt hatte, kamen die Erinnerungen an letzte Nacht wieder hoch.

Ich hatte nicht nur zugelassen, dass er mich berührte, sondern es genossen.

Und es war nicht vergleichbar mit Michaels Berührungen vor zwei Jahren. Seitdem hatte mich niemand mehr berührt. So wie mit Kieran hatte es sich nie angefühlt.

Ich strich die Haare zur Seite und schielte zu den Jungs, die auf der Couch saßen, Bier tranken und sich unterhielten.

Alle vier waren attraktiv. Ihre Tattoos. Ihr Selbstbewusstsein. Der Mut, die Regeln zu brechen und Dinge zu tun, die sie erfüllten.

Und sie alle hatten mich angesehen.

Warum war es dann nur Kierans Blick, der mir wichtig war?

Weil er dir zwischen den Beinen war, du Schlampe.

Ich legte den Kopf auf meine Arme und schloss die Augen.

»Hey, aufwachen!«

Julies Gesicht war so dicht vor meiner Nase, dass ich ihre Sommersprossen und die feinen Linien unter ihren Augen erkennen konnte. Ich richtete mich auf und zog die Kopfhörer aus den Ohren.

»Wie spät ist es?«, fragte ich und gähnte.

Sie kniff die Augen zusammen, schaute auf ihre Uhr und setzte sich neben mich. »Kurz nach sieben.«

»Verdammt!« Mit der flachen Hand schlug ich gegen meine Stirn. »Ich dachte, ich hätte nur gedöst.«

Die Jungs saßen nicht mehr auf der Couch. Niemand hatte mich geweckt. Hoffentlich hatte ich nicht im Schlaf gesabbert.

»Kurze Nacht gehabt?«, fragte Julie und zog die Augenbrauen hoch. Sie setzte sich im Schneidersitz neben mich und legte die Hände in den Schoß.

Ich brauchte jemandem zum Reden. Nach dem, was mit Kieran vorgefallen war, musste ich darüber sprechen. Ich hoffte nur, dass Julie nicht auch ausgerechnet auf Kierans Liste der Flachgelegten stand, oder schlimmer noch, seine Freundin war. Obwohl ich bezweifelte, dass er der Typ für Beziehungen war. Zögerlich öffnete ich den Mund und schloss ihn schnell wieder.

»Sag's ruhig.«

»Kieran. Seid ihr … zusammen?«

Sie lachte und schüttelte heftig den Kopf. »Oh Gott, nein. Wir verstehen uns nur gut. Ich bin vergeben.«

Ich entspannte mich etwas und ließ die Beine von der Seite der Liege baumeln. »Ich dachte nur, weil ihr damals in seinem Zimmer verschwunden seid und … Na ja …«

»Ach Quatsch, ich habe nur geholfen, einen Anzug für sein Meeting auszusuchen. Keine Sorge.«

Gerade noch mal so davongekommen. Demnächst sollte ich vorher nachdenken, bevor ich mich einem Typen an den Hals schmiss.

»Kann ich offen mit dir reden? Aber du darfst es weder deiner Mutter noch einem von den Jungs erzählen.«

»Natürlich.«

Ich drehte mich ihr zu, schluckte und blickte zu Boden. »Kieran und ich … wir haben … Letzte Nacht kam er einfach in mein Zimmer. Ich weiß nicht, was mit ihm los war, zuerst hatte ich Angst, aber dann …«

»Dann was?«, fragte sie und ich hörte das Lächeln in ihrer Stimme.

»Wir haben uns geküsst. Er hat mich berührt.«

»Farren, sieh mich mal an.« Julie legte den Daumen unter mein Kinn. Ich blickte sie an. In ihren grünen Augen lag nichts Spöttisches oder Herablassendes. »Hat es dir gefallen?«

Ich nickte. »Aber das sollte es nicht. Ich muss mich benehmen. Ich will keine Schlampe sein.«

»Mal langsam. Wie kommst du auf so was?«

Ich hatte noch nie mit jemandem so offen geredet. Es fühlte sich merkwürdig, aber befreiend zugleich an. Dass sie acht Jahre älter als ich war, machte es mir leichter, aber trotzdem wusste ich nicht, wie ich anfangen sollte.

Mit zwei Fingern strich ich mir über die Lippen und starrte auf das Wasser, auf dessen Oberfläche, sich die letzten Sonnenstrahlen des Tages brachen. »Als meine Mutter rausfand, dass ich Sex hatte, hat sie mich …« Ich schüttelte den Kopf.

Julie legte einen Arm um meine Schulter. »Ist okay, ich bin da.«

Ich atmete tief ein. »Zu einer Selbsthilfegruppe für HIV-Kranke geschickt. Ich musste jede Woche hingehen und mir ihre Lebensgeschichten und alles anhören, weil Mutter meinte, nur Schlampen und Schwule kriegen HIV. Dabei waren das ganz normale Menschen. Die meisten konnten nichts dafür. Mit ein paar Leuten habe ich mich angefreundet, aber als sie dahinterkam, hat sie mich aus der Gruppe genommen.«

Als sie nach mehreren Minuten nichts sagte, drehte ich meinen Kopf zu ihr. Fassungslos starrte Julie auf ihre Beine.

»Farren … Ich weiß nicht, was ich sagen soll.« Ihre sanften Gesichtszüge waren einer harten Miene gewichen. »Das ist das Kaputteste, was ich je gehört habe. Glaubst du das etwa?«

»Ich versuche mir einzureden, sie hat unrecht. Aber es hat sich so in meinen Kopf gebrannt. Wenn er mich berührt, fühlt es sich so gut und richtig an. Das macht mich wütend. Ich bin so verwirrt.«

Sie schüttelte den Kopf. »Warum willst du zurück, wenn das Jahr rum ist? Du könntest alles machen, was du willst. Du müsstest dir nie wieder so was gefallen lassen.«

Ich schlang das Handtuch um meine Schultern. Der Himmel verdunkelte sich und der Wind nahm zu.

»Ich will ihr einmal beweisen, dass ich die Tochter sein kann, die sie sich vorstellt. Wenn ich das schaffe, dann wird sie sich ändern und stolz darauf sein, dass ich ihre Tochter bin.«

Julie seufzte. Ich wusste, es klang merkwürdig für Außenstehende. Ich verabscheute meine Mutter, aber trotzdem wollte ich wissen, wie es sich anfühlen würde, ihren Respekt zu haben.

»Sei mir nicht böse, aber das bezweifele ich und bei allem Respekt, solche Menschen finden immer etwas. Sie ist deine Mutter. Ein Kind sollte unabhängig von seiner Leistung geliebt werden.«

Ich ballte die Hände zu Fäusten, biss die Zähne zusammen und atmete tief aus. Kieran, der mich andauernd herausforderte, verdiente meine Wut, aber Julie meinte es gut und sie war mit Maria die Einzige, mit der ich reden konnte.

»Kann sein. Aber ich bin hier, um sie stolz zu machen. Ich erwarte nicht, dass das jemand versteht.«

»Okay. Ich versuche nur, zu helfen. Ganz davon abgesehen, dass ich das Wort hasse, bist du jedenfalls meilenweit davon entfernt, eine Schlampe zu sein. Genieße es einfach. Nur sei vorsichtig. Kieran spielt gerne. Erhoffe dir nicht zu viel davon.«

Sie stand auf und nahm ihre Tasche. »Ich muss jetzt los. Mom und ich wollen noch ins Kino. Willst du mit?«

Ich winkte ab. »Nein, alles gut. Danke für's Zuhören. Bestell deiner Mom schöne Grüße.«

Sie beugte sich zu mir, gab mir einen Kuss auf die Wange und zwinkerte mir zu. »Viel Spaß noch mit Kieran.«

Ich stand auf und zog das Handtuch um meine Hüften.

Kein Spaß mehr mit Kieran. Heute Nacht würde ich meine Zimmertür abschließen.

Ich betrat das Haus, blieb kurz stehen und lauschte, ob ich Kieran hörte, aber das Summen des Aquariums war das einzige Geräusch, das ich vernahm. Ich schlüpfte aus den Flip Flops und genoss das Gefühl des kühlen Steinbodens unter meinen Füßen. Der Schultag war lang, die Idioten dieselben und die Hitze, die nach dem heftigen Gewitter der letzten Nacht herrschte, trug nicht dazu bei, dass ich mich besser fühlte. Ich hatte Kieran seit gestern Abend nicht mehr gesehen. Er ging mir aus dem Weg und wahrscheinlich war es das Beste.

Mein Dinner hatte ich alleine im Zimmer gegessen und danach die halbe Nacht mit wild klopfendem Herzen wach gelegen und darauf gewartet, dass er wieder versuchte, in mein Zimmer zu kommen. Aber er tat es nicht.

Ich nahm eine Flasche Wasser aus dem Kühlschrank, hielt sie mir gegen die Stirn und sah mich mit einem breiten Lächeln im Gesicht um. Niemand, der etwas von mir wollte oder mir blöd kam.

Auf Zehenspitzen tanzte ich durch das Wohnzimmer, sprang von Couch zu Couch und schrie mein Lieblingslied If you're sick of it so laut, dass mein Hals nach fünf Minuten kratzte und ich lachend auf den Boden sank, mich auf den Rücken legte und an die Decke starrte. Ich blieb liegen, damit der Steinboden meinen Rücken kühlte und mir kam die Idee, auf Entdeckungsreise zu gehen.

Obwohl ich schon eine Weile hier wohnte, hatte ich es nie gewagt, mich im ganzen Haus umzusehen. ›Neugier schickt sich nicht‹, sagte Mutter immer.

Aber vielleicht hatte Julie recht. Ich sollte mir etwas Spaß gönnen. Solange ich mein Ziel nicht aus den Augen verlor, war alles gut.

Ich stand auf, lief den langen Gang neben der Eingangstür entlang und öffnete eine Tür nach der anderen. Mehrere Zimmer davon waren kaum möbliert. Es gab nur zwei Büros, einen Fitnessraum, einen Konferenzsaal, obwohl sich mir dessen Daseinsberechtigung nicht erschloss, und halb leere Zimmer. Am Ende des Ganges lag die Tür zum Kino, doch ich rannte zurück und beschloss, mich weiter oben umzusehen.

Als ich das erste Stockwerk erreichte, lief ich an Kierans Zimmer vorbei. Auf dieser Etage befanden sich nur noch die Zimmer der Angestellten. Marias Zimmer lag auf der rechten Seite, welches Jeremys war, wusste ich nicht.

Als ich schließlich in meiner Etage angekommen war, sank meine Hoffnung, noch etwas Spannendes zu entdecken. Mr. Moore schien keinen Wert auf Bibliotheken oder Räume mit Billardtischen und Computerspielen zu legen. Mein Zimmer lag direkt hinter der Ecke des Flures. Ich lief daran vorbei, öffnete drei weitere Türen, aber auch hier gab es nichts Interessantes zu entdecken.

Die letzte Tür auf dieser Etage lag geradeaus. Ich umfasste die Türklinke und öffnete sie. Als ich die riesige Halle sah, breitete sich ein Lächeln auf meinem Gesicht aus.

Eine komplett eingerichtete Sporthalle mit dicken Seilen, die von der Decke hingen, Hanteln, Laufband und Geräten, die ich nicht kannte, lag vor mir. Vorsichtig zog ich die Tür hinter mir zu. Der Duft nach Holz und Leder stieg mir in die Nase und als ich über die Dielen lief, knarrten sie unter meinen Füßen. An einer der Seitenwände waren Spiegelplatten angebracht, die sich über die gesamte Länge der Wand erstreckten. Hier gab es nur kleine Fenster. In der hintersten Ecke hing ein Boxsack. Ich warf einen Blick in den Spiegel. Meine Haut war gebräunt, meine Wangen gerötet. Ich hatte noch nie gesünder ausgesehen. Miami bekam mir gut.

Als ich vor dem Boxsack stand, ballte ich beide Hände zu Fäusten, so wie ich es bei Kieran gesehen hatte, und schlug gegen ihn. Er schwang nach hinten, ich riss ein Bein hoch und trat mit dem Fuß dagegen. Als er auf mich zuschleuderte, holte ich aus und schlug erneut zu.

»Aua, verflucht!« Ich rieb über meine Fingerknöchel. Wie konnten die Jungs ohne Handschuhe boxen? Meine Hände schmerzten schon nach zwei Schlägen. Ich lief zu dem Regal, in dem Hanteln in verschiedenen Gewichten lagen, und nahm eine kleine Hellblaue heraus. Sie wog nicht viel und ich bewegte meinen rechten Arm ein paar Mal auf und ab, als ich hinter mir den Dielenboden knacken hörte.

»Was zur Hölle treibst du hier?«

Mit einem Ruck drehte ich mich um. Kieran stand mit den Armen vor der Brust verschränkt vor mir. Er trug seinen schwarzen Hoodie, dessen Kapuze seinen Kopf bedeckte, und schwarze Jeans. Seine dunklen Augen funkelten mich grimmig an.

»Nichts«, sagte ich und legte die Hantel zurück. »Ich wollte mich nur ein bisschen umsehen.«

»Das ist mein Raum, verstanden.«

Ich straffte die Schultern und ging einen Schritt auf ihn zu, ohne meinen Blick von ihm abzuwenden, und stellte mich direkt vor ihn. »Woher sollte ich das wissen? Außerdem habe ich nichts gemacht.«

»Ach ja?« Mit dem Kopf deutete er auf meine Hände, die ich in die Hüften stützte. »Wolltest du schon mal üben, um dir Tyler vom Hals zu halten?«

»Da müsste ich wohl eher auf dich achten. Wer ist denn mitten in der Nacht über mich hergefallen?«

»Das hat dir doch gefallen, Prinzessin«, flüsterte er und kam einen Schritt auf mich zu. Kieran legte zwei Finger unter seine Nase, atmete tief ein und schloss die Augen. »Deine Pussy war so nass, dass ich danach nicht mehr duschen musste.«

Bei seinen Worten schlug mein Herz schneller und ich spürte Wärme, die in meine Wangen stieg. Ich wandte meinen Blick ab und schaute zu Boden, doch dann erinnerte ich mich an seine Worte.

Feige und rückgratlos. Von wegen, du Arschloch!

Obwohl ich mich mit aller Mühe dazu zwingen musste, richtete ich meinen Blick auf ihn und sah direkt in seine Augen.

»Du hast es nicht drauf. Sorry, da mach ich's mir lieber selbst.«

»Ach ja? Wenn du das tust, denkst du dann an meine Finger zwischen deinen Beinen?«

Ich schluckte. »Mit Sicherheit nicht.«

Sein Blick ging durch mich durch wie ein Stromschlag. »Oder denkst du daran, wie es wäre, wenn ich in dir bin, tief und hart und aus dem braven Mädchen eine Wilde mache?«

Verdammt noch mal. Jetzt spürte ich den Stromschlag zwischen meinen Schenkeln. Angenehm und warm.

»Danke, für's Kopfkino, aber die Vorstellung finde ich genauso angenehm wie eine OP ohne Betäubung.«

Er ignorierte meinen Sarkasmus, beugte sich über mich und brachte seine Lippen an mein Ohr. »Oder soll Ty dich ficken?«

»Mal sehen. Wenn er dich fertigmacht.«

Kierans Ruhe beunruhigte mich. Sonst rastete er aus, griff mich und hielt mich fest, doch diesmal nickte er nur und trat einen Schritt zurück.

»Für wen du die Beine breitmachst, interessiert mich nicht, solange du dich in Zukunft von den Kämpfen fernhältst.«

»Das hast du nicht zu entscheiden.« Ich ging auf ihn zu, stellte mich auf Zehenspitzen, streckte ihm mein Kinn entgegen und lächelte. »Ich kann's kaum erwarten, wenn er dich plattmacht.«

Und bevor er etwas erwidern konnte, das ich ohnehin nicht hören wollte, rempelte ich ihm gegen die Brust und rauschte an ihm vorbei. Verdammt, tat das gut.

Mit einem Ruck riss ich meine Zimmertür auf, drehte den Schlüssel im Schloss um und stellte die Bluetoothboxen des iPods auf volle Lautstärke.

Die restliche Woche überlebte ich ohne weitere Zwischenfälle. In den wenigen Momenten, in denen ich Kieran über den Weg gelaufen war, ignorierte er mich. Vorgestern Abend, als ich ihm in der Küche begegnete, fragte ich, wann Maria wiederkommen würde, doch er warf mir nur einen seiner Hassblicke zu und verschwand nach oben.

Aber heute konnte es mir egal sein. Seit ich im Bad gestanden und mir die Haare gemacht hatte, war ich nervös. Es war keine unangenehme Nervosität. Eher die Art von Kribbeln, wenn man kaum noch erwarten konnte, dass es losging. Ich blickte über den Rand meines Buches und beobachtete ihn, als er die Treppe herunterkam. Seine Haare schimmerten feucht. Er rieb die Hände ineinander und starrte stur geradeaus, zwischen Herd und Kühlschrank.

»Hey Kieran«, rief ich ihm entgegen, während ich zusah, wie er eine Dose Bier aus dem Kühlschrank holte, sie öffnete und den Kopf in den Nacken legte, als er trank. »Hat nicht so gut funktioniert, mich vom Kampf fernzuhalten, oder?«

Als er innehielt und einen Moment in seiner Bewegung verharrte, lachte ich auf und vergrub den Kopf wieder in meinem Buch. Mir blieben noch fünfzehn Minuten, bis Tyler mich abholte. Ich wippte mit den Beinen und stieß gegen etwas Hartes. Als ich aufsah, blickten mich Kierans dunkle Augen über den Rand des Buches an. Er riss es aus meiner Hand, feuerte es durch den Raum, bis es gegen eine Kommode am anderen Ende des Zimmers krachte, und legte seine Hände rechts und links auf die Rückenlehne hinter mir, als er seinen Oberkörper über mich beugte. »Noch ein Wort und ich stopfe dir deinen hübschen Mund mit meinem Schwanz, verstanden?« Er legte den Kopf schief, als erwartete er eine Antwort. Die Venen, die unter der Haut seines Halses pulsierten, ließen keinen Zweifel daran, dass er es ernst meinte. Ich hielt den Mund.

Kapitel 8

KIERAN

Ich sah einen Moment länger als nötig in ihre Augen, die sie hinter der Nerdbrille versteckte, und genoss den Anblick, obwohl ich sie am liebsten an den Schultern packen und schütteln wollte. Seit der Nacht, in der ich ihren Körper berührt, ihre Zunge in meinem Mund geschmeckt hatte, ging sie mir nicht mehr aus dem Kopf und das war etwas, das mich wahnsinnig machte und verwirrte. Seit wann verwirrten mich Frauen?

In ihren blauen Augen lag der Anflug von Angst, doch sie wandte den Blick nicht ab. Vielleicht verstand sie endlich, dass sie so viel mehr als das gehorsame Mädchen sein konnte, das ihre Eltern zu unterdrücken versuchten.

Es klingelte. Ohne sie aus den Augen zu lassen, nahm ich meine Hände von der Couch. Sie stand auf, zwängte sich an mir vorbei und ich sah ihr nach, als sie mit wippenden Hüften zur Tür lief. Die Haare schwangen bei jeder Bewegung von einer Seite zur anderen. Wieder trug sie ihre typischen Shorts, dazu ein korallenfarbenes Shirt, das locker über eine Schulter fiel und ihre golden schimmernde Haut zum Vorschein brachte.

Dieses Mal hatte sie Zeit, sich Schuhe anzuziehen. Sie trug schwarze Chucks.

Verdammt, wie sollte ich bei diesem Anblick die Nerven behalten? Tyler beugte sich herunter und gab ihr einen Kuss auf die Wange, doch zu meiner Genugtuung lächelte sie nur schüchtern und drehte den Kopf zur Seite. »Hey.« Demonstrativ legte er einen Arm über ihre Schultern und kam mit ihr im Schlepptau zu mir herüber. Tyler gab mir einen Handschlag. »Was sagst du zur Location? Klingt gut, oder?«, fragte er.

Ich zuckte mit den Schultern, steckte die geballten Fäuste in die Taschen meiner Kapuzenjacke und sah Farren an, die zurückstarrte. Unter ihrem Blick hämmerte mein Herz gegen meinen Brustkorb.

»Wo ich dich fertigmache, ist eigentlich egal, oder?«

Er lachte. »Wir werden sehen. Wollen wir?« Er setzte sich in Bewegung, zog sie ein Stück näher zu sich und verließ das Haus. In der Seitentasche meiner Jeans vibrierte das Handy. Ich zog es heraus und warf einen flüchtigen Blick auf das Display. »Dad«. Sicher wollte er wieder hören, ob ich die Stellung hielt. Vor der Tür hörte ich Farren kichern. Ich steckte das Handy zurück und folgte den beiden.

Die Autofahrt war schlimm, wir fuhren mit zwei Wagen, wie immer, wenn einer von ihnen ein Mädchen mit zum Kampf brachte. Im Rückspiegel hatte ich beobachtet, wie sie ihn anlächelte, während sie redeten.

Doch noch schlimmer als die Fahrt war zu sehen, wie er seinen Arm um ihre Taille legte, oder Farrens Lächeln, wenn er etwas sagte.

Wir drängten uns an den Leuten vorbei, die mir ihre verschwitzten Rücken ins Gesicht drückten, und liefen nach vorne bis zu der Absperrung, die einmal um den Pool gespannt war. Die Veranstalter mussten die Graffitis, die überall an den Wänden und den abgeblätterten Fliesen des alten Schwimmbads gesprüht waren, mit UV-Farbe bestrichen haben, denn unter dem Schwarzlicht, das die Halle wie einen Club wirken ließ, leuchteten die geometrischen Zirkel und abstrakten Linien in Rot, Grün und Blau.

Wie jedes Mal hatten wir vor zwei Stunden erst erfahren, wo der heutige Kampf stattfinden würde. Aus den Boxen dröhnten die Bässe eines Technosongs. »Hey K!«, riefen mir ein paar Leute zu, als wir uns an den Rand stellten und uns nach Harlan und Elisha umsahen. Ich begrüßte sie mit Handschlag, gab einem Mädchen einen Kuss auf die Wange und reihte mich neben einem Typen mit Neonarmbändern und weißem Muskelshirt ein.

»Ich hole uns was zu trinken, Bier für dich, Süße?«, fragte Ty.

Sie nickte ihm zu. Ty lief an mir vorbei, zwinkerte, als hätte er sie schon flachgelegt, und verschwand in der Menge.

Farrens Wangen glühten. Auf ihren Lippen lag ein breites, ungezwungenes Lächeln, als sie sich von einem Bein auf das andere stellte, die Haare hinter die Ohren strich und mit großen Augen umsah. Im Schwimmbecken unter uns kämpften zwei Typen, die beide schon ziemlich mitgenommen aussahen. Die Leute grölten und klatschten, doch ich achtete kaum auf sie.

Aus einem Impuls heraus, ohne lange nachzudenken, streckte ich eine Hand aus und legte sie auf Farrens Rücken, direkt zwischen ihre Schulterblätter. Sie erstarrte, ihre Schultern spannten sich an.

»Entspann dich, Prinzessin. Du hast gewonnen.« Ich hoffte, sie konnte mich durch den ausbrechenden Applaus verstehen.

Farren drehte den Kopf zu mir. »Tut mir leid, dass ich so war.« Sie verzog den Mund zu einem entschuldigenden Lächeln, in ihren Augen blitzte nichts Angriffslustiges.

»Wenn du das im Bett meinst, dafür musst du dich nicht entschuldigen.« Ich zwinkerte ihr zu und erwartete einen neuen Ausbruch, doch er blieb aus. Sie legte den Kopf schief und verdrehte die Augen.

»Du weißt, was ich meine«, sagte sie, beugte sich näher an mein Ohr und strich zum gefühlt zehnten Mal die Haare hinter die Ohren. Ich hatte sie noch nie so nervös erlebt. »Vielleicht bin ich manchmal zu aufbrausend, aber du machst mich wütend, mit den Sachen, die du zu mir sagst.«

Verdammt, warum musste sie ausgerechnet jetzt so sanft sein.

»Ich will nur, dass du dich endlich nicht mehr …«

»Ich weiß«, unterbrach sie mich und nickte heftig. »Ich versuche es ja. Aber wenn du immer gesagt bekommst …«

»Hey ihr beiden.« Tyler kam mit Elisha und Harlan im Schlepptau zurück. Zwischen seinen Fingern klemmten drei Bierflaschen. Er stellte sich neben Farren. Sie warf mir noch einen flüchtigen Blick zu und bedankte sich bei Tyler für das Bier. Harlan sah abwechselnd sie, dann mich an und klopfte mir auf die Schulter. »Alles okay?«

Ich nickte, trank einen Schluck und mein Blick blieb auf dem Typ hängen, der röchelnd auf dem Boden des Schwimmbeckens lag, während er sich mit beiden Händen an den Hals griff und blau anlief. Zum ersten Mal konnte ich mir etwas Besseres vorstellen, als einem meiner Freunde die Faust ins Gesicht zu schmettern. Ich wollte hören, was sie zu sagen hatte.

Sie streckten die Hände in die Luft, schrien immer wieder den Namen »Kai« und feierten den Sieger, der außer einem blauen Auge und einer Schürfwunde unverletzt schien. Drei Männer griffen dem Typ, der kaum noch atmete, unter die Arme und schleiften ihn davon.

Farren hielt sich eine Hand vor den Mund und sah ihnen nach. Tyler legte seinen Arm um ihre Schulter, er beugte sich zu ihr und flüsterte etwas in ihr Ohr. Sie lächelte.

Gut so. Genau das brauchte ich jetzt. Ich trank einen großen Schluck und ließ die Hitze, die die Wut mit sich brachte, von meinem Hals bis in den Magen steigen. Als die Musik endlich stoppte, ging ein Raunen durch die Menge. Ich wusste, was kam, straffte die Schultern und bereitete mich mental darauf vor.

Aus den Lautsprechern ertönte ein lautes Knacken. Tyler erschien neben mir, als wir der Durchsage zuhörten.

»Wie immer haben wir das Beste bis zum Schluss aufgehoben. Der Mann des Abends und sechsfacher Sieger in Folge, Kieran Moore, tritt gegen den Herausforderer Tyler Kinley an. Natürlich kämpfen die beiden, wie immer ...«

»Bare Knuckle!«, schrie die Menge im Chor. Sie rissen die Hände in die Luft und klatschten Beifall.

Harlan und Elisha lächelten, als wir uns durch die Menge der schwitzenden Leute schoben. Wir zogen unsere Jacken aus, warfen sie an den Rand des Beckens und liefen die Schräge hinunter, die in den Pool führte.

»Wunder dich nicht, wenn sie heute Nacht nicht nach Hause kommt«, sagte Tyler lachend neben mir. »Die wird lauter schreien als die Kleine auf der Party. Verdammt, wenn ihre Pussy so heiß wie ihr Arsch in den engen Shorts ist, dann lass ich sie vielleicht gar nicht mehr weg.« Er zwinkerte mir zu.

Es macht mir nichts aus.

Sie gehört mir nicht.

Und als ob sie spüren konnte, was in mir vorging, als ob sie fühlen konnte, wie schnell mein verdammtes Herz gegen meine Brust hämmerte und sich jeder Muskel meines Körpers anspannte, traf ihr Blick für einen Augenblick meinen und löschte aus, was ich mir vor Sekunden noch eingeredet hatte.

Mein Lied setzte ein, die Menge raste, das Geschrei vermischte sich mit den harten Gitarrenriffs. Die Hitze der Masse ging auf mich über. Zusammen mit dem Adrenalin, das durch meine Venen schoss, meinen Körper in Aufruhr versetzte, war es genau das, was ich brauchte.

Tyler stand mir in der Mitte des riesigen Beckens gegenüber. Regungslos, mit starrer Miene sah er mich an. Um uns herum leuchteten die Neonfarben. Als ich einen letzten Blick nach oben zu der Absperrung an den Beckenrand warf, sah ich sie neben Harlan und Elisha stehen.

Der Deathmaker, wie wir die Ringrichter nannten, nickte uns zu. Ich schloss meine Deckung, die Sehnen in meinen Armen spannten sich an. Als Tyler auf mich zutänzelte und zum ersten Schlag ausholte, duckte ich mich nach rechts.

Pech, Arschloch.

Meine Faust schoss nach vorne, traf sein Kinn. Er taumelte, fing sich wieder und holte erneut aus. Als er meine Schläfe traf, schleuderte mein Kopf zur Seite. Für einen Augenblick verlor ich das Gleichgewicht, doch mein Herz schlug so schnell, dass es keine Schwäche duldete. Mit einer Doppelkombination schlug ich auf ihn ein. Ich wich seinem Schlag aus. Tyler drängte mich gegen eine Wand. Die zersplitterten Fliesen pressten sich kalt gegen meinen Rücken, doch ich gab nicht auf, auch wenn meine Beine zitterten und meine Knöchel von den Schlägen auf seine Knochen brannten.

Erneut holte ich aus, doch verfehlte sein Kinn um wenige Zentimeter.

Mach ihn fertig, damit er keine Chance bekommt, sie anzufassen.

Für ein paar Sekunden ließ ich meine Deckung sinken. Der Schlag kam überraschend und hart. Das Gefühl einer Stahlfaust, die auf Gummi trifft. Ein Ziehen in den Eingeweiden.

Stimmen, Musik, Schreie wie durch Watte hallten in meinen Ohren, als mein Kopf auf den Boden schlug, mir die Luft wegblieb und sich alles um mich herum drehte, um dann zu verblassen, bis nur noch Schwärze übrig blieb.

»Verdammt, geht's wieder?«

Meine Arme hingen rechts und links auf Harlans und Elishas Schultern, als sie mich durch die Massen zogen. Nachdem wir den Parkplatz erreicht hatten, versuchte ich, tief durchzuatmen, und spürte sofort den heftigen Schmerz, der von der rechten Bauchseite ausging.

Sie schoben mich gegen die Motorhaube meines Mustangs. Ich legte den Kopf in den Nacken und rieb über die schmerzende Stelle.

Elisha zuckte mit den Schultern, als ich ihn ansah. »Tut's so weh, wie alle sagen?«

»Nein, kitzelt nur angenehm«, erwiderte ich. Der Parkplatz leerte sich ein wenig, doch noch immer standen genug Autos um uns herum.

»Wo ist Farren?«, fragte ich, während ich den Reißverschluss meiner Kapuzenjacke hochzog.

Harlan kniff die Augen zusammen und schaute zum Eingang der Halle, aus der Leute strömten. »Tyler war bei ihr. Wir wollten dich schnell an die Luft bringen.«

»Verdammt!« Ich presste die Zähne zusammen, zwang mich, ruhig zu atmen, und stieß mich von der Motorhaube ab.

Elisha warf mir einen misstrauischen Blick zu und schüttelte den Kopf. »Du verlierst nach sechs Siegen in Folge und alles, an was du denkst, ist die Kleine?«

»Ich bin verantwortlich für sie. Wenn Farren etwas passiert, macht mein Vater mir die Hölle heiß.«

Er lachte. »Mann, Ty kümmert sich schon um sie. Bisher hat sich noch keine beschwert.«

Weil sie zu dumm oder ängstlich waren. Einige Mädchen hatten nach einer Nacht mit ihm blaue Flecken an Beinen und Armen.

»Hey«, sagte Harlan und deutete mit dem Kopf in Richtung Ausgang. »Da kommen sie.«

Farren kam auf mich zugestürmt. Tyler folgte ihr. »Kieran, alles okay?«, fragte sie und stellte sich vor mich. Sie nahm mein Gesicht in ihre Hände, drehte es zur Seite und sah mich besorgt an. Ich nickte.

Tyler grinste. »War nicht dein Tag heute, was? Danke für die fünftausend Riesen.«

Er nahm Farrens Hand in seine. Sie ließ es sich gefallen, doch ihre Augen ruhten auf meinen. Ich fragte mich, was ihr Blick bedeutete. Elisha klopfte Tyler auf die Schulter und rieb ihm mit der anderen Hand durch die schwarzen Haare. »Dann geht feiern.«

»Was denkst du denn.« Er legte einen Arm um ihre Hüften und schob sie in Richtung seines Wagens, doch bevor sie mir entwischen konnte, griff ich nach ihrem Handgelenk und hielt sie zurück.

»Du bleibst hier.«

»Du hast gesagt, dir geht's gut, oder?«

»Und?«

»Dann wirst du ja wohl ohne mich klarkommen.« Sie drehte ihre Hand in meiner Faust und versuchte, sie wegzuziehen.

»Lass sie los.« Tyler klang ruhig, als er sich zwischen uns stellte. Manche unterschätzten seine Gelassenheit, doch ich kannte ihn gut. Er konnte jede Minute explodieren.

»Ich kann selbst für mich sprechen, danke«, ging sie ihn an und sah abwechselnd von ihm zu mir. So viel zu ihrer sanften Art.

»Was meinst du, was passiert, wenn mein Vater rausbekommt, dass Prinzessin nachts um die Häuser zieht?«

»Er ist nicht da und ob es dir passt oder nicht, Tyler und ich gehen jetzt.«

Mit einem Ruck befreite sie ihr Handgelenk aus meiner Faust, griff Tylers Hand und stürmte davon. Im Vorbeigehen flüsterte er mir zu: »Ich werde der Kleinen Gehorsam beibringen.« Er warf mir ein letztes, kaltes Lächeln zu.

Als sie davonfuhren, stürmte ich zu meinem Wagen, riss die Tür auf und startete den Motor. Die Maschine vibrierte unter den Sohlen meiner Schuhe.

Harlan klopfte gegen die Scheibe. Ich ließ das Fenster herunter und umklammerte das Lenkrad, ohne ihn anzusehen.

»Wohin willst du? Ich dachte, wir trinken noch einen.«

»Ich muss los, wir sehen uns.« Seinem weiteren Protest schenkte ich keine Beachtung, ich hörte nichts mehr außer den Wind, der durch die Geschwindigkeit zunahm und mir um die Ohren wehte, als ich auf den Highway fuhr.

Die Rücklichter von Tylers schwarzem Dodge Viper tauchten vor mir auf, ich erkannte sein Nummernschild und drückte das Gaspedal weiter nach unten. Sein Wagen schoss nach vorne, überholte rechts einige Wagen und scherte dann auf die linke Spur ein.

Er killt sie noch.

Ich konzentrierte mich auf die Rücklichter der Fahrzeuge vor mir, griff das Lenkrad fester und rief ihn an. Es klingelte eine Weile.

»Was gibt's?«

»Fahr rechts ran, du bringst sie noch um.« Ich holte auf und reihte mich hinter ihm ein.

»Babe, Daddy will, dass du nach Hause kommst.«

Im Hintergrund hörte ich leise ihre Stimme. »Nenn mich nicht Babe und richte ihm aus, er kann mich mal.«

»Hast du gehört?«, fragte er spöttisch. »Widerspenstiges kleines Ding. So mag ich sie am liebsten.«

»Wenn du nicht sofort anhältst, war das der letzte Kampf für dich.«

Einige Sekunden vergingen. Der Wind heulte durch die Dunkelheit, die nur durch die gelegentlichen Rückleuchten der anderen Wagen auf dem Highway unterbrochen wurde.

Als er antwortete, klang er noch ruhiger als vorher. Ich konnte das Lächeln hören, ohne dass ich es sah. »Sie gehört dir nicht. Du kannst mich nicht ausschließen, K. Entspann dich. Ihr wird nichts passieren. Wir werden nur ein bisschen Spaß haben.«

Ich hörte sie lachen. Dann wurde die Leitung unterbrochen.

»Fuck!« Mit aller Kraft schlug ich auf das Lenkrad ein, drückte das Gaspedal bis zum Anschlag herunter und fuhr dichter auf.

Er zog auf die rechte Spur.

Als ich wechseln wollte, fuhr ein Lkw auf gleicher Höhe an mir vorbei und schnitt mir den Weg ab. Nervös trommelte ich auf das Lenkrad. Als ich endlich auf die rechte Spur wechseln konnte, war Tylers Dodge verschwunden.

Als ich den Eingangsbereich betrat, fiel mir der sanfte Lichtkegel auf, der aus einem der Büros auf der linken Seite des langen Flures kam. Ich legte meine Autoschlüssel auf die Kommode und ging auf die geöffnete Tür zu. Maria und Jeremy hatte ich freigegeben, ein Einbrecher hätte bei den Sicherheitsstandards unseres Hauses keine Chance. Leiser Jazz klang durchs Haus. Ich streckte den Kopf in den Raum und wünschte sofort, ich wäre nach Cape Coral gefahren. *Scheiße.*

»Hallo Junge.« Mein Vater saß mit einem Whiskyglas in der Hand hinter dem schweren Schreibtisch aus Kirschholz. Die Ränder, die sich unter seinen blassblauen Augen abzeichneten, ließen ihn müde und alt wirken. *Warum ist er jetzt zurück?*

»Hi, was machst du hier?«, fragte ich und versuchte, es locker klingen zu lassen, als ich mich mit dem Rücken gegen den Türrahmen lehnte.

»Das sollte ich lieber dich fragen. Wo sind alle?«

Mit einer Hand fuhr ich durch meine Haare. »Maria und Jeremy haben frei, ich komm alleine klar.«

Mit dem Glas in der Hand stand er auf. Er sah mich eindringlich an, als suchte er nach einer Lüge in meinen Augen. *Ich hasse dich Farren Andrews.*

»Wo ist Farren?«

Ich verschränkte die Arme vor der Brust, ging in Sekundenschnelle die Möglichkeiten durch. Lügen, Wahrheit, Ausrede.

»Bei Julie.«

Er trank einen Schluck, stellte das Glas ab und kam auf mich zu. Sein Kiefer war angespannt und unter seiner rechten Schläfe pulsierte die Ader, die nicht oft zum Vorschein kam. Denn mein Vater gehörte zu den Menschen, die ihre Wut anstauten, abwarteten und dann entweder im Stillen oder an Leuten abließen, die unter ihnen standen.

»Wage es nicht, Kieran. Wage es nicht, mir noch einmal ins Gesicht zu lügen. Ich habe Maria angerufen, nachdem ich Jeremy nicht erreichen konnte, damit er mich vom Flughafen abholen kommt. Nachdem ich dich fünf Mal angerufen habe. Maria ist mit ihrer Tochter in Orlando. Also, wo ist die Kleine?«, fragte er gefährlich ruhig, als er den Hals ein Stück streckte, um mich anzusehen. *Verdammt, der Anruf vor dem Kampf. Wäre ich doch rangegangen.*

Ich atmete tief aus. *Danke Prinzessin*! »Sie ist unterwegs. Ich hab versucht, sie davon abzuhalten, aber sie ist stur.«

»Wo ist sie, verdammt noch mal?«

»Ich weiß es nicht. Sie ist mit Tyler abgehauen.«

Er nickte, drehte sich um und setzte sich wieder, als wäre nichts geschehen, doch die Ader pulsierte stärker als zuvor und mit einem großen Schluck kippte er sich den Whisky in den Mund.

»Das wird Konsequenzen haben. Für euch beide. Ich werde Cynthia informieren. Wir reden morgen. Ich kann dir nur raten, dass ihr nichts geschieht.«

Ich nickte, drehte mich um und ging nach oben. Das würde Konsequenzen haben.

Kapitel 9

FARREN

»Behalt die Finger bei dir.« Ich nahm Tylers Hände von meinem Hintern und schob ihn weg. »Kannst du mich bitte zurückfahren?«

Auf den Straßen war nicht viel los. Ich bezweifelte, dass mir im Ernstfall jemand zur Hilfe kam. Es war keine Glanzleistung gewesen, mit ihm wegzufahren, aber Kierans verstohlene Blicke in der alten Schwimmhalle waren mir nicht entgangen und auch, wenn er nichts von mir wollte, so tat seine Eifersucht, oder was auch immer es war, gut. Ich bekam seine Aufmerksamkeit. Warum sollte er der Einzige mit idiotischen Ideen sein?

»Ich bleibe. Mach du, was du willst.«

»Schön.« Ich zog das Handy aus der Hosentasche und rief ein Taxi. Natürlich konnte ich von ihm keine Höflichkeiten erwarten.

Eine sanfte Brise vom Strand wehte durch die schwüle Nachtluft. Mit dem Handrücken wischte ich den Schweiß von meiner Stirn und überlegte, wie ich die zehn Minuten, bis das Taxi eintraf, noch rumkriegen sollte, ohne dass er auf dumme Gedanken kam.

»Warum bist du mitgekommen?«, fragte er und kam näher. Ich wich ein Stück nach hinten aus, aber die Backsteinwand hinderte mich daran, ihm zu entkommen. Wir befanden uns in der Nähe einer kleinen Bar, aus der in regelmäßigen Abständen die Beifallsrufe betrunkener Kerle klangen, die sich die Live-Übertragung eines Baseballspiels ansahen.

»Spielst du die Schüchterne, um mich scharfzumachen? Funktioniert, Süße.«

»Bei dir braucht man gar nicht spielen, du bist anscheinend immer scharf.«

Er lachte.

Ich duckte mich seitlich unter seinem Arm weg und lief die Straße entlang. Auf der rechten Seite rauschte das Meer und ich hörte die Wellen an den Strand schwappen.

»Du wusstest doch, dass ich nicht nur ein paar Cocktails mit dir trinken will.« Tylers Schritte hallten auf dem Asphalt hinter mir und ich beschleunigte mein Tempo, um zur Straßenecke zu gelangen. »Bleib stehen, Farren.«

Er holte auf, packte meine Schulter und hielt mich zurück. Ich schluckte und fuhr herum. Er war schwer einzuschätzen, aber er würde es nicht wagen, mich gegen meinen Willen anzurühren. Zumindest redete ich es mir ein und hoffte, es stimmte. Ich verschränkte die Arme vor der Brust. Von meinem Nacken liefen Schweißtropfen bis auf den Rücken, ich wollte nur noch duschen und ins Bett. Mit Kieran würde ich morgen reden. Er würde ausrasten, aber ich war zu erschöpft, um mir Gedanken darüber zu machen. Genervt atmete ich aus. »Hör zu, es war ein Fehler, mitzukommen. Hierher, meine ich. Danke für die Drinks.«

»Es ist K.«

»Was?«

»Denkst du, ich bin bescheuert? So wie du ihn anzickst. Du bist heiß auf ihn. Sind viele, aber er fickt sie nur und reicht sie dann weiter. Wenn sie mir gefallen, tröste ich sie.«

»Ich passe. Ihr seid beide nicht mein Typ.«

»Ist das so?« Er legte den Kopf schief. »Besser für dich, er will dich nämlich nicht.«

Ich drehte mich herum und atmete erleichtert aus, als ich das Taxi an der Straßenecke sah. Ohne etwas zu erwidern, ließ ich ihn stehen, nickte dem Fahrer zu, als ich die Wagentür aufriss und mich auf die Rückbank sinken ließ. Ich gab dem Fahrer die Adresse, lehnte den Kopf zurück und schloss die Augen. Ich hatte immer angenommen, mein Leben in New York war kompliziert, aber hier herrschte Chaos.

Auf nackten Füßen tapste ich die Treppe nach unten, während ich mir breit grinsend, die Haare zu einem Pferdeschwanz hochband. Letzte Nacht war aufregend, wild und verboten und auch, wenn der Ausflug mit Tyler nicht zum Highlight des Abends gehörte, so hatte ich die Nacht genossen. Kieran würde sich schon beruhigen.

Als ich das Wohnzimmer betrat, stand Maria in der Küche. Sie schwenkte eine Pfanne hin und her und mein Lächeln verdoppelte sich. »Guten Morgen, hat er's also doch nicht länger ohne dich ausgehalten, was?«

Sie drehte sich zu mir um. Doch irgendetwas stimmte nicht, denn sie strahlte mich nicht wie gewöhnlich an. Auf ihrer Stirn lagen tiefe Falten.

»Farren«, flüsterte sie, kam hinter der Theke hervor und legte die Hände auf meine Schultern. »Mr. Moore ist letzte Nacht zurückgekommen. Was hast du gemacht?«

Mein Herz schlug augenblicklich schneller und das warme Kribbeln in meinem Bauch wandelte sich zu einem Knoten, der sich um meinen Magen legte und ihn zusammenzog.

»Scheiße, ich -«

»Farren«, unterbrach mich Mr. Moores harte Stimme. Sie kam aus Richtung des Esszimmers. »Komm bitte her.«

Mit großen Augen starrte ich Maria an. Sie strich über meine Wange. »Bleib höflich und sag die Wahrheit.«

Als ich an ihr vorbeiging, zupfte ich den Saum meines Shirts gerade.

Höflich, daran musste sie mich nicht erinnern. Andere Schüler oder Kieran, der mich ständig auf die Palme brachte, waren das eine. Eltern, Autoritätspersonen das andere.

Ich schlang die Arme wie einen Mantel um meinen Oberkörper, versuchte, meine schneller werdende Atmung in den Griff zu bekommen, und betrat das Esszimmer.

Mr. Moore trug einen dunkelblauen Anzug, der das Blau seiner Augen, die mich kalt ansahen, hervorhob. Er streckte seine rechte Hand aus und deutete auf den Stuhl, der seinem gegenüber stand. Ich räusperte mich, nahm Platz und klemmte die Hände unter meine nackten Beine.

Ohne etwas zu sagen, sah er mich an. Ich schluckte nervös und begann unter dem Tisch, die Fransen meiner Shorts abzuzupfen.

»Warum bist du hier?«, fragte er endlich.

»Weil ich die Firma übernehmen will.«

»Deine Mutter hat dich hergeschickt, damit du Disziplin lernst. Damit du lernst, was es heißt, erwachsen zu sein und Verantwortung zu übernehmen. Nichts davon hast du bisher erreicht.« Sein Adamsapfel hüpfte hin und her und auch wenn er ruhig wirkte, entging mir der drohende Unterton in seiner Samtstimme nicht.

»Es tut mir leid. Ich … Ich …«, stotterte ich und fragte mich, was ich überhaupt sagen sollte.

»Weißt du, ich bin sehr locker.« Er beugte sich ein Stück nach vorne über den Tisch und ich war froh, dass uns noch gut eine Armlänge trennte. »Solange man sich an die Regeln hält, sehe ich über vieles hinweg. Kierans Tattoos, das Boxen, die Mädchen. Alles in Ordnung, solange er die Firma voranbringt und hart arbeitet. Dein freches Mundwerk ihm gegenüber, deine viel zu kurzen Shorts, in denen du vor seiner Nase herumspringst wie eine Nutte auf der Suche nach Kundschaft«, sagte er kalt. »Das alles habe ich geduldet, ohne etwas zu sagen. Mir ist nicht entgangen, wie er dich ansieht. Hat er dich schon gevögelt?«

Meine Kinnlade klappte herunter. »Wie bitte?«

»Guck nicht so, lass uns die Dinge beim Namen nennen. Ungehorsam und mangelnder Respekt sind etwas, das ich mir nicht bieten lasse. Aber großzügig, wie ich bin, habe ich deiner Mutter angeboten, dir unter bestimmten Bedingungen eine letzte Chance zu geben.«

Mutter. Natürlich hatte er ihr davon erzählt. *Wie hat er erfahren, dass ich nicht in meinem Bett lag, als er nach Hause kam? Kieran …*

»Es tut mir leid, Mr. Moore.« Ich musste auf meine Lippen beißen, damit ich nicht aussprach, was ich über ihn dachte. Bis gerade hatte ich ihn für arrogant, aber in Ordnung gehalten, doch er war nicht besser als meine Mutter. »Ich werde Mutter sofort anrufen und mich entschuldigen. Danke, dass Sie mir noch eine Chance geben. Ich werde Sie nicht enttäuschen.«

Er lächelte, doch es erreichte seine Augen nicht. »Das kannst du ihr nachher selbst sagen. Sie wird heute Nachmittag eintreffen.«

Ich sank in meinem Stuhl zurück, ließ den Kopf sinken und schloss die Augen. Mein Herz raste so schnell, als wäre ich eine Stunde dem goldenen Schnatz hinterhergejagt.

Moore erhob sich, ohne eine Antwort abzuwarten. »Alles Weitere dann heute Abend. Jetzt geh mir aus den Augen und zieh dir etwas an, das weniger ›Nutte‹ schreit.« Er verließ das Zimmer.

Ich starrte auf meine zitternden Hände, die ich zu Fäusten ballte. Mit aller Mühe hielt ich die Tränen, die in meinen Augen aufstiegen, zurück. *Weinen bedeutet Schwäche.* Noch eine von Mutters Lektionen, die ich im Laufe der Jahre gelernt hatte.

Weinen war etwas für Versager, die Mitleid erregen wollten, wenn sie mit Argumenten nicht weiterkamen.

Ich atmete tief aus, schluckte ein paar Mal und blinzelte die Tränen weg.

Vielleicht hatten sie recht.

Wie hatte ich auch nur eine Sekunde glauben können, ich wäre richtig, so wie ich bin. Das Gefühl, das ich immer spürte, wenn Kieran mich ansah. So wie letzte Nacht, als wir zum ersten Mal einen Augenblick ohne die Wut geteilt hatten.

Ich verstand jetzt, was er von mir wollte. Ich sollte mich wehren. Nicht nur gegen ihn. Gegen *sie.* Meine Mutter, die Erwachsenen. Für einen Moment hatte ich mich gefühlt, als reichte es, ich zu sein. Als könnte ich es schaffen, auszubrechen. Bei den Kämpfen fühlte ich mich zum ersten Mal vollständig. Als gehörte ich dazu. Was war das zwischen Kieran und mir? Warum fühlte ich mich von ihm angezogen? Egal. Es spielte keine Rolle mehr. Es war an der Zeit, erwachsen zu werden und Verantwortung zu übernehmen.

Normalerweise hätte ich den Tag lesend am Pool verbracht. Doch nun bereitete ich mich darauf vor, Mutter unter die Augen zu treten. Ich stellte die Klimaanlage in meinem Zimmer höher, als ich aus meinen Shorts schlüpfte und mir lange Jeans anzog. Als ich fertig war, steckte ich mir die Kopfhörer in die Ohren, stellte den iPod so laut, bis ich es gerade noch aushielt, lauschte dem wütenden Gesang von Slipknot's *Before i forget,* nahm mein Kopfkissen, presste es gegen mein Gesicht und schrie. Ich schrie so laut ich konnte, so lange, bis ich keine Luft mehr bekam und das Gefühl hatte, alles herausgeschrien zu haben, was mich sonst verrückt werden ließ.

Ich feuerte das Kissen zurück aufs Bett, als mir die Kopfhörer mit einem Ruck aus den Ohren gerissen wurden und ich zusammenfuhr. »Hast du mich erschreckt.«

Kieran stand vor mir. Seine schwarzen Haare standen in alle Richtungen ab, die Sehnen bewegten sich unter seiner Haut, als er seine Hände knetete und mich ansah. »Hast du mit ihm gefickt?«

»Mit wem?«

»Stell dich nicht blöd. Tyler. Habt ihr gevögelt?«

Verständnislos sah ich ihn an. »Spielt das eine Rolle? War klar, dass du deinen Vater gleich anrufen musst. Wie alt bist du noch mal?«

Schneller als ich gucken konnte, griff er meinen Oberarm, drehte mich herum und drängte mich mit dem Gesicht gegen die von der Sonne aufgeheizte Glasfront meines Zimmers. Er drückte seinen Oberkörper gegen meinen Rücken, presste seine Hände auf meine Unterarme und zwängte sie links und rechts neben meinem Gesicht auf die Scheibe.

»Ich hab die Schnauze voll von dir.« Er beugte sich herunter und flüsterte mir ins Ohr. »Am liebsten würde ich dir eine reinhauen. Mein Vater ist auf hundertachtzig, weil du deine Egonummer durchziehen musstest. Tyler hätte euch gegen den nächsten Baum fahren können und alles, was du tust, ist mir zu unterstellen, dass ich wie eine Pussy bei Daddy petzen gehe.«

Meine Haut brannte unter dem heißen Glas, als er sein Gewicht nutzte, um mich fester gegen die Scheibe zu drücken. Ich versuchte, meine Arme zu bewegen, doch Kieran war zu stark. »Lass mich sofort los. Du bist wütend? Meine verdammte Mutter kommt nachher.«

»Gut. Ich hoffe, sie nimmt dich wieder mit, dann hab ich endlich wieder meine Ruhe.« Er ließ mich los.

Ich rieb über die Handabdrücke auf meinen Unterarmen und sah ihn an. Ich glaubte ihm. Es passte nicht zu ihm, wie ein Schuljunge zu seinem Vater zu rennen, um mich bei ihm anzuschwärzen.

»Es tut mir leid.« Ich ging einen Schritt auf ihn zu. Auf einmal verspürte ich das Bedürfnis, ihn zu berühren, meine Stirn gegen seine Schulter zu legen, um mich für ein paar Sekunden geborgen zu fühlen, wie in der Nacht, als er mich zum ersten Mal mit zu einem Kampf genommen hatte. »Ich wollte dich nicht in Schwierigkeiten bringen.«

Kieran starrte mich an, als wäre ich verrückt geworden. Die Sonne, die auf seine Arme schien, ließ seine gebräunte Haut leuchten. Ich ging einen weiteren Schritt auf ihn zu.

Als ich so dicht vor ihm stand, dass ich seinen frischen Sommerduft riechen konnte, stellte ich mich auf die Zehenspitzen, ignorierte das Zittern in meinen Beinen und legte eine Hand auf seine Brust. Mein Herz schlug unkontrolliert und wild, genau das, was ich brauchte. Jede meiner Bewegungen verfolgte er mit seinem Blick, doch er schwieg. Mit einer Hand strich ich ihm durch die weichen Haare und legte meinen Kopf gegen seine Schulter. Ich schlang meine Arme um seinen Nacken und ließ meine Zungenspitze über seinen Hals gleiten. Schmeckte das Salz auf seiner Haut, roch ihn und küsste die Stelle, an der sein Puls so schnell wie mein Herz schlug. Kierans Hände wühlten sich in meine Haare, er nahm meinen Zopf, wickelte ihn um seine Faust und zog meinen Kopf nach hinten. Ich drückte mich an ihn, als jagte ich dem Kick hinterher.

»Was ist«, flüsterte er gegen meine Wange. »Willst du, dass ich dich vögel, bevor du zurück in dein goldenes Gefängnis musst, damit du wenigstens einmal du selbst sein kannst?« Seine freie Hand griff nach meinem Hintern. Er drückte sich gegen mich, ich spürte seinen Ständer an meinem Bauch und stöhnte auf. Ich krallte mich in seinen Nacken, wollte mehr. Wenn schon untergehen, dann richtig.

»Was ist das mit uns?«, fragte ich atemlos.

»Freaks erkennen sich untereinander.« Mit einem Ruck riss er meinen Kopf weiter zurück, sodass ich ihn ansehen musste. Gott, seine Art machte mich verrückt. »Sorry, Prinzessin. Aber ich stehe nicht auf feige Schwächlinge.« Er ließ meine Haare los, schubste mich gegen das Bett und warf mir einen kalten Blick zu. »Geh zurück, tanz weiter nach Mommys Nase und lass dich verbiegen, bis nichts mehr von dir übrig ist. Spiel weiter ihre Marionette.«

»Was soll ich denn tun?«, schrie ich ihm entgegen, als er nach der Klinke griff. Der Gedanke daran, meine Mutter so bald sehen zu müssen, vielleicht sofort wieder zurück nach New York zu müssen, ließ mich die Fassung verlieren. Ich fühlte mich, als würde ich ersticken. »Einfach alles hinschmeißen, ihr ins Gesicht sagen, wie sehr ich sie verachte, um dann wer zu sein?« Ich schüttelte den Kopf. »Ich habe verdammt noch mal keine Ahnung mehr, wer ich bin!«

Er drehte sich zu mir um. Seine dunklen Augen funkelten vor Wut, Enttäuschung und ich erkannte einen Teil von mir darin. »Es geht nicht darum, wer du bist. Es geht nur darum, wer du sein willst.«

Kieran knallte die Tür zu und ließ mich zurück.

Verwirrter und verzweifelter als je zuvor.

Als ich zwei Stunden später endlich den Mut fand, nach unten zu gehen, warf Maria mir einen mitleidigen Blick zu. Ich schob die Schiebetüren auf, um in den Garten zu gehen und noch zehn Minuten die Ruhe zu genießen.

Sie öffnete den Mund, doch ich schüttelte den Kopf. »Tut mir leid. Ich will nur kurz alleine sein.«

»Farren, sie ist schon da.«

»Jetzt?«

Sie nickte. »Deine Mutter ist mit Mr. Moore im Büro. Sie wollten dich gleich rufen.«

»Wo ist Kieran?«, fragte ich und wusste nicht warum.

»Er ist weg.«

Meine Lunge verkrampfte sich und plötzlich fühlte es sich an, als bekäme ich keine Luft mehr. »Wie weg?«

»Er ist zurück nach Cape Coral gefahren.«

Kieran besaß ein Loft in Cape Coral, wo er eigentlich wohnte. Bei seinem Vater war er nur, wenn es Notfälle in der Firma gab, oder um Urlaub zu machen, da Mr. Moore die meiste Zeit sowieso unterwegs war.

»Wenn du willst, gebe ich dir seine Nummer«, sagte sie, aber ich hörte kaum noch hin und lief zu Moores Büro, das auf der linken Seite des Flures lag.

Er ist weg. Weil du alles versaust.

Vor der Tür blieb ich stehen, legte den Kopf dagegen und lauschte auf ihre Stimmen. Als meine Mutter sprach, krampfte sich mein Magen zusammen.

»... da stimme ich dir zu, aber ich frage mich allmählich ernsthaft, ob sie zu überhaupt irgendetwas taugt.«

Ein Stuhl knackte und Moore sprach. »Ich will mich nicht einmischen, Cynthia, aber vielleicht wart ihr etwas zu nachlässig. Ich meine, bei den einen kommst du damit weiter, aber solche Mädchen wie Farren brauchen eine harte Hand.«

Mutter seufzte. »Ich wünschte, Mitch würde das genauso sehen. Er hat keine Ahnung, was sie mit mir macht. Er bekommt nichts mit. Mit so einem Vater wie dir hätte sie vielleicht eine Chance gehabt.«

Moores Stimme klang samtig. »Du weißt, was ich dir dazu gesagt habe.«

Mit den Nägeln kratzte ich über die Narben an meinem Unterarm, als ich hörte, wie kalt sie über meinen Vater sprach.

Er kümmerte sich nicht um mich, er trug Scheuklappen, aber er war nie grausam gewesen. Mein Dad wusste bis heute nicht, was sie mir alles angetan hatte. Vielleicht wollte er es auch nicht wissen. Aber Mutter hatte dafür gesorgt, dass nie etwas davon an die glatt polierte Oberfläche kam ...

Acht Jahre zuvor

Ich hielt Daddys Hand einen Augenblick länger und drückte sie fest gegen meine Wange. Durch die Handschuhe, die er draußen getragen hatte, fühlte sie sich warm auf meiner kalten Haut an. In seinen braunen Haaren und auf seinem Mantel glitzerten die Schneeflocken. Misstrauisch sah er mich an. »Du bist so anhänglich heute, was ist los?«

Ich streckte die Arme aus, damit er mich hochhob, doch er schüttelte den Kopf. »Ich muss mich noch schonen.«

»Wegen deinem Herz?«

Er nickte und klopfte mit einer Faust auf seine Brust. »Ich muss vorsichtig sein, zwei Herzinfarkte reichen.«

Ich wusste nicht genau, was das bedeutete, aber wenn Herzinfarkt hieß, mit meinem Dad einen Tag im Central Park zu verbringen, mit einer Tasse heißem Apfelsaft und Röstkastanien aus Tüten, dann konnte es nur etwas Gutes sein.

Sonst arbeitete er so viel, dass ich ihn nur sonntags sah.

Er half mir aus dem Mantel und hängte ihn an die Garderobe neben der Tür. Ich lauschte, ob ich Mom irgendwo hörte, aber bis auf Albus, der aufgeregt an uns hochsprang, war alles still.

»Dad, kann ich dich was fragen?«

»Natürlich.«

»Wenn Mom die Sachen mit mir macht, die so schrecklich wehtun, warum hilfst du mir dann nicht?«

»Was meinst du?«, fragte er und runzelte die Stirn.

»Haare kämmen.«

Ich erstarrte und legte eine Hand auf den Mund, als ich Mom auf dem Treppenabsatz bemerkte. Sie blickte mich von oben bis unten an. »Das Kind ist sehr zimperlich. Sie weint immer gleich, wenn ich ihr die Haare kämme.« Ihre Stimme klang kälter als der Schnee vor unserer Tür. Moms Blick jagte Schauer über meinen Rücken, so sah sie mich immer an, bevor sie mir wehtat. Sie kam auf uns zu. Ich stellte mich näher zu Dad und nahm seine Hand, zog sie eng an mich, damit er mich beschützte. *Dad ist da. Sie kann mir nichts.*

»Mitch, ruh dich aus. Samuel kocht dir einen Tee«, sagte sie und lächelte ihn süßlich an, während sie mich an die Hand nahm. »Farren und ich wollen uns noch die Mondscheinsonate anhören, danach machen wir beide uns einen schönen Abend.«

Mein Vater nickte. Mom zog mich die Treppe nach oben, verzweifelt sah ich zu Dad, der seine Schuhe auszog und nicht bemerkte, wie sich die Stimmung veränderte.

»Nein, Mom«, flüsterte ich. Ich wusste, wenn ich schrie, würde sie nur wütender. Plötzlich war mir so schlecht, dass ich das Gefühl hatte, mich übergeben zu müssen.

Nein, bitte nicht. Sie kann doch nicht … Dad ist da.

Als die Zimmertür hinter mir ins Schloss fiel, sah ich sie an. Ich schüttelte den Kopf. Tränen stiegen in meine Augen, doch Mom klatschte mir ihre flache Hand ins Gesicht, sodass mein Kopf zur Seite geschleudert wurde und sich ein heißes Brennen auf meiner Wange ausbreitete.

»Tränen sind etwas für Versager, die Mitleid erregen wollen, wenn sie mit ihren Argumenten nicht weiterkommen. Beweise mir einmal, dass du kein Versager bist, und hör sofort auf, oder willst du Mommy noch wütender machen?«

Ich biss auf meine zitternde Unterlippe und schluckte die Tränen herunter.

Es ist bald vorbei. Vielleicht wird es heute nicht so schlimm.

Sie drückte mich aufs Bett, setzte sich neben mich und hielt meinen Arm so fest, dass sich ihre Nägel in meine Haut bohrten.

»Mom, das tut weh.«

Doch anstatt loszulassen, griff sie fester zu. »Möchtest du Daddy töten?«

Ich riss die Augen auf und schüttelte heftig den Kopf. »Nein, ich habe ihn doch lieb.«

»Dann halt deinen Mund. Wenn du ihm erzählst, dass ich dich für deine Fehler und Bosheit bestrafe, dann bekommt er den nächsten Herzinfarkt und stirbt. Dann hast du nicht nur unsere ganze Familie zerstört und uns arm gemacht, dann bist du auch eine Mörderin, Farren, und die kommen in die Hölle.«

Mein Herz schlug so schnell, dass es wehtat. Ich wollte nicht, dass Dad etwas passierte, und in die Hölle wollte ich auch nicht.

Mom stand auf und warf mir einen eisigen Blick zu, der mich im Bett weiter zurückrutschen ließ, und ich die Bettdecke über meine Beine zog, als könnte sie mich vor dem, was kam, beschützen.

Ich wusste nie genau, ob sie mich nur schlagen wollte, ich heiß duschen musste oder ob sie mir wieder diese komischen, bitteren Tabletten in den Hals stopfen und mir die Nase zuhalten würde, bis ich sie schluckte. Von den Tabletten wurde mir jedes Mal schlecht, dass ich brechen musste und müde wurde, aber dann hörten wenigstens die Schmerzen auf.

Mom hatte viele Ideen. Sie verschwand im Bad. Verzweifelt sah ich zur Tür, aber wagte nicht, loszurennen. So würde ich sie nur wütender machen. Ich zog die Bettdecke bis unter mein Kinn und starrte in Richtung Bad.

Bitte nicht die Dusche, bitte nicht duschen. Dann lieber Tabletten .

Mom kam zurück. Sie lächelte kalt und hielt ihre Hände hinter dem Rücken.

»Wenn er dich hört, wird er sich Sorgen machen. Also sei leise, verstanden?«

Ich nickte. Mir war schlecht und ich zwang mich, den sauren Geschmack, der sich in meinem Mund ausbreitete, herunterzuschlucken, um mich nicht auf dem Bett zu übergeben.

Langsam wie ein Löwe, der sich an seine Beute anschlich, kam sie näher. Sie ging zu meiner Anlage, auf der ich immer Beethoven, Mozart oder andere Komponisten hören musste, und stellte die Mondscheinsonate an. Ich hasste dieses Lied. Ich hasste alle Lieder, die sie mochte.

Als die Musik so laut war, dass die Wände bebten, kam sie näher. Sie nahm ihre Hände hinter dem Rücken hervor und hielt etwas Silbernes in die Luft.

Als ich erkannte, was es war, versuchte ich, in meinem Bett auszuweichen. »Nein!«, schrie ich, doch die Musik hallte laut und mein Widerspruch erstickte unter den Tönen des Pianos.

Mom griff nach meinem Knöchel, zog mich zu sich heran, packte meinen linken Arm und zog die scharfe Klinge einmal über meinen Unterarm. *Jetzt tötet sie mich.*

»Aua, nein!« Der Schmerz war schlimmer als das heiße Wasser unter der Dusche. Er war schlimmer, als alles andere, das sie mir bisher angetan hatte. Ich spürte das warme Brennen, als sie wieder und wieder und wieder die Klinge durch meine Haut zog, sie Faser für Faser auseinanderriss und mich für immer kennzeichnete. Mit der freien Hand versuchte ich, um mich zu schlagen, doch sie setzte sich auf mich, klemmte meine Arme mit ihren Beinen fest und schnitt weiter. Das Blut lief heiß über meinen Arm. Es tat so weh. Meine Haut brannte, als wäre sie bis auf die Knochen aufgescheuert und jemand streute Salz hinein. Ich schrie, versuchte, meinen Arm wegzureißen, doch sie packte mich nur härter und schnitt wieder zu. Tiefe, gleichmäßige Bewegungen, bis mir schwarz vor Augen wurde.

Als sie endlich fertig war, ich tränenüberströmt, schweißnass und würgend im Bett lag, sich rote Flecken in dem Stoff meines Kissens bildeten, beugte sie sich zu mir.

»Versuchst du noch einmal, Dad oder sonst wen, um Hilfe zu bitten, macht Mommy das mit Albus. Wenn das jemand sieht, bin ich beim nächsten Mal nicht so vorsichtig.« Sie griff mein Kinn, damit ich sie ansah. »Das ist deine Schuld, nicht meine. Du musst lernen, den Mund zu halten.«

Sie ließ mich los. »Jetzt geh, wasch deinen Arm und verbinde ihn. Zieh etwas mit langen Ärmeln an.«

Sie verließ den Raum.

Weinend und blutend schleppte ich mich ins Bad, ließ mich auf den Boden sinken, sah auf meinen Arm und wünschte, sie hätte es beendet. Tiefe, rote Schnitte kennzeichneten meine Haut. Es brannte. Der Schmerz war überwältigend. Blut tropfte auf die weißen Fliesen, es verlief in den Rillen der Fliesen und zeichnete Muster auf den Boden. Gerade noch rechtzeitig schaffte ich es, mich über die Toilette zu beugen, als ich mich übergab. Ich wollte tot sein. Es sollte endlich aufhören.

Gegenwart

Ich rieb meinen Unterarm, schob die Erinnerung beiseite, straffte die Schultern und klopfte.

Nur nicht schwach wirken. Halt den Mund. Lass sie nicht wissen, wie es dir geht.

»Komm rein«, rief Moore.

Als ich den Raum betrat, sah er mich mit seinen Eisaugen an. Ich nahm auf dem Stuhl neben meiner Mutter Platz und legte meine Hände in den Schoß, damit sie das Zittern nicht bemerkte. Missbilligend, den Blick nach unten gerichtet, als schämte sie sich, schüttelte Mutter den Kopf. »So viel dazu, du würdest uns nicht enttäuschen. Ich weiß nicht, was wir noch mit dir machen sollen.«

»Cynthia«, ging Moore dazwischen. Er stand auf und legte eine Hand auf ihre Schulter. »Ich denke, wenn wir es so machen, wie besprochen, hat sie noch eine Chance.«

Sie redeten über mich, als wäre ich todkrank und nicht anwesend.

Oder unsichtbar.

»Mutter, ich …«

Sie hob ihre dürre Hand. »Ich will nichts hören. Nichts, was du sagst, reicht aus, um die Demütigung vor Logan wiedergutzumachen.«

Moore schaltete sich ein und ich fragte mich, warum er sich einmischte. »Farren, deine Mutter und ich sind uns einig, was das hier angeht.« Er hob den Zeigefinger und fuchtelte damit in der Luft herum, als schimpfte er mit einem kleinen Mädchen. »Ab sofort wirst du nur noch in deinen Schulbüchern lesen. Der Schund, den du immer mit dir herumträgst, kommt weg.«

Mit weit aufgerissenen Augen sah ich ihn an, doch er sprach unbehelligt weiter. »Denkst du, ich weiß nicht, was du liest? Die Musik«, er betonte das letzte Wort, als spräche er von etwas Giftigem, »ist von jetzt an auch tabu, genauso wie die kurzen Hosen. Du kommst nach der Schule sofort nach Hause. Keine Bibliotheksbesuche oder sonst etwas. Ich muss übermorgen wieder weg, aber ich werde dafür sorgen, dass so etwas wie letzte Nacht nie wieder vorkommt. Haben wir uns verstanden, Fräulein?«

Ich bin achtzehn verdammt noch mal und habe es tatsächlich gewagt, nachts wegzubleiben.

So viel zu neuen Freiheiten.

Doch ich sagte nichts von alldem. Stattdessen nickte ich brav, wie es von mir verlangt wurde, und errichtete eine neue Mauer in meinem Kopf, um die richtige und die Fake-Farren voneinander zu trennen. Als steckte ich eine von ihnen in Quarantäne, damit sie sich nicht bei der anderen infizierte.

Sie redeten weiter auf mich ein, doch ich war nicht mehr anwesend. Ihre Stimmen, die Vorwürfe darin kamen nur noch gedämpft wie Schritte im Schnee bei mir an. Alles, an das ich dachte, war er.

Kieran.

Seine Augen.

Der Duft seiner Haut.

Die Tattoos. Seine Art, ihnen zu sagen, sie sollen sich zum Teufel scheren.

Alles, was ich sah, waren die Enttäuschung und die Abscheu in seinem Blick, mit dem er mich angesehen hatte.

Er war weg, ich auf mich gestellt. Nur welche Farren war ich?

Es kommt nicht darauf an, wer du bist. Es geht nur darum, wer du sein willst.

Was, wenn die Person, die ich sein wollte, nicht genügte?

Kapitel 10

KIERAN

Erwartungsvoll sah sie mich an, als sie den Kopf hob und mir ihren Mund – verschmiert vom roten Lippenstift – entgegenstreckte und versuchte, mich am T-Shirt zu sich zu ziehen, um mich zu küssen.

»Lass gut sein, Süße. Besser, wenn du jetzt gehst.« Ich hielt die Scheine vor ihre Nase.

Sie lächelte. »Wenn du es mir wieder so gut besorgst wie letzte Nacht, mach ich's sogar umsonst.«

»Katy -«

»Kaley. Nicht Katy.«

Ich verdrehte die Augen. »Pass auf, ich muss arbeiten, du hast die Kohle, wir hatten Spaß und jetzt verschwinde.«

Ihre blonden Haare flogen nach rechts und links, als sie die Beine von der Ledercouch schwang, sich das hautenge Kleid, das gerade bis unter den Arsch reichte, anzog und die gerollten Scheine in ihre Tasche stopfte. »Schade, aber melde dich, wenn du wieder mal Dampf ablassen musst, das war aufregend, man hat kaum gemerkt, dass du in Gedanken woanders warst.« Sie zwinkerte mir zu. Katy … Kaley wie auch immer, stakste aus meiner Wohnung. Ich atmete tief aus, fuhr mit meinen Händen durch die Haare und sah auf mein Handy.

Mein Vater rief nicht an. Vielleicht besser so. Wahrscheinlich hatte die Mutter der Prinzessin sie wieder zurück nach New York gebracht. Hoffentlich war sie stark genug, um weiter in ihrer Scheinwelt leben zu können.

Ich war nicht umsonst zurückgefahren. Selbst die verdammten hundertachtundfünfzig Meilen, die zwischen uns lagen, änderten nichts daran, dass mir ihr Gesicht nicht mehr aus dem Kopf ging. Ihre Augen, der Blick, der darin gelegen hatte.

Zerrissen.

Verloren.

»Fuck! Verdammt!« Ich donnerte meine Faust gegen die nächste Wand. Die Schmerzen waren zu vertraut, als dass ich ihnen viel Beachtung schenkte. Ich ging ins Bad, ließ kaltes Wasser über meine Fingerknöchel laufen und wischte das Blut weg.

Ich hätte sie ficken können. Ich hätte mir das nehmen können, von dem ich noch vor ein paar Tagen überzeugt gewesen war, dass ich es nicht wollte.

Aber ihre verdammte Schwäche und die feige Maske, hinter der sie sich versteckte, widerten mich an.

Sie erinnerten mich daran, wer ich einmal gewesen war.

Drei Jahre zuvor

Im Vorbeigehen hauchte Mom mir einen flüchtigen Kuss auf die Wange, bevor sie sich bei Maria unterhakte und mit ihr in den Garten ging, aus dem Jazz und das wilde Durcheinander von Stimmen bis ins Haus schallten.

Wie jedes Jahr gab Mom eine ihrer Spendengalas und wie jedes Mal hatte sie es geschafft, mich zu überreden, die Getränke zu verteilen. Noch immer lachend über die Leichtigkeit, mit der sie mich um den Finger wickelte, obwohl ich seit Wochen zu dem Konzert am Bayside Marketplace gehen wollte, stellte ich die Champagnergläser auf das Tablett, legte die Hand darunter und folgte ihnen in den Garten.

Tische und Stühle, geschmückt mit orangen Blumen und Palmenblättern standen um den Pool verteilt, auf dem Schwimmkerzen trieben. Ich fragte mich nicht zum ersten Mal, warum sie sich die Mühe machte, schon zwei Tage vorher mit dem Dekorieren zu beginnen, wenn sie eine Firma dafür beauftragen konnte. Typisch Mom, selbst ist die Frau. Ich stellte das Tablett am Büfett ab, steckte mir eine Zigarette an, obwohl mir Gras lieber gewesen wäre.

Mein Vater stand mit einigen Gästen im Halbkreis, schlürfte Champagner und grinste, als er einer Tussi in den prall gefüllten Ausschnitt starrte.

»Kieran, komm bitte mal her«, rief meine Mutter. Ich drehte mich um und sah, wie ihr Blick sich von ausgelassen zu besorgt veränderte, als auch sie bemerkte, wie mein Vater die Tussi beäugte.

»Mach dir keine Sorgen«, sagte ich und stieß Rauch durch meine Nasenlöcher aus, als ich mich neben sie stellte. »Dir kann keine das Wasser reichen.«

»Ich finde es nicht gut, dass du rauchst.«

»Und ich finde nicht gut, dass du dir das von ihm gefallen lässt«, sagte ich, doch sie winkte ab.

»Danke, dass du mir hilfst, obwohl das sicher ziemlich uncool vor deinen Freunden rüberkommt.«

Jeder, der meine Mutter mit ihren schicken Designerkostümen sah, dachte sofort, sie wäre eine dieser verwöhnten Millionärsgattinnen, die nichts anderes taten, als zur Maniküre zu rennen und das Geld ihres Ehemannes auszugeben, aber Mom war anders. Sie putzte selber, kochte und hielt Maria von der Arbeit ab, um mit ihr Poker zu spielen und am Pool zu sitzen.

Ich lachte und drückte die Zigarette an einem der Tische aus. Mom kniff die Augen zusammen. »Kieran, wie oft habe ich dir gesagt, dass du nicht rauchen sollst? Vor allem hier vor den Gästen.« Sie verzog den Mund und starrte ungläubig auf die Zigarettenschachtel in meinen Händen, als ich eine neue herauszog, sie mir in den Mund steckte und einer Oma mit violett getönten Haaren zurief: »Haben Sie mal Feuer?«

»Nicht dein Ernst, oder?«

Doch ich zuckte nur mit den Schultern.

»Harriet, Liebes, wie viel haben wir letztes Jahr eingenommen?«, kreischte eine Frau zu uns herüber.

Mom klopfte mir auf die Schulter. »Geh ruhig, drei Stunden reichen. Wir sehen uns morgen, aber trink nicht so viel«, sagte sie und lief davon.

Hätte ich gewusst, dass es das letzte Mal sein sollte, dass ich ihr Lachen sehen konnte, wäre ich geblieben und hätte nicht die halbe Nacht betrunken mit meinen Freunden am Ocean Drive verbracht.

Nachdem ich sechs Stunden im Büro, zwei Stunden mit Meetings in Hotellobbys oder am Strand mit steinreichen, überheblichen, alten Säcken verbracht hatte und mit ihnen ihre Wünsche nach noch größeren, noch teureren Luxushäusern besprochen hatte, beschloss ich, aller Vernunft zum Trotz, meinen Vater anzurufen.

Wenn er mir sagen würde, dass Farren zurück in New York war, kam ich vielleicht endlich wieder klar, ohne Nutten, die ich nicht wollte, oder Whisky, den ich eigentlich nicht trank.

Ich gab Gas, setzte meine Ray Ban auf und wählte seine Nummer.

Es klingelte ein paar Mal, bis er abnahm.

»Was gibt es, Sohn?«

»Wann ist sie abgereist?«

Stille.

Als er wieder sprach, war der lockere Klang seiner Stimme einem drohenden Unterton gewichen.

»Farren bleibt vorerst hier. Cynthia und ich haben uns darauf geeinigt, die Kleine an der kurzen Leine zu halten.«

Scheiße! Nicht das. Meine Hände krallten sich in das Leder des Lenkrads und ich drückte das Gaspedal bis zum Anschlag nach unten, bis Palmen, Meer, Strand und Wolkenkratzer nichts weiter mehr waren als rasende Farbflecke, die unter der brennenden Hitze verliefen.

»Was heißt das?«

»Sie interessiert dich sehr, oder?«

»Ich wollte nur hören, ob sie endlich weg ist. Sie nervt.«

Ich bemühte mich, es beiläufig klingen zu lassen, und hoffte, er bemerkte nicht, wie sehr ich mich anstrengen musste, um nicht loszubrüllen.

»Wir haben Regeln aufgestellt, an die sie sich von nun an zu halten hat.« Er schwieg eine Sekunde. »Unter uns, Junge … Die Kleine hat einen wahnsinns Arsch und diese Beine.«

Ich hörte, wie er etwas trank, während sich mir der Magen umdrehte. »Ich verstehe das. Ich bin auch nur ein Mann und kenne die Weiber. Sie läuft in knappen Sachen vor deiner Nase herum, um dich um den Finger zu wickeln und Aufmerksamkeit zu bekommen. Glaub mir, wenn sie nicht Mitchs Tochter wäre, hätte ich ihr längst gezeigt, dass so etwas Konsequenzen hat.«

Du Dreckschwein. Du verdammte Drecksau!

Vor mir kreischte eine Hupe auf. In letzter Sekunde bremste ich ab, die Reifen quietschten, als ich den Abstand zum Truck vor mir vergrößerte. Die Stoßstange des Mustangs war ihm gefährlich nah gekommen.

»Hör zu, ich treffe mich gleich mit einem Kunden. Jedenfalls, ich verstehe, dass sie schwer zu handhaben ist. Wildes Ding. Ich mache dir keine Vorwürfe mehr. Morgen muss ich nach London, danach reden wir in Ruhe.«

»Wer passt dann auf sie auf?«

Er lachte. »Glaub mir, jetzt merkt sie, wie gut du sie behandelt hast.«

Er legte auf.

Es kam nicht nur von der verdammten Hitze, die über den rissigen Asphalt flimmerte. Das Feuer kroch von meinen Eingeweiden in Arme und Finger, bis es schließlich meinen Kopf erreichte und jeden Funken Vernunft auslöschte, der mich noch davon abhielt, nicht wahnsinnig zu werden. Ich stellte die Anlage an, drehte die Lautstärke so hoch, bis meine Gedanken unter Pierce the veil's *King for a day* zu einem kratzigen Flüstern wurden, und konzentrierte mich auf die Straße.

Wenn ich das Tempo beibehielt, konnte ich in einer Stunde zurück in Miami sein.

Und dann machst du was? Denk nach.

»Fuck!« Mit einer Faust schlug ich so lange auf das Lenkrad ein, bis meine Knöchel wieder zu bluten anfingen und das Brennen in ein Lodern überging.

Warum verdammt noch mal empfand ich neben der Abscheu gegen ihre Schwäche Mitleid mit ihr?

Warum machte es mich rasend, dass mein Vater über sie sprach, als wäre sie eine seiner Tussis?

Er würde es nicht wagen, sie anzufassen. So weit würde er nicht gehen, oder?

Ich fuhr und fuhr, ließ Abfahrten ungeachtet hinter mir, dachte nach, was ich unternehmen sollte, überholte einen Wagen nach dem anderen, bis ich das grüne Schild mit der Aufschrift ›Miami, 3/4 Mile‹ über mir sah und bemerkte, dass ich durchgefahren war.

Gott, vor ein paar Monaten noch war alles in Ordnung gewesen. Mädchen. Partys. Kämpfe. Die Firma. Treffen mit den Jungs.

Nichts hatte mich je aus der Ruhe gebracht. Alles ließ sich mit Sex oder Boxen lösen.

Dann kam sie und alles, von dem ich annahm, dass es mich zufriedenmachte, mich in der Spur hielt, wurde nichtig und unbedeutend. Sie brachte die Wut zurück. Und als ob all das nicht ausreichte, hatte ich letzte Nacht, als mein Schwanz in der Kleinen gesteckt hatte, zum ersten Mal nicht das Hochgefühl wie sonst empfunden, wenn sie ihre Beine um meine Hüften schlangen oder ihre Nägel meinen Rücken zerkratzten.

Alles, was ich gesehen hatte, war Farrens Gesicht, ihr Körper, der sich unter mir aufbäumte, ihre Nägel, die Spuren auf meinem Rücken hinterließen.

Als sie die Tür öffnete, riss Maria die Augen auf. Sie blickte sich um, als wollte sie nicht, dass mein Vater mich zu Gesicht bekam, und schob mich in die Küche.

»Wo ist Farren?«, fragte ich, als ich mich gegen den Kühlschrank lehnte und umsah.

Maria seufzte. Ihr blauer Rock rauschte um ihre kurzen Beine, als sie durch die Küche wirbelte, Gläser in die Schränke räumte und sich unter meinem Arm duckte, um Tomaten aus dem Kühlschrank zu holen. »Sie hat sich oben verkrochen. Seit gestern isst sie kaum noch.«

»Und mein Vater?«

»Mit einem Geschäftspartner beim Golfen, er wollte schon vor zwanzig Minuten zu Hause sein«, antwortete sie und fuchtelte mit dem Messer, mit dem sie die Tomaten schnitt, vor meiner Nase herum. »Was ist los? Er sagt mir nichts und Farren …« Sie schüttelte den Kopf und seufzte wieder. »Ich mache mir Sorgen. Sie ist merkwürdig ruhig.«

Ich musste sie sehen. Als ich an Maria vorbeistürmte, hielt sie meinen Arm fest. »Kieran, nicht! Er will nicht, dass du sie siehst.«

»Wie bitte?«

»Er hat gesagt, dass du sie nicht sehen darfst.«

»Und du glaubst, das hält mich davon ab?«

Sie schüttelte den Kopf. »Ich will nur nicht, dass du es noch schlimmer machst.«

»Sag ihm, er kann mich mal und dass ich dir gedroht habe. Mir egal.« Ich befreite mich aus ihrem Griff und sah in ihre Augen, um sicherzugehen, dass sie verstand, dass nichts, was sie sagte, mich von Farren fernhalten konnte.

Maria öffnete den Mund, doch bevor sie widersprechen konnte, rannte ich die Treppen nach oben, nahm die zweite Treppe und bog um die Ecke zu Farrens Zimmer ab. Wie vom Blitz getroffen blieb ich stehen, als ich einen Kaugummi kauenden Gorilla im Anzug vor ihrer Zimmertür stehen sah. Er drehte seinen Kopf in meine Richtung. »Keine Besucher«, sagte er gelangweilt und kaute weiter auf seinem Kaugummi.

»Seit wann engagiert mein Vater Gefängniswärter?«

Gorilla verschränkte die aufgepumpten Arme vor der Brust, was ihn noch breiter wirken ließ.

»Und Sie sind?«

»Moores Sohn.« Ich baute mich vor ihm auf und betete, dass ich mich beherrschen konnte. Meine geballten Fäuste schob ich in die Taschen meiner Jeans und atmete tief durch. »Jetzt geh mir aus dem Weg oder du landest schneller wieder im Zoo, als dass du gucken kannst.«

»Kieran Moore? Ja, er meinte schon, Sie würden eventuell Ärger machen.«

Die Muskeln in meinem Nacken verhärteten sich. Ich biss auf meine Zunge.

»Okay.« Ich ging einen Schritt auf ihn zu, warf einen Blick auf das Waffenhalfter, was unter seiner Anzugjacke herausguckte, zog blitzschnell die Waffe und drückte sie gegen meine Schläfe. »Dann würdest du meinem Vater also einen Gefallen tun, wenn du mich abknallst?«

Gorilla riss die Augen auf. »Machen Sie keinen Scheiß, Junge.«

Er konnte kaum so dumm sein, zu glauben, ich würde ernst machen, aber es reichte, um ihn aus der Fassung zu bringen.

»Geh verdammt noch mal aus dem Weg, oder ich puste mir das Hirn raus und mein Vater wird dich dafür verantwortlich machen.«

Mit zittrigen Fingern strich er sich durch die wenigen Haare, starrte abwechselnd von der Waffe zu mir und nickte.

»Die leihe ich mir kurz aus«, sagte ich und ließ die Knarre vor seinem Gesicht baumeln. »Wenn er kommt, halt die Klappe. Kein Wort, dass ich bei ihr bin. Verstanden?«

»Sie sind ja krank.«

»Und du hast keine Ahnung wie sehr.« Ich zwinkerte ihm zu, ging an ihm vorbei und öffnete Farrens Tür.

In ihrem Zimmer herrschte Stille. Kein verrücktes Mädchen, das zu Metal auf dem Bett herumsprang.

Ich legte die Waffe auf den Schreibtisch und drehte den Schlüssel im Schloss um.

Sie hatte die Arme um die Knie geschlungen, das Gesicht im Kissen vergraben und lag regungslos im Bett.

»Komm her.«

Als sie meine Stimme hörte, schrak sie hoch. Das Kissen hatte Muster auf ihren geröteten Wangen hinterlassen. Die blauen Augen, sonst voller Kampflust und Feuer, wirkten müde und glanzlos.

Sie sah mich an, aber blieb liegen. »Du bekommst nur Ärger«, sagte sie matt und schüttelte den Kopf.

»Komm her.«

Doch sie bewegte sich nicht.

Schneller, als sie gucken konnte, stand ich neben dem Bett, griff ihren Ellbogen, zog sie hoch und nahm sie in meine Arme. Ich vergrub meine Nase in ihren Haaren, streichelte mit einer Hand über die weiche Haut ihrer Wange und schloss die Augen, als sie sich wie eine Ertrinkende um meinen Hals klammerte.

»Ich halte das nicht mehr aus. Ich dachte, ich schaff's, aber du hast recht, ich bin schwach. Es tut mir leid, dass ich dich in Schwierigkeiten gebracht habe.«

»Shhh.« Mit einem Finger strich ich ihr eine Strähne hinters Ohr.

Ohne die Brille, hinter der sie ihre großen Augen sonst versteckte, wirkte das Blau kräftiger. *Wie Ozean und der verdammte Himmel zusammen.*

»Ich will ich sein. Aber zuerst will ich es denen beweisen. Ich will das Miststück von Mutter anlächeln, mich umdrehen und nie wieder zurücksehen.«

Mit beiden Händen nahm ich ihre Wangen, zog sie dichter zu mir heran und küsste sie.

Ihre Lippen fühlten sich warm und weich an. Für einen kurzen Moment erstarrte sie. Ich küsste sie fordernder, öffnete die Lippen, schob meine Zunge in ihren Mund und griff ihre Haare im Nacken. Kein Wunder, dass ich mich nicht fernhalten konnte, nur ein Kuss reichte schon, um verrückt zu werden.

»Nimm dir, was du willst«, flüsterte ich gegen ihre Lippen.

Und zum ersten Mal nahm sie es sich. Trouble saugte an meiner Unterlippe und küsste mich, als wäre sie am Verhungern. Ihre Hände wanderten unter mein Shirt, berührten meine Brust und das Verlangen, das ich letzte Nacht vermisst hatte, ließ Adrenalin durch jede Vene schießen. Mein Schwanz drückte so hart gegen die Jeans, dass ich sie auf der Stelle nehmen wollte.

Scheiße, bist du heiß, Kleine.

»Wie fühlt sich das an?«, fragte ich, als ich den Griff in ihrem Haar verstärkte und in ihre Augen sah.

»Wie Leben.«

Hunger.

Feuer.

Hitze.

In ihrem Blick lag alles, was ich spürte, wenn sie in meiner Nähe war. Ich nahm ihren Arsch in die Hände, den sie dank meines Vaters jetzt in langen Jeans versteckte, knetete ihn und ließ die Zunge über ihren Hals wandern.

»Hör auf«, sagte sie atemlos und schob mich zurück. »Wenn dein Vater mitbekommt, dass du bei mir bist, schickt er mich sofort nach Hause.«

Es war mir egal. Ich wollte sie. Doch wenn ich sie fickte, wollte ich sie schreien hören. Nicht hier, nicht so. Ich wollte sie ganz.

Noch ein letztes Mal nahm ich ihren festen Arsch in die Hand und zog sie näher. Nur weil mein Schwanz gerade mehr Macht besaß, durfte ich den Kopf nicht verlieren. »Ruf morgen Abend an. Maria gibt dir die Nummer.«

»Und dann? Blank klebt mir an den Fersen.«

»Liegt er nachts neben dir?«

»Nein, warum?«

»Dann halt dich morgen Nacht bereit. Vielleicht machen wir dann hier weiter.« Ich genoss das warme Gefühl, das sich in mir ausbreitete, als sie aufstöhnte und sich auf die Unterlippe biss.

»Du hast mal gesagt, du bist nicht da, um mich zu retten, aber genau das tust du jetzt«, flüsterte sie.

»Gewöhn dich nicht dran, Prinzessin. Du kannst dir nur selbst helfen.«

»Braver Junge«, sagte ich, als ich die Tür hinter mir schloss. Ich gab dem Gorilla, der die Zähne zusammenbiss, um mich nicht eigenhändig zu killen, die Waffe zurück und schlenderte die Treppen nach unten.

Mein verdammter Schwanz stand noch immer stramm und ich kam mir vor wie ein pubertierender Schuljunge.

Maria, deren Gesicht sowieso schon blasser als gewöhnlich war, riss die Augen auf, legte eine Hand davor und schüttelte den Kopf. »Seid ihr wahnsinnig?«

»Sie ist ein gieriges Stück, was soll ich sagen.« Doch ich wollte nicht riskieren, dass die Arme einen Schock erlitt. »Schon gut, atme. Ist nichts passiert.« Ich lachte. Manchmal hatte ich das Gefühl, dass sie mich noch immer für einen kleinen Jungen und keinen fünfundzwanzigjährigen Mann hielt.

Doch mein Lachen verschwand, als ich die Haustür hörte. Ich setzte mich auf einen Barhocker, damit er meinen Ständer nicht sehen konnte, und lächelte meinen Vater an, als er das Wohnzimmer betrat.

»Hi Dad. Bin hergekommen, um dich zu verabschieden. Ist am Telefon immer so unpersönlich, findest du nicht?«

Er setzte sein Pokerface auf, nickte Jeremy zu und schickte Maria zum Tischdecken ins Esszimmer.

»Du wolltest sie sehen.«

»Warum sollte ich. Sie ist mir egal.«

»Egal, ja?«, fragte er kalt, nahm ein Glas aus dem Schrank und schüttete sich einen Schluck seines sündhaft teuren Rotweins ein. »Um ihrer selbst Willen hoffe ich es. Wenn ich mitbekomme, dass du Mitchs Tochter flachlegst, schicke ich sie nach Hause, haben wir uns verstanden?«

»Gilt das Gleiche auch für dich?«

Ruhig, ohne eine Miene zu verziehen, stellte er das Glas auf die Theke und beugte den Oberkörper zu mir. »Versuchst du, dich mit mir anzulegen, Junge?«

»Ich finde nur, du solltest dich in deiner Altersklasse umsehen.«

»Seit wann interessieren dich meine Vorlieben?«

Ich schluckte und ballte die Fäuste unter der Theke. Der kranke Bastard forderte mich heraus.

»Ich dachte nur an deinen Ruf. Wenn rauskommt, dass du die achtzehnjährige Tochter eines Geschäftspartners und Freundes vögelst – nicht dass sie mitmachen würde -, wäre das sicherlich nicht geschäftsfördernd.«

»Oh glaub mir, Weiber sind alle gleich. Denkst du, sie ist anders? Die machen die Beine breit, um an dein Geld zu kommen, und wenn sie genug haben, verschwinden sie. Kommt dir das bekannt vor?«

Mit aller Kraft zwang ich mich, ruhig zu bleiben, als er auf meine Mutter anspielte. *Genau das will er. Dich aus der Fassung bringen.*

»Gib mir die Haustürschlüssel wieder, ich will es dir nicht unnötig schwer machen«, sagte er und streckte die Hand aus.

Ohne mich auf sein Spiel einzulassen, reichte ich sie ihm, stand auf und ging zur Tür.

Als ob er mich von ihr fernhalten könnte.

»Kieran?«

Ich hielt inne, aber drehte mich nicht um. Ich ertrug sein Gesicht nicht mehr, ohne mir vorzustellen, wie ich meine Faust hineindonnern ließ.

»Vielleicht sollten wir es drauf ankommen lassen. Ich meine, denkst du allen Ernstes, Cynthia, Mitch oder sonst wer würden der Kleinen glauben, wenn ich sie mir vornehme?«

Bevor ich mich vergaß, riss ich die Tür auf und stürmte davon.

Kapitel 11

FARREN

Er war hergekommen. Wegen mir.

Seitdem Mutter und Moore mir alles genommen hatten, was mich noch daran erinnerte, wer ich war, spürte ich keine Hoffnung mehr. Moore hatte Jeremy angewiesen, der mich mitleidig ansah, meine Bücher und den iPod einzusammeln. Stunden später stellte er mir Blank vor. Mein eigener Bodyguard, dessen Aufgabe darin bestand, mir überall hinzufolgen und sicherzustellen, dass ich nicht verschwinden konnte. Nur wenn ich im College war, ließ er mich in Ruhe. Aber sobald ich es verließ, hing er wieder an meinen Fersen. Er folgte mir im Haus und bewachte meine Tür. Wie war Kieran an ihm vorbeigekommen? Ich glaubte nicht, dass Moore mir Besuch erlaubte. Zum ersten Mal kamen mir ernsthafte Zweifel, warum ich es mir gefallen ließ. Ich war volljährig, es stand mir frei, zu gehen. Aber dann würde ich alles verlieren.

Meinen Dad, seinen Respekt, die Firma. Ich besaß kein Geld, wo sollte ich hin?

Kieran war zurückgekommen und ich erinnerte mich an das, wofür ich kämpfte. *Um es ihnen zu zeigen.*

Du kriegst mich nicht klein, Mutter.

Auch jetzt, sieben Stunden, nachdem er mich in meinem Zimmer überrascht und geküsst hatte, spürte ich noch das heiße Kribbeln in meinem Bauch. Gott, wenn Blank nicht vor der Tür gestanden hätte …

Ich drehte mich auf die Seite, sah vereinzelte Sterne zwischen dem Schwarz des Himmels aufleuchten und lächelte beim Gedanken daran, wie ich mich morgen Abend mit Kieran rausschleichen würde. Moore musste geschäftlich weg, mein Glück.

Ich knipste die Lampe auf meinem Nachttisch an und griff nach der Wasserflasche, doch sie war leer. Super!

Ich schwang die Beine aus dem Bett, zupfte meine Pyjamashorts zurecht, zumindest nachts war es mir gestattet, sie zu tragen, und schlurfte im Dunkeln zur Tür.

Vorsichtig öffnete ich sie einen Spalt. Blanks Kopf lehnte gegen die Wand, er schlief. Auf Zehenspitzen schlich ich an ihm vorbei. Die kleinen Halogenlampen in der Decke warfen schwaches Licht auf meine Umgebung, aber ich kannte das Haus mittlerweile so gut, dass ich auch im Dunkeln den Weg finden würde. Der flauschige Teppich presste sich gegen meine nackten Füße und für einen kurzen Moment genoss ich die Stille und Freiheit und lief die Treppe nach unten, um mir eine Wasserflasche aus dem Kühlschrank zu holen.

Auch hier unten war alles still, nur die Pumpe des Aquariums brummte. Ich nahm eine Flasche Wasser aus dem Kühlschrank, schloss ihn, indem ich leicht mit dem Fuß dagegen trat, und drehte mich um.

»So spät noch wach?«

Ich erschrak. Moore saß mit einem Glas in der Hand in der Dunkelheit auf der Couch.

Mein Herz machte einen Satz und reflexartig verschränkte ich die Arme vor der Brust. Das weiße Top bedeckte meinen Bauch nur bis knapp über dem Nabel, kein angemessenes Outfit, um ihm zu begegnen.

»Ähm ... ich... wollte nur eine Flasche Wasser holen.«

Er stand auf und kam auf mich zu. Irgendetwas in seinem Blick gefiel mir nicht. Die Art, wie er mich ansah, wie er den Kopf schief hielt und meine Beine betrachtete.

»Oder wolltest du dich rausschleichen?« Sein Atem roch scharf nach Alkohol, als er sich zu mir beugte, doch er machte nicht den Anschein, betrunken zu sein.

Ich straffte die Schultern und hob den Kopf. »Nein, sehen Sie.« Ich hob die Flasche und hielt sie ihm vor die Nase. »Nur Wasser. Ich werde mal wieder ins Bett gehen.«

Moore ist gruselig. Hau ab.

Seine Augen, sonst so kalt, funkelten. Mein Herz raste, irgendetwas stimmte hier nicht. Ich drängte mich an ihm vorbei, doch er griff meinen Oberarm. Kalte Panik stieg in mir hoch. Ich wand mich in seinem Griff und er ließ mich los.

»Keine Angst. Ich tue dir nichts. Was hat er mit dir gemacht, dass du so ängstlich bist? Er ist nicht gerade sanft, oder?«

Mein Mund fühlte sich trocken an, als hätte ich Sand geschluckt.

»Keine Ahnung, von wem Sie reden. Ich möchte jetzt wieder ins Bett.«

»Mach dir keine Hoffnung«, sagte er ruhig. »Er benutzt dich wie die anderen Mädchen, die er vögelt. Kieran liebt die Jagd. Ganz mein Sohn. Er langweilt sich schnell, braucht immer Abwechslung. Denkst du wirklich, du könntest ihn zähmen?« Er lächelte halbherzig und schüttelte den Kopf. »Wenn er mit dir fertig ist, wird jeder wissen, dass du seine kleine Schlampe warst. Was wird deine Mutter dazu sagen? Oder Daddy?«

Die Haare in meinem Nacken stellten sich auf, als er sanft über meine Wange strich. Ich schlug seine Hand weg und setzte mich in Bewegung.

Hau ab. Sofort!

Ich rauschte an ihm vorbei und rannte die Treppe nach oben. Blank zuckte zusammen. Er sprang auf und sah mich verwirrt an. »Alles gut, ich hab nur etwas zu trinken geholt«, sagte ich. Er nickte und setzte sich wieder. Im Zimmer angekommen, schloss ich zweimal ab, krabbelte zurück ins Bett, zog die Decke bis unter den Hals und starrte mit weit aufgerissenen Augen zur Tür. *Oh Gott. Oh mein Gott. Was war das?*

Die restliche Nacht machte ich kein Auge zu. Ich starrte die ganze Zeit auf die Tür. Bei jedem Knarren, jedem Geräusch, das durch die Dunkelheit klang, raste mein Herz.

Maria musterte mich besorgt, als ich, ohne etwas zu essen, mit Blank das Haus verließ. Ich war froh, dass ich zum Unterricht musste. Unter keinen Umständen wollte ich Moore heute begegnen. Wenn ich am Nachmittag vom College kam, befand er sich längst auf dem Weg nach London. Es lag nicht nur an dem, was letzte Nacht geschehen war, das mich nervöser als sonst machte. Moores Worte spukten in meinem Kopf herum. Sie wirbelten durch meine Gedanken, brachten verborgene Zweifel an die Oberfläche und dämpften das Glücksgefühl, das ich gestern noch empfunden hatte, wenn ich an den bevorstehenden Abend mit Kieran dachte.

›Wenn er mit dir fertig ist, wird jeder wissen, dass du seine kleine Schlampe warst.‹

Selbst wenn er es nur sagte, um mich einzuschüchtern, wie konnte ich glauben, dass ich nicht mehr als ein Abenteuer für Kieran war? Ausgerechnet ich.

»Hey Andrews!«, rief jemand hinter mir.

Ich fuhr herum und knallte die Tür meines Spindes zu. Carter und sein Handlanger Liam lehnten an der gegenüberliegenden Wand. Gleichzeitig verschränkten sie die Arme vor der Brust und musterten mich. Die beiden bedeuteten Ärger. Gott, ich war es so leid, der Punchball für alle zu sein.

»Sorry, Jungs. Keine Zeit für Liebesbekundungen, mein Kurs fängt gleich an«, sagte ich und griff meine Tasche. Ich ließ die beiden stehen und lief davon. Schlafmangel, zu wenig Essen und die Aufregung der letzten Tage setzten mir zu. Alles, was ich wollte, war ein bisschen Ruhe. Doch Liam und Carter kümmerte das nicht. »Bleib mal stehen«, hörte ich sie rufen. Ihre Schritte hallten durch den Gang, doch ich lief weiter, öffnete die Tür zum Klassenzimmer und setzte mich in die hinterste Reihe. Außer mir war noch niemand hier und als mein Blick auf die Uhr über der Tür fiel, wurde mir der Grund dafür klar. Ich war zwanzig Minuten zu früh. Genervt packte ich die

Schulbücher auf den Tisch, lehnte mich im Stuhl zurück und schloss die Augen. Doch ich hörte, wie sich die Tür öffnete.

»Haben wir dich.« Carters Reibeisenstimme unterbrach den kurzen Moment des Friedens. Natürlich konnten sie es nicht einfach auf sich beruhen lassen. Das taten sie nie.

Ich stand auf, schlenderte auf ihn und den dümmlich grinsenden Liam zu und baute mich vor ihnen auf. Zuerst spürte ich es in meinem Hals. Das heiße Brennen, das sich langsam bis in meinen Magen ausbreitete, als ich ihre Gesichter mit Grübchen und Sommersprossen sah.

»Was? Reicht's immer noch nicht?« Ich machte einen Schritt auf Carter zu.

Er lachte. »Wir fragen uns nur, warum du immer so zickig bist.«

»Mh, lass mich mal überlegen.« Ich legte einen Finger an meine Lippen und schaute zur Decke. »Kommt wahrscheinlich daher, dass ihr lästiger als die Zeugen Jehovas seid.«

Liam brach in schallendes Gelächter aus, während Carters Augen sich zu Schlitzen verengten. Er lehnte sich näher zu mir, sein Atem roch nach Kirschbonbons und mir wurde schlecht. »Hab mal gehört, dass Kinder, die nicht genug Liebe bekommen, ihre Emotionen nicht im Griff haben.«

»Ehrlich? Du bist auch so jemand, der das Quadrat bei Tetris dreht, oder?« Meine Beine zitterten und das reißende Brennen in meinem Bauch wurde wärmer und wärmer. Ich war sicher, dass meine Wangen glühten, denn auch dort spürte ich die Hitze.

»Mann, Andrews ist tough.« Liam lachte noch lauter als zuvor. »Die ist nicht wie die anderen.«

»Oh, ich weiß nicht«, sagte Carter. Er lehnte sich nah zu mir, dass sich unsere Nasenspitzen fast berührten, in seinen Augen eine Kälte, die mich an Moore erinnerte. »Ich tippe auf Daddy. War Dad nicht lieb genug zu dir? Oder war er vielleicht sogar zu lieb?«

Und dann explodierte die Stange Dynamit in meinem Bauch.

Ich holte aus und schlug ihm meine Faust so heftig in sein verdammtes Gesicht, dass es zur Seite flog und er taumelte. Mit weit aufgerissenen Augen griff er sich an die Wange und starrte mich an. Als ich seine glasigen Augen sah, holte ich erneut aus und pfefferte ihm den nächsten Schlag auf die Nase. Er fiel zu Boden. Ich stürzte mich auf ihn, packte den Kragen seines Shirts und schlug mit der flachen Hand wieder und wieder zu. Meine Hände klatschten in sein blutendes Gesicht.

»Scheiße, bist du wahnsinnig geworden?«, schrie Liam neben mir, doch ich achtete nicht auf ihn.

Als meine Fingerknöchel wehtaten, stand ich auf, trat den röchelnden Carter mit dem rechten Fuß in die Eier und beugte mich über ihn.

»Ich hoffe, du kapierst jetzt, dass du mich besser in Ruhe lässt.«

Liam kroch zu Carter, dessen Gesicht mich an Harlans nach dem ersten Kampf erinnerte, und ich wich zurück. Verdammt, tat das gut. Mein Herz raste, Schweiß lief über meine Stirn und Wirbelsäule, aber es fühlte sich so verdammt gut an.

Jemand riss die Tür auf und das Chaos brach aus. Einige der Schüler schrien, als sie in die Klasse stürmten, während andere die Hände vor den Mund legten und angewidert auf den blutigen Klumpen starrten, der vor wenigen Minuten noch Carters Gesicht gewesen war.

Mit eigenartiger Ruhe beobachtete ich das Schauspiel wie der Zuschauer eines Theaterstücks.

Ihre Stimmen, die Schreie, Carters Gesicht, alles trat in den Hintergrund und vermischte sich zu einem bunten Potpourri aus Farben, Tönen und Bewegungen. Nichts davon erreichte mich oder durchbrach die Ruhe, den Frieden, der mich durchflutete, als ob ich auf dem Rücken, mit den Ohren untergetaucht, im Wasser trieb.

Ich starrte in Direktor Scotts Augen. Sprenkel, seltsame Farbpunkte aus Grün und Blau in der Iris. Sah interessant aus. Mein Blick wanderte zu seinen Lippen. Er sprach.

»Was?«, fragte ich, als mir klar wurde, dass er mich meinte.

»Ist es korrekt, wie Mr. Morris den Vorfall geschildert hat?«, fragte er und nickte zu Liam, der links neben mir im Büro unseres Direktors saß und mich ansah, als wäre Voldemort hinter ihm her. Ich hatte keine Ahnung, was er zu Direktor Scott gesagt hatte, aber jetzt, wo ich wieder bei klarem Verstand war und mir bewusst wurde, dass ich gerade meine Zukunft in der Toilette heruntergespült hatte, spielte es kaum noch eine Rolle. Ich war erledigt. Meine Mutter würde mich aus dem Haus prügeln und mich zum Teufel jagen.

Ein Nicken war alles, was ich zustande brachte.

Die Tür ging auf, doch ich machte mir keine Mühe hinzusehen. Wahrscheinlich Carters Eltern, die mich lynchen wollten.

»Danke, dass Sie so schnell kommen konnten, Mrs. Hayes«, sagte Scott, stand auf und streckte die Hand aus.

Mein Kopf schoss herum, als ich den Namen hörte. Verwirrt starrte ich sie an.

Maria setzte sich auf den letzten freien Stuhl zu meiner Rechten und faltete die Hände über ihrem wild gemusterten Sommerkleid. Sie verzog keine Miene, als Direktor Scott erzählte, was geschehen war.

Was macht sie hier?

»Es tut mir sehr leid, dass so etwas passiert ist. Mr. Moore wird mit ihr reden. So etwas wird nicht wieder vorkommen, da bin ich mir sicher, oder Farren?«

»Ja. Nein«, stammelte ich und vermisste schon jetzt das berauschende Gefühl, das mich vor einer halben Stunde noch immun gegen jegliche Gedanken oder Schuldgefühle gemacht hatte.

Mr. Scott kniff die Augen zusammen. »Mrs. Hayes, Ihnen ist hoffentlich bewusst, dass ich Farren vorerst suspendieren muss.«

Ich stützte die Ellbogen auf meine Knie und legte den Kopf in meine Hände. Ich wollte weg. Lieber jetzt zurück nach New York, um mir einen Job zu suchen und das kleinste Apartment in der Bronx zu mieten, als Moore und meiner Mutter die Genugtuung zu geben, mich am Boden zu sehen.

»Ich möchte Farrens Verhalten nicht entschuldigen, aber bitte bedenken Sie, dass das Mädchen eine schwere Zeit mitmacht.

Mitten im Schuljahr einzusteigen, die neue Umgebung, der Leistungsdruck, das ist nicht einfach für ein Mädchen ihres Alters«, sagte sie und klang dabei so souverän, dass es mich überraschte. »Ihre Noten sind sehr gut, ihr Benehmen bisher vorbildlich. Vielleicht geben Sie ihr noch eine Chance. Mr. Moore, der ja eine erhebliche Summe jedes Jahr für die Schule spendet, wäre Ihnen zu Dank verpflichtet«, beendete sie den Satz.

Mr. Scott nickte. »Ich werde sehen, was ich tun kann, aber natürlich wird diese Handlung Konsequenzen haben.«

»Selbstverständlich«, sagte sie und stand auf.

Liam und ich erhoben uns gleichzeitig mit Scott. Er reichte Maria die Hand und nickte mir zu, als wir den Raum verließen. Ehe ich etwas sagen konnte, rannte Liam davon.

»Maria, ich … es tut mir leid …«

Unsere Schritte hallten durch die leeren Flure meiner Schule.

»Gib mir eine Minute.« Sie wischte sich über die Stirn. Der Unterricht ging noch fünfzehn Minuten und ich war froh darüber, niemanden sehen zu müssen.

»Ich habe noch nie so eine verbotene Aktion unternommen, also gib mir eine Minute«, sagte sie und atmete hörbar aus.

Verboten? Ich verstand gar nichts mehr.

Maria stand hinter der Theke. Ihre Hände zitterten.

»Okay, damit ich es richtig verstehe«, fragte ich zum zweiten Mal, seitdem wir angekommen waren. »Niemand weiß was davon?«

»Niemand außer Julie.«

Julie hatte im Auto auf uns gewartet, sie hatte uns nach Hause gefahren und mir gesagt, dass sie mich anrufen wollte.

»Aber ich kapier's nicht. Wenn das rauskommt, feuert er dich. Das kann ich nie wiedergutmachen.«

Sie setzte sich neben mich und nahm meine Hände. »Doch kannst du. Benimm dich einfach. Ich weiß, es ist schwer, aber reiß dich zusammen, dann wird Mr. Moore hiervon nichts erfahren.«

»Aber Direktor Scott wird ihn informieren.«

»Das hat er vor langer Zeit aufgegeben.« Sie lächelte schwach. »Mrs. Moore hat sich immer gekümmert, wenn Kieran etwas angestellt hat, und glaub mir, das kam öfter vor. Direktor Scott rief sie andauernd auf dem Handy an, weil er wusste, dass Mr. Moore keine Zeit hat.«

»Wie war Kierans Mom so?« Ich hatte nie gewagt, Moore oder Kieran auf sie anzusprechen.

Marias Lächeln wurde breiter. In ihren Augen blitzten Erinnerungen auf. »Harriet war etwas Besonderes. Warmherzig, humorvoll. Sie hat mich nie wie eine Bedienstete behandelt. Wir waren Freundinnen.«

»Muss schwer sein, wenn jemand, den man mag, so früh stirbt.«

»Sie ist nicht tot«, antwortete Maria. Nachdenklich sah sie auf ihre Hände. »Zumindest rede ich mir das ein.«

»Wie? Ich dachte …«

»Hör zu, kein Wort zu Jeremy oder Blank«, sagte sie plötzlich und beendete das Thema. »Ich habe den beiden erzählt, dass Julie und ich dich ausnahmsweise von der Schule abholen, weil wir mit dir zum Arzt wollten.«

»Zum Arzt? Das haben die dir geglaubt?«

»Blank bestand darauf, dich eigenhändig zu begleiten, aber als ich ihm gesagt habe, du musst zum Frauenarzt, weil deine Regelschmerzen immer so stark sind, hat er zugestimmt, dass Julie und ich mit dir hinfahren.«

»Du bist ja verrückt.« Ich sprang auf und fiel ihr um den Hals. Bei Maria fühlte es sich nicht peinlich oder seltsam an. Sie drückte mich fest an sich. »Aber bitte keine Schlägereien mehr. Wenn ich Kieran sehe, erzähle ich ihm was.«

»Nein. Er hat nichts damit zu tun. Blank, die Überwachung, keine Musik. War alles ein bisschen viel. Und Carter hat schlecht über meinen Dad geredet.«

»Er ist nicht so wie deine Mutter?«

Ich schüttelte den Kopf. »Er interessiert sich nicht für mich, aber wie Mutter ist er bei Weitem nicht.«

Maria seufzte. »Tut mir leid, das alles. Du bist ein tolles Mädchen. Lass dir nie etwas anderes einreden. Und wenn du erlaubst, dass ich dir einen Rat gebe?«

»Klar.«

»Harriet möge mir verzeihen, aber du solltest dich von Kieran fernhalten. Er ist kein schlechter Junge, aber er tut Dinge, die schlecht sind. Dinge, die Mädchen wie dich in Schwierigkeiten bringen.«

Meine Kehle schnürte sich zu. »Hat er schon viele Mädchen in Schwierigkeiten gebracht?«

»Was ist da zwischen euch?« Sie legte den Kopf schief.

»Nichts.«

»Nichts also«, murmelte sie nachdenklich. »Es gab Unzählige. Er und seine Freunde kennen keine Grenzen. Sei vorsichtig.«

Blank schob sich in den Raum.

Augenblicklich rückten die Wände zusammen. Sein strenger Blick fiel auf mich. Er nickte Maria zu, die aufstand und sich wieder an die Arbeit machte. Er setzte sich auf die Couch, um Zeitung zu lesen, doch ich wusste, dass er jede noch so kleine Bewegung von mir registrierte. Ich drehte den Kopf zur Seite, sah nach draußen, wo sich die Sonnenstrahlen im Wasser des Pools brachen, und überlegte.

Durch Marias Hilfe bekam ich noch eine Chance. Würde ich noch einmal etwas Unüberlegtes tun, würde ich mir nicht nur meine gesicherte Zukunft in New York verbauen, ich würde sie enttäuschen und in Schwierigkeiten bringen. Auch Maria warnte mich vor Kieran. Beim Gedanken an ihn, an seine Lippen auf meinen, seine Zunge in meinem Mund, begann mein Herz schneller zu schlagen. Wieder einmal fragte ich mich, ob es jedes Mal so sein würde, dass ich mich zwischen Vernunft, Pflichtbewusstsein und dem Gefühl von Freiheit und Leben entscheiden musste.

Kapitel 12

KIERAN

Die Türen des Aufzuges öffneten sich. Zwei Typen in Businesskleidung und eine unscheinbare Oma, die mich im Vorbeigehen anlächelte, stiegen aus. Ich nickte ihr zu, drückte den Knopf für die achtzehnte Etage und steckte die Hände in die Taschen meiner Kapuzenjacke, als der Aufzug sich mit einem Ruck in Bewegung setzte.

Wahrscheinlich war es eine idiotische Idee, in meiner jetzigen Verfassung mit ihm reden zu wollen, doch ich hatte ohnehin schon zu lange gewartet und wenn jemand außer meinem Vater meine Wut verdiente, dann er.

Der Aufzug stoppte, die Türen öffneten sich, ich stürmte zu Apartment Nummer fünfhundertzwei und hämmerte mit meinen ramponierten Fäusten gegen die Eisentür.

Tylers schwarze Haare standen in alle Richtungen ab, als er, nur mit Boxershorts bekleidet, öffnete. Misstrauisch kniff er die Augen zusammen. »Ich dachte, wir sehen uns heute Abend? Harlan und Elisha kommen auch.«

Ich drängte mich an ihm vorbei, ging ins Wohnzimmer und ließ mich auf die Couch fallen.

»Ich zieh mir was an, mach's dir bequem«, rief er.

Als er zurückkam, trug er immerhin Jeans, auch wenn er sich nicht die Mühe gemacht hatte, ein Shirt anzuziehen.

»Also, was ist los?«, fragte er mich, als er sich breitbeinig auf das Sofa gegenüber setzte.

»Was sollte das nach dem letzten Kampf?«

Er zuckte mit den Schultern. »Ich hab fair gewonnen, also was?«

»Darum geht's nicht. Was war das mit Farren?«

»Die Kleine hat Feuer«, sagte er und strich über sein Kinn. »Du kommst extra deswegen her? Eifersüchtig?« Tyler lächelte. Als ich es nicht erwiderte, verdrehte er genervt die Augen. »Reg dich ab.«

»Ihr hätte etwas passieren können. Was denkst du dir dabei? Ich habe die Verantwortung für sie und du widersetzt dich mir. So läuft das nicht.«

»Hey mach halblang, okay?«, sagte er und hob eine Hand. »Gut, war nicht in Ordnung, aber sie wollte nicht, dass ich anhalte, und du weißt, wie heiß ich die Kleine finde. Kommt nicht mehr vor.«

»Hast du sie gevögelt?«

Er rieb sich mit der Hand den Nacken. »Noch nicht.«

»Gut, dann lass die Finger von ihr.«

Er beugte sich im Sitzen vor, seine gefalteten Hände hingen lässig zwischen seinen Beinen, aber an den Muskeln in seinem Kiefer erkannte ich, dass er angespannt war. »Weil du ihre Pussy für dich haben willst? Hab ich irgendwas verpasst? Ein Mädchen für alle, weißt du noch?«

Tyler und ich standen schon immer auf den gleichen Frauentyp. Bisher hatte es nie Probleme gegeben. Wenn ich mit ihnen fertig war, rannten sie in seine Arme, um sich trösten zu lassen, bis es auch ihm reichte. Harlan und Elisha hielten sich meist raus und lachten über unsere verkorksten Vorlieben, nur vor zwei Jahren hatte es eine gegeben, die sich Harlan klargemacht hatte, nachdem ich und Tyler sie durchhatten. So viel dazu, dass nur wir Kerle rumhurten.

»Darum geht's nicht. Mein Vater bekommt Schwierigkeiten, wenn rauskommt, dass die brave Prinzessin die Beine für alle breitgemacht hat. Also behalt deinen Schwanz in der Hose. Verstanden?«

Er öffnete den Mund, aber ich schüttelte den Kopf. »Haben wir uns verstanden?«

Tyler sah mich finster an und nickte.

Nachdem ich bei Ty und in der Firma gewesen war, fuhr ich nach Hause. Es war kurz vor acht, vor einer Stunde hatte es zu regnen begonnen, genau das richtige Wetter für das, was ich für Trouble plante. Jetzt, wo ich wusste, dass zwischen Tyler und ihr nichts gelaufen war, fühlte ich mich besser.

Zu meiner Überraschung hatte sie bisher nicht angerufen, noch etwas Besonderes an ihr. Andere Frauen stalkten mich regelrecht, sobald ich ihnen meine Nummer gab. Prinzessin schickte nicht mal eine Nachricht.

Ich ging duschen, zog frische Sachen an und sah aus dem Fenster. Das Meer schaukelte unruhig hin und her, Wellen krachten gegen den Strand. Wahrscheinlich zog ein Sturm auf, nichts Ungewöhnliches um diese Jahreszeit, obwohl Touristen immer annahmen, in Miami schien pausenlos die Sonne.

Als ich auch eine Stunde später noch immer keinen Anruf von ihr bekommen hatte, rief ich Maria an. Normalerweise war es nicht mein Stil, Frauen hinterherzulaufen, aber seit Farren hier war und alles durcheinanderbrachte, wusste ich immer weniger, wer ich war.

Kleines, wütendes, heißes Mädchen.

Maria druckste herum, wich meinen Fragen aus und sagte mir schließlich, Farren sei ins Bett gegangen.

Aber ich wusste, dass sie eine Nachtschwärmerin war.

Ich feuerte das Handy auf den Tisch, schnappte Wagenschlüssel und Jacke und machte mich auf den Weg.

Wenn Maria dachte, das hielte mich davon ab, sie zu sehen, täuschte sie sich gewaltig.

Glücklicherweise war ich schlau genug gewesen, die Haustürschlüssel nachmachen zu lassen. Vor ein paar Jahren, nachdem die Jungs und ich bei einer Schlägerei festgenommen worden waren, hatte mein Vater mir schon einmal die Schlüssel zu seinem Haus abgenommen. Das Ganze hatte zwei Wochen gedauert. Als er meinte, ich hätte meine Lektion gelernt, gab er sie mir zurück, doch er wusste nicht, dass ich schon längst meine eigenen hatte.

Ich gab den Pin neben der Tür ein, wunderte mich, dass er noch funktionierte, schloss die Eingangstür auf und trat ins

Haus. Der Regen klatschte gegen die Scheiben, aber ansonsten herrschte Stille.

Ich setzte die Kapuze auf und sah mich um. Alles war dunkel. Maria war längst im Bett, Jeremy schlief nur hier, wenn mein Vater anwesend war, und auch vom Gorilla war nichts zu sehen. Er bewachte wahrscheinlich wieder ihre Tür.

Ohne das Licht anzuschalten, nahm ich zwei Stufen gleichzeitig und rannte nach oben. Im Schatten der Deckenleuchten erkannte ich Gorillas Silhouette auf einem Stuhl neben ihrer Tür. Sein massiver Schädel lehnte gegen die Wand, sein Mund stand weit offen, er schlief. Beim Gedanken daran, wie Farren ihn den ganzen Tag umherscheuchte, wenn sie wild durchs Haus sprang, musste ich grinsen. Bis mir einfiel, was Maria gesagt hatte, und das Grinsen verschwand. Farren war ruhig geworden, seitdem mein Vater sie wie eine Gefangene hielt.

Vielleicht sollte er bei der Auswahl seiner Angestellten mehr Wert auf die Arbeitsmoral legen.

Gorilla grunzte auf, schmatzte, aber hielt die Augen geschlossen. Ich wartete einen Moment und sah an ihm herab. Seine Jacke stand ein Stück offen, aber ich konnte keine Waffe erkennen. Mit einer Hand griff ich in die Tasche meiner Jacke. Der kalte Metallgriff presste sich gegen meine Handfläche. Wenn schon Waffen, dann Messer. Sie kamen dem Gefühl beim Boxen am nächsten. Direkte Konfrontation, dreckig, rau. Pistolen übten keinen Reiz auf mich aus. Zu sauber und elegant.

Ich drückte die Türklinke nach unten, doch sie war verschlossen.

Braves Mädchen, halt dir die bösen Jungs vom Hals.

Ein Zucken durchfuhr meinen Schwanz, als ich mir vorstellte, wie sie ihre schlanken Beine um die Bettdecke geschlungen und sie ihre festen Titten gegen meine Brust gepresst hatte.

Wenn du nur wüsstest, dass du dir nicht alle bösen Jungs vom Leib halten kannst, Süße.

Ich zog das Messer aus der Jackentasche, warf dem ruhig atmenden Berg neben mir einen Blick zu, um sicherzugehen, dass er fest schlief und kniete mich vor die Tür. Ich zog die Klinge des Messers durch den Spalt an der Seite, wiederholte das Ganze und die Tür sprang auf.

Gerade, als ich mich wunderte, warum ihre Nachttischlampe angeschaltet war, schoss eine Hand auf mich zu. Bevor sie mein Gesicht traf, packte ich reflexartig nach ihrem Handgelenk und hielt sie fest.

Scheiße, warum macht es mich so heiß, wenn sie sich wehrte? Ich biss auf meine Lippe.

»Oh mein Gott«, sagte sie keuchend, die Augen weit aufgerissen. »Ich dachte, Blank wäre auf blöde Ideen gekommen.«

Sie befreite sich aus meinem Griff, legte einen Finger auf die Lippe und schloss vorsichtig die Tür. »Wir müssen leise sein.«

»Wenn du das kannst.«

Farren setzte sich im Schneidersitz aufs Bett und deutete mit dem Kopf auf das Messer in meiner Hand. »Willst du mich abstechen, oder was?«

»Auch schön dich zu sehen, Süße.«

Sie bedeckte ihre nackten Beine mit der Leinenbettdecke und zog sie bis unters Kinn. »Du solltest gehen.«

»Mit Sicherheit nicht.«

Ich ging auf sie zu.

»Bleib stehen.«

Mit dem nächsten Schritt war ich bei ihr, riss die Decke beiseite, hob sie hoch, während ihre Hände auf meine Schultern prasselten, und küsste sie so hart, bis ihr Protest in ein atemloses Wimmern überging.

»Bald öffnest du freiwillig die Tür und andere Sachen für mich.«

»Vergiss es«, flüsterte sie, schlang ihre Beine um meine Hüften und schob ihre Zunge in meinen Mund, doch gerade, als ich sie aufs Bett schmeißen wollte, um mir zu nehmen, wonach mein Schwanz seit Tagen verlangte, riss sie sich von mir los und stellte sich auf die Matratze. Sie verschränkte die Arme vor der Brust und sah mich herausfordernd an. Wäre ich nicht so geil gewesen, hätte ich gelacht.

»Gut, du willst spielen, Trouble? Spielen wir. Stehst du auf die Opfernummer? Soll ich deine Hände festhalten, dich aufs Bett drücken und nehmen, während du um dich schlägst, damit keiner auf die Idee kommt, dass es dem braven Mädchen gefällt, wenn es hart gefickt wird?«

Sie biss sich auf die Lippen.

»Macht es dich feucht, wenn ich so mit dir rede, Prinzessin?«

»Nein.«

»Soll ich nachsehen?«, fragte ich und strich mit dem Handrücken über ihren Oberschenkel. Sie schlug meine Hand weg, aber mir entging nicht, wie ihre Wangen sich röteten oder das Verlangen in ihren Augen aufflackerte, wenn ich sie berührte.

Sie konnte versuchen, es zu leugnen, aber das änderte nichts daran, dass sie scharf auf mich war.

»Okay.« Ich setzte mich aufs Bett und sah zu ihr auf. »Aber du wirst noch nass. Zieh dir was an, wir fahren weg.«

Farrens Mundwinkel zuckten, als ob sie lächeln wollte, doch sie tat es nicht. Stattdessen setzte sie sich neben mich und schüttelte den Kopf.

»Ich hab Maria versprochen, nichts mehr anzustellen. Sie hat heute ihren Job riskiert, um meinen Hintern zu retten.«

»Was ist passiert?«

Ein Lächeln breitete sich auf ihrem Gesicht aus. »Ich hab einen Idioten verprügelt.«

»Verarsch mich nicht.«

»Mach ich nicht. Er und sein Freund haben mich von Anfang an fertiggemacht, ich war wütend und bin ausgerastet.«

Verdammt. Sie hatte sich gewehrt?

»Und wie war's?«

Sie strahlte. »Es tat verdammt gut.«

»Wenn du mehr davon haben kannst, ohne dass sie Schwierigkeiten bekommt«, sagte ich und beugte mich zu ihr. Meine Finger strichen durch ihre Mähne, meine Lippen wanderten über ihren Hals. »Kommst du dann mit?«

»Ich kann mir nichts mehr erlauben, Kieran.«

»Hast du dich lebendig gefühlt?«

»Wie noch nie.«

»Dann zieh dich endlich an.«

Sie streckte die Hände aus dem Fenster und fing wie ein Kind die Regentropfen mit der Handfläche auf, als wir auf den Highway fuhren. Der Regen war stärker geworden, er klatschte auf das Dach meines Mustangs, und obwohl die Scheibenwischer auf höchster Stufe standen, sah ich bis auf vereinzelte Rückleuchten und die Reflexion des Mittelstreifens kaum die Fahrbahn.

Farren stellte die Anlage lauter, als Skillet's Let the sparks fly aus den Boxen dröhnte, streckte den Kopf aus dem Fenster und öffnete den Mund, um den Regen damit zu fangen.

Ich zwang mich, sie nicht die ganze Zeit anzustarren, und griff das Lenkrad fester. Ihre Leichtigkeit und Lebensfreude waren etwas, das mich faszinierte. Sie standen so im Gegensatz zu ihrer Unsicherheit und Wut.

Als sie genug hatte, schmiss sie sich zurück auf den Sitz und drehte den Kopf zu mir.

»Ich hoffe nur, Blank merkt nichts.«

»Der schläft tief und fest und selbst wenn er aufwacht, wie soll er mitkriegen, dass du weg bist? Er weiß doch, dass du abgeschlossen hast, oder?«

Sie nickte. »Also, wo fahren wir hin?«

»Lass dich überraschen. Gut, dass du nicht ängstlich bist.«

Farren kniff die Augen zusammen und versuchte, die Schilder zu lesen, an denen wir vorbeirasten, aber selbst wenn es ihr gelingen sollte, konnte sie nicht erraten, was ich mir für sie ausgedacht hatte. Wenn sie wirklich der Freak war, für den ich sie hielt, würde es ihr gefallen.

Als wir drei Abfahrten später vom Highway fuhren, begann es zu gewittern. Sie reckte den Hals, um die Gegend zu begutachten. »Okay, nach Party sieht das hier nicht aus.«

»Du hast ja keine Ahnung, Süße.«

Unruhig rutschte sie im Sitz hin und her, tippte mit den Fingerspitzen auf ihren Knien und sah sich immer wieder um.

Sie trug ihre Jeansshorts, ein weißes Shirt, unter dem sich ein schwarzer BH abzeichnete, und Sneaker. Aber es war nicht nur das Outfit oder die Art, wie das Haar über ihre Schultern fiel und sie es sich immer wieder hinter die Ohren strich, das mich hart machte. Sie hatte sich gewehrt, sie war stark gewesen und hatte sich durchgesetzt. Ich wollte mehr davon.

Ich wollte sehen, ob sie in der Lage war, sich selbst zu helfen.

Im Schritttempo fuhr ich über den unbefestigten Schotterweg auf das abgelegene Gelände der alten Kathedrale. Der Parkplatz, der früher eigentlich eine Straße gewesen war, ließ keinen Zweifel, dass die Party in vollem Gang war. Ich parkte den Mustang am Rand unter einem Baum.

»Wo sind wir hier?«

»St. Cilline.«

Sie öffnete die Tür und stieg aus. Blitze zuckten durch den schwarzen Himmel, der Regen trommelte auf den Asphalt, ich nahm ihre Hand und zog sie hinter mir her, während sie schützend einen Arm über den Kopf hielt und lachte.

Durch die zerbrochenen Mosaikglasscheiben dröhnte die Musik zu uns.

Zur Regensaison einmal pro Monat wurde St. Cilline zum Leben erweckt. Ich war in Miami aufgewachsen, aber bis vor vier Jahren hatte ich nie von der alten Kathedrale gehört, die vor dreißig Jahren durch einen Tornado zerstört und seitdem nie wieder restauriert worden war. Abreißen war zu kostspielig und so störte sich niemand daran, wenn hier Partys stiegen.

»Bereit?«

Farren nickte heftig. Ich öffnete die alte Massivholztür, die knarrend aufschwang, legte eine Hand zwischen ihre Schulterblätter und dirigierte sie in die Kirche.

Aus dem Augenwinkel beobachtete ich ihre Reaktion. Sie riss die Augen auf und strahlte übers ganze Gesicht. »So was gibt's wirklich?«, schrie sie gegen die Musik an.

Ich steckte mir eine Zigarette an, nahm ihre Hand und drängte mich an den tanzenden Leuten vorbei. Die Musik hallte durch die Kathedrale und vermischte sich mit dem Donner von draußen. Das Wetter war perfekt für das, was ich vorhatte. Bei der Vorstellung daran spürte ich, wie sich mein Schwanz aufbäumen wollte, doch ich versuchte, ihn zu ignorieren, und sah mich nach den anderen um. Später, alles zu seiner Zeit.

Kapitel 13

FARREN

Kieran drückte meine Hand fester, als er mich weiter durch die tanzende Menge hinter sich herzog. Obwohl ich nicht wusste, wohin er wollte, folgte ich ihm.

Ich konnte nicht anders, als jedes Detail der imposanten Ruine in mir aufzusaugen. Aus Filmen kannte ich Partys, die in verlassenen Kirchen stattfanden, aber live war es noch unglaublicher. An den Steinwänden wuchs Moos, das durch die Fackeln an den Wänden giftig leuchtete. Der Klang der Musik hallte durch die Räume und rechts erkannte ich Stufen, die sich in einem Bogen umherschlängelten. Durch die noch vorhandenen Fenster, manche mit buntem Mosaikglas andere mit Heiligenbildern, sah ich Blitze zucken. Doch das Seltsamste war der Regen, der an einigen Stellen von der Decke fiel, dort, wo das Dach undicht war. In der hintersten Ecke strömte er in Sturzbächen auf die Gäste, aber niemand störte sich daran. Die gewölbte Decke verzierten Heiligenbilder. Sie erinnerten mich an die Sixtinische Kapelle, die ich von Bildern kannte. Ich drehte den Kopf nach rechts und sah die Heilige Mutter Gottes.

Maria. Ich hatte versprochen, mich zu benehmen, aber anstatt mein Versprechen einzuhalten und vernünftig zu sein, war ich hier. Mit ihm, vor dem mich alle warnten.

Blank schlief, niemand würde bemerken, dass ich ausgebrochen war, beruhigte ich mich selbst.

Kieran riss plötzlich so stark an meiner Hand, dass ich gegen seinen Ellbogen prallte. »Was?«, schrie ich gegen die Musik an, die beinahe das Donnern übertönte.

Er stieß Qualm in die Luft und beugte sich zu mir herunter. »Warte hier«, sagte er in mein Ohr und drehte sich um. Ich griff nach seinem Hoodie und hielt ihn zurück.

»Du kannst mich hier nicht alleine lassen.«

»Du hast einen Typ verprügelt. Du kommst klar, Trouble.«

Und obwohl ich wieder an ihm zerrte, drängte er sich an den schwitzenden Leuten vorbei, verschwand in der Menge und ließ mich zurück. Super.

Als die Musik von Techno zu Trance wechselte, applaudierte die Masse. Neben mir knutschten zwei Mädchen, während drei Kerle ihnen dreckig grinsend zusahen.

Die Atmosphäre erinnerte mich an die Untergrundkämpfe, die ich lieben gelernt hatte.

Schon als Kind hatte ich die eleganten Bälle oder Galas, auf die Mutter mich schleifte, gehasst, aber jetzt, wo ich diese Orte kannte, würde ich nie wieder auf eine Gala gehen können, ohne mich übergeben zu wollen.

Es war schmutzig, besaß etwas Gefährliches – alles, von dem mir von klein an beigebracht worden war, es wäre etwas Schlechtes. Doch es war echt.

Kein Hochglanzfilter, keine penibel in Form gekämmten Hochsteckfrisuren oder gekünsteltes Lachen und sinnloser Small Talk. Pures Leben. Unvorhersehbar und rau.

Jemand stieß mich an, ich rempelte mit dem Kinn gegen ein Mädchen, dessen Brüste fast aus ihrem Top fielen, entschuldigte mich und stellte mich rechts an eine Wand, um nicht von den wild tanzenden Leuten zertrampelt zu werden.

Als ich den Hals nach oben streckte und die Stockwerke über mir betrachtete, griff mich jemand an den Hüften, zog mich zu sich heran und küsste mich stürmisch. Ty. Ich hatte keine Sekunde mehr an ihn gedacht, es gab nur einen, der in meinem Kopf war, wenn ich alleine in meinem Bett lag und an die Sachen dachte, die ich mit ihm anstellen wollte.

Ich drückte meine Hände gegen Tylers Schulter und schob ihn zurück. »Spinnst du?«

Er legte seine Hände auf meinen Hintern und griff fest zu. Ich versuchte, mich zu befreien, aber er ließ nicht los und leckte sich über die Lippen, als kümmerte ihn mein Protest nicht.

»Ich kenne dich«, sagte er, als er mich gegen die Wand drückte. »Du bist die Kleine, die mich erst scharfgemacht und dann nicht rangelassen hat.«

»Lass mich los, verdammt!« Ich wollte ihn schlagen, doch er griff mit seiner rechten Hand meine Handgelenke und hielt sie über meinem Kopf zusammen.

»Du bist ein anständiges Mädchen.« Seine Lippen waren nur Millimeter von meinen entfernt. Ich roch die Zigaretten, als sein Atem meine Haut streifte. »Turnt ihn das an? Mich schon. Anständige Mädchen wehren sich.«

Wieder presste er seine Lippen auf meine. Ich nahm seine Unterlippe zwischen die Zähne und biss zu.

»Verflucht!« Tyler ließ mich los und strich mit dem Daumen über seine blutende Lippe.

»Du stehst doch drauf, wenn ich mich wehre, Arschloch.« Ich nutzte seine Überraschung, duckte mich an der Seite unter seinem Arm, der gegen die Wand stützte, hindurch und zwängte mich an den Partygästen vorbei.

Als ich den Treppenabsatz erreichte, blieb ich stehen. Kieran war nirgendwo zu sehen. Mein Herz pochte, meine Gedanken rasten.

Zu was hast du dich wieder überreden lassen? Großer Fehler. Verdammt großer Fehler.

»Hiergeblieben!«

Ich fuhr herum. Tyler stand vor mir. Er wirkte gefährlicher als zuvor. Seine dunklen Augen funkelten kalt, als er über seine blutverschmierte Lippe leckte und seine Kapuze nach hinten schob.

»Willst du noch mehr, du Idiot?«, schrie ich, straffte die Schultern und starrte zurück. Doch gerade als ich meinen Mut zurückfand, erschienen drei weitere Typen rechts und links von ihm, die ich noch nie zuvor gesehen hatte. Auch sie starrten mich finster an.

»Was guckst du so, Kleine?«, fragte Tyler und kam ein Stück näher. Die anderen rührten sich nicht. Sie standen neben ihm wie Schatten. »Wir wollen mit dir spielen und sehen, wie viele Runden du schaffst, bis du zerbrichst.«

Ich zuckte zusammen, als ein Blitz in der Nähe krachend einschlug. »Du tust mir nichts. Kieran würde dich umbringen.«

Zumindest hatte es in der Nacht nach dem Kampf den Anschein gemacht, als ich mit Tyler abgehauen war.

Er grinste. »Kieran ist beschäftigt. Er vögelt gerade eine andere. Hab sie schreien hören, ich denke, sie hat Spaß. Wird Zeit, dass auch wir uns amüsieren«, sagte er im lässigen Ton.

Kieran ließ mich zurück, um Sex zu haben? *Beruhig dich, er lügt.*

›Wenn er mit dir fertig ist, wird jeder wissen, dass du seine kleine Schlampe warst.‹

Und als ob der Gedanke an Kieran und eine andere noch nicht ausreichte, bemerkte ich den Blick in Tylers Augen, der mir neue Schauer über den Rücken jagte. Vielleicht hatte er Drogen genommen oder sich bisher zurückgehalten, aber etwas sagte mir, er meinte es ernst.

Ein großer Typ rechts von ihm, dessen Augen ich nicht erkennen konnte, weil die graue Kapuze die Hälfte seines Gesichts verdeckte, nickte. »Ich kann kaum erwarten, mir ihren Arsch vorzunehmen.«

Die anderen lachten. Tyler wollte mir wehtun. Sie alle wollten mir wehtun.

Ohne zu zögern, drehte ich mich um, rannte die geschwungene Steintreppe nach oben und versuchte, mich nicht durch die abgeschlagene, brüchige Treppe verunsichern zu lassen. Ich warf einen Blick über meine Schulter und sah die vier hinter mir. Stufe für Stufe kamen sie näher, langsam, ohne Eile, als ob sie sicher waren, mich in die Finger zu kriegen.

»Bleib stehen, Süße«, sagte Tyler im Singsang. »Wir wollen spielen.«

»Wir wollen spielen«, stimmten die anderen ein. Ihre Stimmen hallten durch die Luft und verfolgten mich.

Die Treppe machte einen weiteren Bogen. Ich erreichte die nächste Etage, hielt mich mit einer Hand am bröckeligen Steingeländer fest und schaute mich um. Tyler und seine Bluthunde tauchten hinter der Kurve auf. Ich erkannte das kranke Lächeln auf seinem Gesicht und rannte schneller. Unter mir tobte die Menge, niemand würde mich hören.

»Ich bin nicht hier, um dich zu retten, rette dich selber.«

Das Rauschen meines Blutes war jetzt so laut, dass selbst die Musik und der Donner in den Hintergrund traten. Das Geräusch des Regens, der durch das Dach prasselte, irritierte mich. Panisch sah ich mich rechts und links um. Links, neben dem Treppengeländer standen Sitzreihen, deren beste Tage bereits vergangen waren, rechts gingen weitere Räume ab. Umgestürzte Bänke aus schwarzem Holz mit Moos überwuchert verzierten den Boden. Etwas Langes, silbernes schimmerte zwischen den Glasflaschen und Zigarettenstummeln. Eine Eisenstange.

»Lauf weg, Kleine«, rief Tyler im Singsang.

»Lauf weg, Kleine«, stimmten die anderen ein, als sie näher kamen.

»Wir kriegen dich«, riefen alle zusammen. Die Gelassenheit in ihren Stimmen war das, was mir am meisten Angst bereitete.

Für einen Moment setzte die Musik aus und ich hörte ihre Schritte über den Boden schlurfen. Sie kamen näher.

Als die Musik wieder einsetzte, schrien die Leute. Laurel's *Fire breather* dröhnte aus den Boxen.

Verdammt, mach was.

Meine Beine zitterten, meine Hände gehorchten kaum noch, als ich die Eisenstange vom Boden aufhob, sie fest mit beiden Händen umklammerte und hoffte, sie würde nicht durch meine nassen Finger gleiten. Ich hielt die Stange wie einen Baseballschläger und drehte mich zu ihnen. Keine Schwäche zeigen. *Du bist kein Opfer.*

Tylers Augen blitzten auf. Sie waren nur noch wenige Meter von mir entfernt.

Mit aller Kraft zwang ich mich, stehen zu bleiben und nicht davonzurennen. Meine Arme zitterten, das Gewicht der Stange schien schwerer. Ich ging einen Schritt auf sie zu. »Lasst mich in Ruhe!« Dann holte ich aus. Der Typ neben Tyler duckte sich reflexartig, als die Stange an ihm vorbeirauschte und ihn um nur wenige Zentimeter verfehlte. Mit einem lauten Krachen zersplitterte die Rücklehne einer Bank.

»Scheiße!«, schrie einer, während Tyler lachend den Kopf schüttelte. »So viel Feuer. Genau mein Fall.« Erneut holte ich aus, traf die Wand und Steinbrocken fielen neben einen von Tylers Bluthunden.

Schweiß lief meinen Rücken entlang, meine Arme zitterten so stark, dass ich die Stange kaum noch halten konnte. Um meine Muskeln für einen Moment zu entlasten, ließ ich sie sinken.

Im selben Augenblick griff jemand von hinten meine Schultern. Vor Schreck entglitt mir die Eisenstange, die zu Boden fiel. Ich wurde herumgewirbelt und gegen jemand gepresst. Ich schlug um mich. Alles, was ich erkannte, war eine weitere schwarze Kapuze. Tyler und die anderen lachten hinter mir.

»Shhh, beruhig dich, Trouble«, flüsterte er mir ins Ohr und ich erkannte Kierans Stimme. Er lockerte seinen Griff, schob die Kapuze von seinen Haaren, legte seine Hände um meine Hüften und drehte mich zu den anderen um.

Tyler stand dicht vor mir, blöd grinsend, genau wie die anderen drei. Er hob die Hände in die Luft, als wollte er sich ergeben. »Erwischt. Wir haben doch gesagt, wir wollen spielen.«

Spielen? Die fanden das witzig?

Ich riss mich von Kieran los, hob die Stange auf und schlug damit neben Tyler auf eine Glasflasche, die krachend zersplitterte. »Ihr verfluchten Arschlöcher!«

Kieran packte mich von hinten, zwang meine Arme nach unten, bis die Kraft in meinen Muskeln nachließ und die Stange zu Boden fiel. Ich biss die Zähne zusammen.

»Ty, geh mit den Jungs nach unten, Trouble und ich kommen klar.«

»Bist du sicher?«, fragte Tyler. Ich konnte das Lächeln in seiner Stimme hören. »So einer wie der reicht ein Typ sicher nicht.«

»Verpiss dich.«

Tyler und die anderen zogen ab. Mein Herz hämmerte gegen den Brustkorb, als wäre ich noch immer in Gefahr.

Von unten grölten die Leute. Sie kreischten den Text von Bullet for my Valentine's *Your Betrayal* im Chor und es fühlte sich an, als verspotteten sie mich, denn genau das war es, was ich fühlte. Verrat.

Endlich löste sich der Schock und wich der Wut.

Ich drehte mich um, griff den Kragen von Kierans Hoodie und schubste ihn so stark, wie es die verkrampften Muskeln meiner Arme zuließen, gegen die Wand. »Du elendes Schwein!«

Unbeteiligt, als könnte er nicht nachvollziehen, warum ich mich aufregte, sah er mich an. Er winkelte ein Bein an, stützte es gegen die Wand und sagte nichts. Kein Wort.

Mein verdammtes Herz pochte schnell, Adrenalin schoss durch meine Adern. Ich ballte die Hände zu Fäusten, holte aus und schlug meine rechte gegen seine harte Brust. Meine Fingerknöchel fühlten sich an, als hätte ich gegen eine Holztür geschlagen, doch Kieran grinste nur schief und nickte.

»Du Mistkerl findest das lustig?« Ich holte wieder aus, traf seinen Bauch. Als er nichts weiter tat, als mich mit seinem geduldigen Blick anzusehen, klatschte ich ihm die flache Hand ins Gesicht. Erst jetzt bemerkte ich ein lautes Plätschern, das wie ein Wasserfall klang, und auch der Donner war lauter geworden, aber es kümmerte mich nicht.

»Sag endlich was!«, schrie ich zwischen zwei Schlägen, die gegen seine Brust trafen. »Ich dachte, Tyler und seine Kumpels wollen mich vergewaltigen, du krankes Schwein.«

Als ich erneut ausholte, knickten meine Finger um. »Scheiße!« Ich rieb mir die Knöchel und ließ von ihm ab, wollte davonstürmen, doch er griff meinen Arm und hielt mich zurück.

»Ich bin fertig mit dir.«

»Aber ich noch nicht mit dir.«

Mit einem Ruck riss er mich an sich, griff meine Hüften und presste mich gegen die Wand. Er stellte sich dicht vor mich, dass ich kaum Luft bekam, nur noch ihn roch, seine Muskeln, seine Hitze an mir spürte. Unter seinem Griff schmiss ich mich hin und her, wollte mich befreien, doch plötzlich war es nicht nur Wut, die mich rasend machte.

Seine Hitze übertrug sich auf mich. Sie kroch von meinem Bauch in die Fingerspitzen, breitete sich von den Wangen bis in meinen Nacken aus und verbrannte mich innerlich.

»Genau das«, flüsterte er gegen meine Lippen. »Kapierst du jetzt endlich, dass du dich wehren kannst? Nicht nur gegen sie. Gegen alle.«

Ich klatschte ihm eine Hand ins Gesicht. Kieran drückte mich mit seinem ganzen Gewicht gegen die Wand. Seine Lippen fanden meine. Und mit all der Energie und Wut, die ich vor Minuten noch in meine Schläge gelegt hatte, küsste ich ihn zurück. Er nahm meine Unterlippe zwischen seine Zähne, küsste mich hart und fordernd, schob seine Zunge in meinen Mund und ich gab ihm alles dreifach zurück.

Meine Wut.

Meine Angst.

Meine Verzweiflung.

Alles, was ich so lange in mir vergraben und versteckt hatte, brach endlich heraus.

Ich krallte die Nägel in seinen Nacken, presste das Becken gegen seine Leisten und küsste ihn.

»Ich hasse dich«, flüsterte ich gegen seinen Hals, während Kierans Hände über meine Brüste, von meinen Bauch zwischen meine Beine glitten. Es fühlte sich an, als explodierte Dynamit in meinem Oberkörper.

»Gut, merk dir das«, sagte er und öffnete leicht den Mund. Er leckte sich über die Lippen, als er die Finger in meine Shorts schob und mich über dem Slip zu streicheln begann. »Merk dir, wie sehr du mich hasst, wenn du über meinen Fingern kommst.«

Seine Berührung ließ mich aufstöhnen. Kierans Finger streichelten mich langsam an der richtigen Stelle. Noch nie hatte sich etwas so gut angefühlt. Ich legte den Kopf zurück, schloss die Augen und ließ es geschehen. Seine Worte, seine Finger, sein Körper. Vielleicht war ich stark genug, um mich endlich zu wehren, aber jetzt gab ich nach und ließ mich fallen.

»Merk dir, wie sehr du mich hasst, wenn meine Zunge in deiner Pussy ist.«

Oh Gott.

Er zog seine Hand aus meiner Hose, griff meinen Hintern und hob mich hoch.

»Was hast du vor?«, fragte ich, als er mich in einen Nebenraum trug.

Jetzt sah ich, woher das Geräusch des Wasserfalls kam. Wir standen in einem durch Fackeln an den Wänden, beleuchteten Raum, in dessen Decke ein Loch so groß wie die Krone eines alten Baumes klaffte. Regen strömte herab. Er fiel auf einen Altar, der darunter stand.

Kieran setzte mich auf dem Altar ab, streichelte über meine Oberschenkel und schob sie auseinander. »Leg dich hin.«

Regen strömte auf meinen Körper, als ich gehorchte und mich zurücklehnte. Mein Herz hämmerte nicht mehr, es raste. Kieran hob meine Hüften an, öffnete meine Shorts und schob sie mitsamt des Slips nach unten.

Er beugte sich über mich, küsste mich, streichelte meine Brüste und verrieb das Wasser auf meinem Körper.

Eine Hand schob sich zwischen meine Beine, doch anstatt sie zu bewegen, ließ er sie ruhig liegen.

Ich wusste, warum, und es machte mich wahnsinnig. *Sag, was du willst und nimm es dir.*

Ich atmete tief durch, öffnete die Augen und beugte mich ein Stück zu ihm. »Mach weiter.« Ich legte meine Hand auf seine, führte sie und brachte ihr meine Hüften entgegen, als ich mehr brauchte.

Kieran schüttelte den Kopf. »Ich wette, du schmeckst besser, als du kämpfst, Trouble.«

Kapitel 14

KIERAN

Ich ignorierte den erschrockenen Blick, den sie mir zuwarf, und ließ meine Zunge vom Bauchnabel zu ihren Hüften gleiten. Den ganzen Abend hatte ich auf diesen Moment gewartet. Vielleicht war meine Methode krank, zumindest in ihren Augen, aber sie hatte ihre Wirkung nicht verfehlt. Möglicherweise machte die Angst sie sogar an.

Ich schob meine Hände unter ihren festen Arsch, knetete ihn mit einer Hand, während meine Zunge ihre heiße, nasse Pussy verwöhnte. Fuck. Sie schmeckte so gut, wie sie aussah. Ich spürte die Hitze in meinem ganzen Körper, als ich sie schmeckte. Mein Herz spielte verrückt.

Farrens Finger krallten sich in meine Haare, sie bäumte sich unter mir auf, stöhnte und presste ihre Hüften gierig gegen meinen Mund, der sie leckte, an ihrer Klit saugte und sie fast verschlang. Sie bekam nicht genug.

Ihre Schreie wurden lauter, als ich langsam, Stück für Stück zwei Finger gleichzeitig in sie schob.

»So verdammt heiß und nass.«

»Oh Gott, Kieran, mach weiter«, stöhnte sie, als ich meine Finger herauszog, die Flüssigkeit auf ihrer Klit verrieb, sie schneller leckte und meine Finger mit einem Stoß in ihre enge Pussy rammte.

»So gierig«, sagte ich und sah zu ihrem hübschen, geröteten Gesicht auf. »So hat es dir noch keiner besorgt, dabei ist mein Schwanz noch nicht mal in dir.«

»Ja, mehr«, schrie sie.

Ich nahm ihre Beine, legte sie auf meine Schultern und vergrub den Kopf zwischen ihren Schenkeln. Regen lief über ihren Körper und ließ ihre Haut glänzen. Es war verdammte Perfektion. Ich knetete ihre Titten, leckte, saugte, fickte sie mit meinen Fingern und stand kurz vorm Explodieren. Als ich aufblickte, um ihr Gesicht zu sehen, öffnete sie die Augen. Ihr Blick war abwesend, aber er reichte, um mich um den Verstand zu bringen. Mein verdammter Schwanz stand stramm, war bereit für sie, aber für heute Nacht musste ihr Geschmack reichen. Ich krallte meine Finger in ihre Oberschenkel und hielt inne. »Fuck. Du schmeckst so verdammt gut.«

»Mehr.«

»Ich weiß, es reicht nie«, flüsterte ich gegen ihre nasse Haut und bewegte meine Finger in ihr, leckte in kreisenden Bewegungen ihre Klit, sah in ihren Augen die Lust, das Feuer, das ich so liebte, und stieß heftiger zu. »Komm schon, Baby.«

Farrens Atem ging schneller, sie biss sich auf die Unterlippe. »Oh Gott, ja.«

Ich rammte meine Finger in sie. Immer und immer wieder. Leckte, saugte und küsste. Genoss jeden einzelnen Schrei, bis ihre Beine zitterten, ihre Pussy sich um meine Zunge zusammenzog, sie keuchend den Kopf nach hinten warf, meine Haare griff und mich zu sich zog, um mich so hart zu küssen, dass ich das Gefühl hatte, nie zuvor eine Frau richtig geküsst zu haben.

Trouble nahm meine Hand, streckte den Kopf in den Gang, um sich zu vergewissern, dass niemand in der Nähe war, der sehen konnte, wie wir den Raum verließen, und strich sich die Haare aus der Stirn.

»Steht dir«, sagte ich und küsste sie.

»Was?«

»Wenn du dich wehrst.«

»Von deinen Methoden halte ich trotzdem nichts und wenn du so was noch mal machst, breche ich dir mit der Eisenstange die Beine.«

»Wird nicht mehr nötig sein. Ich glaube, du hast es jetzt verstanden.«

Sie lächelte. »Jetzt wissen alle, dass wir rumgemacht haben.«

»Wir haben nicht rumgemacht. Ich hab dich geleckt.«

»Musst du immer so reden?«

»Je dreckiger ich rede, desto lauter schreist du, Trouble.«

Als wir zurück nach unten kamen, tobten die Leute. Die Musik wurde leiser. Sie rissen die Hände in die Luft und kreischten, weil sie auf etwas warteten.

Farren warf mir einen fragenden Blick zu. Ich zog sie mit mir, stellte mich hinter sie und schlang die Arme um ihre Hüften.

Sie zitterte. Kein Wunder. Die Klamotten klebten an ihrer Haut, die Haare tropften und das weiße Top war nutzlos, man sah ihren BH vollständig. Ich zog meine Jacke aus, legte sie um ihre Schultern und umarmte sie. Ihr Duft, warm und süß, Farrens Körper. Ihr Geschmack in meinem Mund ließ mein Herz schneller schlagen.

Keine Gefühle, verstanden.

Das Licht veränderte sich. Die Decke, die Wände, alles tauchte in leuchtendes Grün und ich wusste, was kam. Ich hatte die Show so oft gesehen, dass ich es nicht mehr zählen konnte, aber war gespannt, was sie davon halten würde. Die Musik wurde lauter. I Prevail's *Love, Lust and Liars* setzte ein. Ich legte eine Hand unter ihr Kinn und hob es an, um sicherzugehen, dass sie nach oben schaute, und grinste, als sie meine Arme umklammerte.

Aus vierzig Metern Höhe an fluoreszierenden Seilen befestigt schwebten zehn Feuerschlucker mit brennenden Fackeln in den Händen von der Decke. Sie schoben sich die Fackeln in den Mund, spien das Feuer durch die Luft und die Menge tobte. Farren riss die Hände nach oben und klatschte.

Unbeschwert und glücklich hatte ich sie noch nie erlebt. Ich spürte den Puls gegen meinen Hals pochen, vergrub das Gesicht in ihrem Nacken und küsste ihre Haut, die nach Regen und Vanille roch. Ein perfekter Augenblick.

Farren drehte den Kopf zu mir, legte einen Arm um meinen Nacken. Ihre Augen strahlten, ein breites Lächeln lag auf ihren Lippen. »Danke.«

»Wofür?«

»Für alles. Ich weiß, es bedeutet dir nichts, aber ich habe mich noch nie so frei und gut gefühlt.«

Sie gab mir einen Kuss, wandte sich den Feuerschluckern zu, schrie auf, als einer der Typen an seinem Seil nach unten schoss, fünf Meter vor dem Boden stoppte und eine riesige Flamme ausstieß und alles, was ich sah, war sie. Die echte Farren. Das Mädchen, das mein Herz schneller schlagen ließ, wenn es den Raum betrat.

Keine Gefühle. Vergiss es. Du weißt, wie das endet.

Harlan begrüßte mich mit Handschlag. Er setzte sich neben Elisha, auf die Bank neben mir, von der wir die Tanzfläche beobachteten, und grinste mich an. »Ty hat mir von eurer Aktion erzählt«, sagte er und trank aus der Bierflasche, die er in der Hand hielt. »Kein Wunder, dass sie abgehauen ist.«

»Ist sie nicht.« Ich deutete mit dem Kopf Richtung Theke, die sie provisorisch für die Party errichtet hatten.

»Sie holt sich was zu trinken.«

»Was läuft da bei euch?«

»Wir haben Spaß, sie ist heiß.«

»Scheiße und ob.« Ty, den ich seit unserem Spielchen nicht mehr gesehen hatte, stand neben der Bank und starrte auf die Tanzfläche. Harlan, Elisha und ich drehten unsere Köpfe in die Richtung, in die er sah, und für einen Moment setzte meine Atmung aus. Inmitten der anderen Partygäste tanzte Farren zu Delerium's Silence. Ihre Hüften bewegten sich im Rhythmus der Musik vor und zurück, sie strich die nassen Haare aus der Stirn, legte den Kopf in den Nacken und schloss die Augen. Sie verlor sich in der Musik und zum zweiten Mal in dieser Nacht fiel die Maske, die sie verzweifelt versuchte aufrechtzuerhalten. Je mehr ich von ihr sah, desto süchtiger wurde ich.

Umso mehr wehrte ich mich gegen ihren Einfluss.

Ich verfolgte jede ihrer Bewegungen. Sah ihre Beine, feucht glänzend vom Regen und leckte über meine Lippen. Ich sah ihren Blick, als ich sie berührt und geleckt und um den Verstand gebracht hatte. Mein verdammter Schwanz schrie nach Erlösung, doch irgendetwas sagte mir, dass ich den Hunger, der in mir brannte, wenn sie bei mir war, bei keiner anderen empfinden würde.

»Fuck«, sagte Ty und riss mich aus den Gedanken. »Sieh sie dir an, zu schade für nur einen.«

Harlan lachte. »Schätze, du wärst der Letzte, mit dem sie rummachen würde. Die Kleine hat dich ganz schön zugerichtet.«

Mit dem Daumen strich er über seine Unterlippe, auf der sich eine blutige Kruste gebildet hatte. Er grinste und starrte hungrig zu Farren. »Sie kratzen, beißen und wehren sich alle, aber trotzdem bekommen sie nie genug, wenn ich erst angefangen habe.«

»Du bist total krank«, sagte Elisha ernst.

Tylers Lächeln, der Blick in seinen Augen machte mich nervös.

Wir wussten, dass er kaputt war, aber bisher hatte er uns keinen Anlass gegeben, ihm zu misstrauen. Er stand auf kranke Spielchen, ging nicht zimperlich mit Mädchen um, aber solange er sich benahm, hielten wir die Klappe und ließen ihn machen.

Doch in letzter Zeit verlor er mehr und mehr die Kontrolle. Blake ging ihm noch immer unter die Haut. Er hatte noch eine Rechnung mit ihr offen und dann gab es noch Farren. Der Blick, mit dem er sie ansah, die Art, wie er über sie sprach, beunruhigte mich. Dass ich ihm verbot, sie anzurühren, reizte ihn nur mehr. Mochte sein, dass sie mich herausforderte, mochte sein, dass sie mich mit ihrer unschuldig, verkorksten Art wahnsinnig machte, doch sie war nichts weiter als eine nette Abwechslung zwischen all den aufgetakelten Barbies, die sich mir an den Hals schmissen, bis sie in ihr zurechtgestutztes, vorgeplantes Leben zurückkehrte, um wieder die Marionette ihrer Eltern zu sein. Warum interessierte es mich dann, was Tyler von ihr wollte? Ich atmete tief aus und schloss die Augen. Die Musik war zu leise, meine verfluchten Gedanken zu laut.

Es war nach vier, als ich sie zurück ins Haus, vorbei am schnarchenden Gorilla schleuste und mich verabschiedete. Ich sagte, ich würde mich melden, doch mit jeder Minute, die der Morgen näher rückte, schob ich den Gedanken zurück. Vielleicht waren wir zu weit gegangen. Ich musste die Notbremse ziehen, bevor es zu spät war.

Als ich auf den Fahrersitz rutschte, warf Harlan mir einen amüsierten Blick zu. »Hast du sie sicher ins Bett bekommen?«

»Habt ihr sie heute gesehen?«, fragte Ty, der neben Elisha auf der Rückbank saß, den Kopf in den Nacken legte und genüsslich an seiner Zigarette zog. »Ihr freches Mundwerk macht mich verrückt. Ich wette, die kann noch ganz andere Sachen mit diesen Lippen machen außer beißen und vorlaut sein.« Er stieß den Rauch aus und lachte. »Und wie sie die Hüften bewegt. Scheiße, die könnte Wildpferde einreiten. Wenn ich mir vorstelle, dass sie sich auf meinem Schwanz bewegt …«

»Dreht ihr jetzt total durch?«, fragte Harlan. »Ty, such dir 'ne andere und du, K, werd klar im Kopf. Mir gefällt nicht, in welche Richtung das geht. Das bringt nur Ärger.«

Ich konzentrierte mich auf die Straße, die vom Mondlicht und den gelegentlichen Blitzen aus der Ferne in eisiges Licht getaucht wurde und gab Gas. Wieder einmal bewunderte ich Harlans Beobachtungsgabe und Vernunft. Er schien der Einzige zu sein, der noch den Durchblick hatte.

»Wozu eigentlich die Aktion? Ich meine, du weißt, ich mache alles mit, aber was ging da ab?«, fragte Ty und legte seine Hände rechts und links auf die Vordersitze, als er sich vorbeugte und mich ansah. »Sie war total nass und sah aus, als wäre sie high. Sag nicht, du veranstaltest die ganze Lass-die-Finger-von-ihr-Nummer nur, damit du sie für dich alleine haben kannst.« Er ließ den Rauch durch seine Nasenlöcher entweichen. Aus dem Augenwinkel sah ich, wie er mich herausfordernd anstarrte.

Ich verstärkte den Griff um das Lenkrad und überholte einen Audi. Wie konnte ich so dumm sein, zu denken, dass das Thema erledigt war? Tyler war schlimmer als ein Piranha, wenn er sich einmal festgebissen hatte.

»Dein Schweigen spricht Bände, weißt du.«

»Hey Ty, krieg dich ein«, sagte Harlan.

»Dein Ton gefällt mir nicht«, ging ich dazwischen. »Ich bin dir keine Rechtfertigung schuldig, verstanden?« Ich sah Tyler im Rückspiegel an.

»Also hast du sie gefickt?«

Harlan hob die Hände, um uns zu beruhigen, und ich warf, verwundert darüber, dass Elisha so still war, einen flüchtigen Blick in den Rückspiegel. Sein Kopf lehnte gegen die Scheibe, er schlief.

»Kommt runter, ich meine es ernst«, sagte Harlan.

»Du fickst die Kleine, aber erzählst mir was, von wegen Dad wird böse? Fick dich. Seit wann stellst du dich …«

»Weißt du was?«, unterbrach ich ihn, als es mir reichte. »Versuchs. Du hast keine Chance.«

Ich drückte das Gaspedal nach unten und fuhr mir mit einer Hand durch die Haare.

»Wollen wir wetten?«

»Verdammt, vögel sie einfach. Sie ist nichts Besonderes, gibt genug andere.« Ich war durch. Er hatte keine Chance und selbst wenn, sie war wie jede andere.

Austauschbar. Ein heißer Arsch. Ein paar Titten, eine Pussy. Mehr nicht, redete ich mir ein.

Als die Reifen auf der nassen Straße durchdrehten, verlangsamte ich das Tempo, atmete tief durch und warf ihm einen Blick im Rückspiegel zu. Das Thema war erledigt.

Zufrieden lehnte Tyler sich zurück.

Nachdem ich geduscht und etwas gegessen hatte, ließ ich mich auf die Couch fallen, um fünf Minuten abzuschalten. Letzte Nacht hatte ich die Jungs nach Hause gebracht, weil alle mit dem Trinken übertrieben hatten. Wegen Farren rührte ich keinen Tropfen an, ich musste sie sicher zurückbringen und wie ich Prinzessin kannte, wäre sie ausgerastet, wenn ich betrunken Auto gefahren wäre. Obwohl es ein Umweg war, schmiss ich Tyler zuerst raus. Ich ertrug sein Gesicht keine Minute länger als nötig.

Halbtot fiel ich um sechs Uhr ins Bett, nur um zwei Stunden später wieder in der Firma sein zu müssen.

Scheiße, vielleicht war ich zu alt für die Partys.

Als ich die Augen schloss und an Letzte Nacht dachte, sah ich Farren. Schmeckte sie, hörte ihre Lustschreie. Verdammt! Wie musste es sich anfühlen, in ihr zu sein.

Das schrille Klingeln des Handys riss mich aus den Gedanken. Definitiv zu alt für den Scheiß. Ich strich über meine Stirn und griff nach dem Handy, ohne auf das Display zu sehen.

»Hast du dich wieder beruhigt?«

Als ich die Stimme meines Vaters hörte, stand ich auf und nahm eine Dose Cola aus dem Kühlschrank. Gerade bereute ich es, keinen Whisky im Haus zu haben.

»Was willst du?«

»Wir sind nicht im Guten auseinandergegangen.«

Ich verdrehte die Augen und atmete laut aus. »Spar dir den Small Talk, komm zur Sache.«

»Ich möchte, dass du etwas verstehst. Keine Frau ist es wert, dass man sich wegen ihr streitet. Wirklich keine Frau.«

»So wie Mom meinst du?«

»Wirst du mir das immer vorhalten?«

Dieses Thema war das letzte, was ich gerade gebrauchen konnte. In meinem verdammten Schädel wütete ein Tornado, ich konnte die Augen kaum aufhalten und jeder Muskel in meinem Körper fühlte sich wie Gummi an, aber wenn er mir die Vorlage gab, war ich bereit, es an ihm auszulassen. »Sie hat alles für dich getan, dir den Rücken freigehalten, wenn es Ärger in der Firma gab, und du dankst es ihr, indem du drei Wochen, nachdem sie verschwunden ist, eine deiner Nutten ins Haus bringst?«

Ich knallte die Coladose auf die Theke. Er hatte recht, ich würde ihm nie verzeihen, mit welcher Gleichgültigkeit er das Verschwinden meiner Mutter behandelt hatte.

»Jeder verarbeitet Verluste auf seine Art. Du hast angefangen zu boxen, ich brauchte etwas für's Herz«, sagte er kühl.

»Für's Herz, klar. Du hast dir keine Mühe gemacht, sie zu suchen. Wer war denn derjenige, der rumtelefoniert hat. Der nächtelang durch die Straßen gefahren ist. Ich war derjenige, der den Detektiv angeheuert hat, während du eine Nutte nach der anderen angeschleppt hast!«

Am anderen Ende der Leitung hörte ich ihn atmen. »Genau das ist es, was du lernen musst. Ich will dich schützen. Keine bleibt. Weder deine Mutter noch die Kleine, die dir den Kopf vernebelt hat. Keine von denen ist es wert, dass wir uns streiten. Die hauen ab, Kieran. Ich bin immer da.«

»Du weißt, dass Mom nie einfach gegangen wäre. Obwohl sie Bescheid wusste, ist sie bei dir geblieben.«

»Deine Mutter war nicht die Heilige, für die du sie immer gehalten hast. Du kennst nicht einmal annähernd die Wahrheit.«

»Gut, klär mich auf.«

»Wenn die Zeit reif ist. Wenn es unumgänglich wird, erfährst du alles.«

Meine Eingeweide zogen sich schmerzhaft zusammen und ich schluckte den Schwall Magensäure herunter, der in meiner Kehle aufstieg. *Er spielt nur mit dir. Hör nicht hin.*

Ich zwang mich, runterzukommen, ihn nicht gewinnen zu lassen. Er wollte mich aus der Fassung bringen und jedes Mal gelang es ihm. Nicht heute.

Ich atmete tief aus, schloss einen Moment die Augen und stellte ihn mir gegenüber in einer alten Lagerhalle vor.

Die Masse jubelt. Hier trägt er keinen maßgeschneiderten Anzug im Wert eines Oberklasse-Kleinwagens. Hier ist er ein Niemand. Kein Gegner, nur ein Opfer. Der erste Schlag zertrümmert seine Nase. Halbherzig hält er die Hände nach oben, versucht die Deckung zu imitieren, die er im Fernsehen bei den Hochglanzkämpfen gesehen hat. Ich lächele, hole aus. Sein Kopf fliegt zur Seite, als meine Faust sein Kinn trifft und drei Zähne aus seinem blutenden Mund schießen.

»Wegen Farren«, sagte ich mit neuer Gelassenheit. »Weißt du, Tyler ist scharf auf sie. Was, wenn er sie fickt? Was, wenn wir sie alle ficken, während dein Bodyguard vor ihrer Tür schläft. Was denkst du, wird Cynthia wohl sagen, wenn sie erfährt, dass ihr braves Mädchen die Beine für Logans Sohn und seine Freunde breitgemacht hat, während der Mann, der auf sie aufpassen soll, außer Haus ist.«

»Du bluffst nur. Die Kleine bedeutet dir etwas. Du würdest nicht zulassen, dass sie sie anrühren. Aber vielleicht würde es ihr gefallen. In ein paar Monaten geht sie zurück. Sie wird dich vergessen. Wie deine Mutter.«

Bevor ich die Kontrolle verlor und ihn gewinnen ließ, legte ich auf, feuerte das Handy auf den Boden und schlug meinen Kopf so heftig gegen die Wand, dass ich für einige Sekunden an nichts mehr denken musste. Nicht an seine Worte, die nur dazu gedacht waren, mich zu verletzen, weil es ihm nicht gefiel, wenn er schwach dastand. Nicht an meine Mutter, die mich seit Jahren wie ein Geist verfolgte. Nicht an Farren, die zu meinem Schatten geworden war, seit ich ihr erlaubt hatte, sich in meinen verdammten Kopf zu schleichen.

Kapitel 15

FARREN

Schon seit einer Stunde spürte ich Liams Blicke in meinem Rücken. Dank Marias Überredungskunst und ihrem Nachdruck, als sie Moore erwähnt hatte, war meine Suspendierung kurz ausgefallen.

Eine Woche war ich zu Hause gewesen, hatte nichts anderes getan, als die Tage mit Lernen zu verbringen, am Pool zu liegen und an Kieran zu denken, von dem ich seit genau sieben Tagen nichts mehr gehört hatte. Stattdessen rief Tyler an. Seine Nummer stand auf dem Display meines Handys, aber ich ignorierte ihn. Kranker Bastard.

Einerseits ohrfeigte ich mich für meine grenzenlose Dummheit, auf Kieran hereingefallen zu sein, andererseits hatte sich seit der Nacht in der alten Kathedrale etwas verändert. Ich hatte mich verändert. Ich war keine Schlampe, nur weil ich mich amüsierte. Moore und Mutters Stimmen verloren an Macht, während Kierans lauter wurde. Ich war nicht länger das Opfer. Natürlich war mir bewusst, dass ich ihm genauso wenig etwas bedeutete wie all die anderen, mit denen er rummachte. Es tat weh, aber das war *mein* Problem. Trotzdem hatte er mir mehr gegeben als jeder andere Mensch zuvor in meinem Leben.

»Bitte denken Sie daran, dass sich die Note auf die Abschlusszeugnisse auswirkt«, sagte Mrs. Miller.

Aufmerksam notierte ich die Stichpunkte, die sie uns für den Vortrag nächste Woche nannte, und überlegte, welche Person mein Vorbild sein sollte, denn so lautete das Thema.

Als es klingelte, stopfte ich meine Bücher und Hefte in die Tasche, warf sie über meine Schulter und drehte mich zu Liam um, der gegen seinen Tisch lehnte.

»Du hast was zu sagen?«

»Woher …?«

»Du hast mich angestarrt, aber keinen blöden Spruch gebracht.«

»Ähm, wegen Carter … Tut mir leid. Also, dass wir dich fertiggemacht haben.«

Ich lachte. »Fertiggemacht? Keine Sorge, ich bin groß, mit Typen wie euch komme ich klar.«

Sichtlich nervös trat er von einem Bein auf das andere und starrte an mir vorbei zur Tür, als das Klassenzimmer sich leerte. »Ja, trotzdem, sorry.«

»Was sagt Carter dazu? Heult er auch rum wie ein Mädchen?«, fragte ich ihn und beugte mich ein Stück näher. Er wich zurück und ich verkniff mir ein Lächeln.

»Er sagt nicht viel dazu. Ist ihm wohl peinlich.«

»Kann ich verstehen.« Grinsend drehte ich mich um, verließ den Klassenraum und das Schulgebäude und begrüßte Blank mit einem Winken, als ich ihn auf der gegenüberliegenden Straßenseite an seinem SUV stehen sah.

Ich hatte ein neues Spiel erfunden, Blank nerven. Schon während der Strecke von der Schule nach Hause verdrehte er die Augen, als ich zum zwanzigsten Mal AC/DCs Back in Black lauthals vor mich hin sang. Auch jetzt, als er wie eine Steinsäule in der Tür zum Garten stand und mich beim Lernen am Pool beobachtete, sang ich meine Lieblingslieder in ansteigender Lautstärke, immer und immer wieder, starrte ihn gelegentlich an und sah mit Genugtuung, wie er den Kopf schüttelte oder genervt ausatmete. Es war nur ein kleiner Protest und vielleicht war es kindisch, aber es half mir, die Unruhe, die mit jedem Tag wuchs, an dem ich nichts von Kieran hörte, besser in den Griff zu bekommen.

Es lag nicht nur an ihm. Das Gefühl der Freiheit, fehlte mir. Ich war auf den Geschmack gekommen und brauchte mehr. Ich schielte auf mein Handy, als es neben mir auf dem Boden vibrierte. Tyler.

»Blank, wir könnten beide besser entspannen, wenn Sie mir den iPod wiedergeben würden. Moore wird nichts davon merken. Wie auch, er ist doch nie da.«

Er ignorierte mich und starrte hinter seiner Sonnenbrille in den Himmel.

»Okay, dann versuche ich es anders.«

Ich stand auf, rauschte an ihm vorbei ins Haus, griff das Telefon und stellte mich gerade hin.

Ich tippte die Nummer ein, wartete eine Weile und hoffte, die neue Farren würde stark genug sein, um sich gegen sie durchzusetzen. »Du kannst dich jetzt wehren. Gegen alle.«

»Hallo?« Ihre Stimme ließ mein Herz schneller schlagen. Ich hob das Kinn. Nicht verunsichern lassen.

»Hallo Mutter.«

»Warum rufst du an?«

»Auch schön, dich zu hören«, erwiderte ich süß. »Es geht um Folgendes: Meine Noten sind makellos. Einsen in allen Fächern. Nur in letzter Zeit wird es immer schwieriger, motiviert zu bleiben. Keine Musik, der Aufpasser, den ihr mir auf den Hals gehetzt habt …« Ich atmete tief durch. Gib's ihr. Wehr dich. »Wenn ich nicht bald aus dem Käfig gelassen werde, muss ich mal mit Dad reden. Ich bin mir nicht sicher, was er dazu sagt, wenn er erfährt, dass seine Tochter eingesperrt und jeglicher Freude beraubt wird.«

Das Schweigen, das mir durch die Leitung entgegenschlug, machte mich nervös. Ich strich meine Haare hinter die Ohren und nestelte mit den Fingern am Saum meines Shirts herum. Blank stand mit dem Rücken zu mir, seine Statur verdeckte fast die Sonne, doch ich war sicher, er lauschte auf jedes Wort.

»Wie bitte redest du mit mir?«

»Ich bitte dich ganz höflich um persönliche Freiheiten, die sogar im Gesetzbuch vermerkt sind. Ich könnte dir einen Ausdruck zukommen lassen, für den Fall, dass …«

»Ich glaube, du verlierst gerade das Ziel aus den Augen. Denkst du an die Firma?«

»Oh glaub mir, ich denke an nichts anderes. Nur wie viel ist eine demotivierte, unzufriedene Chefin wert?«

»Chefin? Wenn du so weitermachst, kannst du froh sein, wenn du nicht unter einer Brücke im Central Park schlafen musst.«

»Was würden deine Freundinnen vom Bridge-Club wohl sagen, wenn sie beim Samstagsfrühstück die Zeitung aufschlagen und die Überschrift lautet: Cynthia Andrews, Gattin von New Yorks einflussreichstem Immobilienmakler, misshandelt jahrelang gemeinsame Tochter.«

Ich setzte mich auf die Couch, wippte mit den Füßen und betrachtete meine Nägel. »Der Bodyguard kommt weg und ich kriege meine Bücher und den iPod wieder. Ich denke, das würde mich motivieren.«

»Niemand würde dir glauben«, sagte sie kalt, aber das Geräusch ihres schneller gehenden Atems ließ erkennen, dass sie unruhig wurde. Mein neues, rebellisches Ich schockte sie. Gut so. »Wollen wir es drauf ankommen lassen?«

Sie räusperte sich. »Keine Bücher, keine Musik.«

Mein Herz machte einen Satz, es schlug schneller und ich biss mir auf die Hand, um keinen Freudenschrei auszustoßen. »Okay, aber Blank geht. Noch heute.«

»Mach dich nicht lächerlich, das geht nicht von jetzt auf gleich.«

»Kein Problem, lass dir Zeit. Ich rufe Dad im Büro an, wie es ihm wohl geht?«

Sie atmete laut aus und ich hörte sie hart schlucken. »Schön, ich rufe Logan an. Mr. Blanks Dienste werden nicht länger benötigt.«

»Super. Wie geht's Albus?«

»Deinem Hund geht es gut, ich fürchte nur, die Hitze bekommt dir nicht.«

»Glaub mir, es ging mir noch nie besser«, sagte ich, legte auf und wartete einen Moment, bis sich mein Herzschlag beruhigte.

Ich sprang auf die Couch, hüpfte auf und ab und riss die Hände in die Luft. »Hundert Punkte für Gryffindor!«, schrie ich, als ich den Sieg feierte.

Blank drehte sich um und schüttelte den Kopf.

»Tut mir leid, Großer, aber du musst dir ein neues Opfer suchen.«

Er schob die Sonnenbrille von der Nasenspitze und blickte über den Rand der Brille zu mir hinüber. »Glauben Sie mir, Ms. Andrews, es hat mir genauso wenig Spaß gemacht wie Ihnen.«

Der Nachmittag verlief ereignisreich, zumindest für meine momentanen Verhältnisse.

Moore hatte Maria angerufen, um ihr mitzuteilen, dass Blank nicht länger anwesend sein würde. Kurze Zeit später verabschiedete sich Blank, nahm seine Habseligkeiten und verschwand. Zum Abschied winkte ich ihm mit einem breiten Grinsen hinterher. Bücher und Musik sollten von nun an kein Problem mehr darstellen. Ohne Moores Aufpasser stand es mir frei, zu gehen, wohin ich wollte, und ich wollte raus. Ich verbrachte den Tag mit Julie am Lummus Park. Wir genossen die

Sonne, gingen schwimmen und tranken eiskalte Cocktails aus Kokosnüssen.

Ich stand an der Glasfront meines Zimmers und starrte in den Garten. Vor einer Stunde war Maria ins Bett gegangen, aber ich war hellwach und zu aufgekratzt, um schlafen zu können. Ohne Wagen blieben nicht viele Möglichkeiten. In der Nachbarschaft gab es nur Strandhäuser, nichts, das verlockend klang.

Ich rief Kieran an. Als er nicht abnahm, hinterließ ich eine Nachricht auf der Mailbox, berichtete ihm von Blanks Rauswurf und sagte, dass ich ihn sehen wollte. Warum meldete er sich nicht? Ich dachte, Typen wie er ließen Mädchen erst fallen, wenn sie alles von ihnen bekommen hatten.

Er hatte recht, es war der beste Sex, den ich je gehabt hatte. Die beste Nacht, die ich je erlebt hatte. Ich wollte mehr. Mehr Leben. Mehr Musik. Mehr von Kierans Küssen.

Als das Kribbeln in meiner Magengegend sich unnachgiebig in meinem Körper ausbreitete, zog ich mein weites T-Shirt aus, tauschte es gegen ein eng anliegendes Top, schlüpfte in schwarze Jeansshorts, verließ mein Zimmer, das nicht länger ein Gefängnis darstellte, und ging nach unten.

Ich wusste, wo Jeremy die Wagenschlüssel aufbewahrte, und zögerte einen Moment, als ich den kleinen Kasten in der Küche öffnete. *Wenn schon ausbrechen, dann richtig. Was soll passieren? Du hast die Kontrolle.*

Ich nahm die Schlüssel für den Bentley, verstaute sie in meiner Hosentasche und schlich aus dem Haus. Endlich konnte ich mich frei bewegen, kein Blank, der an meinen Fersen hing.

Ich lief über den Steinweg vorm Haus, bog um die Ecke und steuerte auf Moores schummrig beleuchteten Privatparkplatz zu. Sein schwarzer Bentley stand neben der Limousine. Ich zog die Wagenschlüssel aus der Hosentasche und bekam einen kurzen Anflug von Panik vor meiner eigenen Courage oder Dummheit.

Als ich auf den Schlüssel drückte, blinkte der Wagen kurz auf, es klickte und die Zentralverriegelung öffnete sich, doch als ich die Tür aufreißen wollte, griff jemand von hinten meine Schultern und presste sich mit seinem ganzen Gewicht gegen meinen Rücken, sodass ich mich nicht umdrehen konnte und gegen den Wagen gedrückt wurde. »Loslassen, Hilfe!«

»Shhh, Süße«, flüsterte eine tiefe Stimme gegen meine Wange.

»Tyler?«

Vorsichtig drehte ich meinen Kopf zur Seite. Seine dunklen Augen funkelten. Sein Blick erinnerte mich an die Nacht in der Kathedrale. Bedrohlich, kalt.

»Lass mich los. Was willst du hier?«

»Ich schlafe nicht besonders gut seit St. Cilline.« Er nahm meine Arme und presste sie mit seinen auf das Wagendach. »Jedes Mal, wenn ich meinen Schwanz in der Hand halte, denke ich an dich, wie du tanzt. So nass, so heiß.« Er strich mit einem Finger über meine Wange. Mit aller Kraft versuchte ich, meine Arme zu befreien, doch ich kam nicht gegen ihn an. »Aber das, was ihn richtig stramm stehen lässt, ist dein Gesicht, als du davongerannt bist. Die Angst in deinen Augen. Ich stehe drauf, wenn sie sich zieren.«

»Du bist krank!« Ich drückte meinen Rücken gegen seinen Bauch. Ein Fehler, denn ich spürte seine Erektion, die sich gegen meinen Körper presste.

»Gieriges, kleines Luder. Kann er dich nicht befriedigen?«, flüsterte er, griff meinen Arme und drehte mich um. »Ja, du brauchst mehr. Auch Schlampen haben Bedürfnisse.«

»Lass mich los, verdammt!« Mit den Fäusten schlug ich um mich, doch er griff meine Handgelenke und hielt sie in einer Hand, während er mit der anderen meinen Hintern packte und mich näher zu sich zog.

»Spürst du das?« Er presste seinen Ständer gegen meinen Bauch und mir wurde schlecht. »Ich will dich, du wehrst dich so schön. Ich werd deine heiße Pussy so gut ficken, dass du keinen anderen mehr willst.«

Ich wandte mich in seinem Griff und beugte mich zu ihm. »Lass mich verdammt noch mal los. Du tust mir nichts, Kieran bringt dich um.«

Tylers Mund verzog sich zu einem kalten Lächeln. »Du weißt es noch nicht?«

»Was?«

»Ich bin hier, weil es ihm egal ist. Es stört ihn nicht, wenn ich mir seine Mädchen nehme. Wir teilen.« Sein warmer Atem streifte mein Kinn. »Solange ich gut bin, kann dir auch egal sein, von wem du es bekommst.«

Tylers Lippen pressten sich auf meinen Mund. Er knetete meinen Hintern und schob seine Hand zwischen meine Beine und stöhnte, als er seine Finger über dem Stoff meiner Jeans gleiten ließ.

Wehr dich, verdammt.

»Dann macht es dich sicher auch an, wenn er Blake durchnimmt.« Seine Besessenheit war offensichtlich. Vielleicht meine Chance. Seine Hand hielt inne. Tylers Kiefer spannte sich an, anstatt Lust trat Hass in seinen Blick. »Halt dein verdammtes Maul, oder ich stopfe es dir.« Er schrie nicht. Das war nicht seine Art. Tyler war ruhig, gefährlich ruhig. Wie eine Schlange, die sich langsam an die Beute heranschlängelte, um blitzschnell zuzuschlagen.

Er nahm seine Hand zwischen meinen Beinen weg und presste beide meiner Arme über den Kopf nach hinten. Die Muskeln überdehnten und ein heftiger Schmerz zuckte durch meinen Körper. Trotzig hob ich das Kinn.

»Was ist passiert? Hat sie dein Herz gebrochen? Hat sie dich abblitzen lassen?«, forderte ich ihn heraus. Tylers Nasenflügel bebten, er drückte meine Arme weiter zurück.

»Aua, verdammt.« Der brennende Schmerz in den Muskeln trieb Tränen in meine Augen, doch ich wandte den Blick nicht ab.

»Du hast keine Ahnung, wovon du redest. Richardson ist so gut wie tot.« Tylers Stimme klang eiskalt. »Sie weiß es nur noch nicht.«

Mein Herz tat einen Satz. Adrenalin pumpte durch meine Venen. Ich holte mit dem rechten Knie aus und rammte es ihm in die Eier. Er schrie auf, ließ mich los und krümmte sich. Ich nutzte die Gelegenheit und rannte den Steinweg zurück. Meine Füße flogen über den unebenmäßigen Boden, mein Herz raste, aber ich sah mich nicht um und rannte weiter, bis ich die Treppe vor der Eingangstür erreichte, den Schlüssel mit zittrigen Fingern ins Schloss steckte und sie hinter mir zuzog.

Oh mein Gott. In meiner Brust hämmerte das Herz gegen die Rippen. Meine Beine, mein Rücken, meine Arme – alles klebte von dem Schweiß, der sich auf meiner Haut bildete.

Fast hätte er mir wehgetan. Wie konnte Kieran damit einverstanden sein? Plötzlich bekam die kranke Nacht im Kino einen neuen Sinn. Tyler stand auf solche Sachen. Kieran stand auf so etwas.

Ich stürzte hinaus in den Garten. Ich hatte das Gefühl, zu ersticken. Meine Beine zitterten, mein Magen verkrampfte sich. Schwer atmend legte ich mich auf eine Liege, starrte in den schwarzen Nachthimmel und fragte mich, welche kranken Geheimnisse Kieran noch versteckte, oder warum ihm so wichtig war, dass ich mich wehrte, wenn ich nichts weiter als ein Spielzeug für ihn war, das er herumreichen wollte.

Die schwüle Abendluft plus meine Nervosität taten ihr Übriges und ich wischte mit dem Handrücken die Schweißperlen von meiner Stirn, als ich den Aufzug des luxuriösen Hochhauskomplexes betrat.

Als er im fünfzehnten Stockwerk ruckelnd zum Halten kam, brauchte ich nicht lange, um sein Apartment zu finden. Ich straffte die Schultern, strich meine widerspenstigen Haare hinter die Ohren und drückte auf die Klingel. Aus dem Inneren drangen Musik und Stimmen zu mir und augenblicklich verfiel mein ohnehin schon unruhiger Herzschlag in ein starkes Pochen.

Von Julie hatte ich seine Adresse und den Wagen bekommen. Den ganzen Tag lernte ich, redete mir ein, es gäbe nichts zu klären, aber gegen Nachmittag siegte die Wut und ich traf mich mit Julie, um ihr von meinem Vorhaben zu erzählen. Auch sie fand, dass Kieran mir eine Erklärung schuldete. Wir waren nicht zusammen, aber das gab ihm nicht das Recht, mich hängen zu lassen und zu ignorieren.

Als niemand öffnete, hämmerte ich mit der Faust gegen die schwere Holztür und hoffte, jemand würde es trotz der lauten Musik hören.

Und tatsächlich öffnete eine große Schwarzhaarige, mit Beinen, doppelt so lang wie meinen, und prallen Brüsten, die beinahe aus dem Dekolleté fielen, die Tür. Sie musterte mich abschätzig, als sie ihren Blick von meinen schwarzen Chucks über die ausgefransten Jeansshorts und das himbeerfarbene T-Shirt, das locker über eine Schulter hing, wandern ließ.

»Du bist zu spät«, sagte sie, zog mich an der Hand in die Wohnung und rief Leuten im Vorbeigehen zu: »Sie ist hier, sagt den Jungs Bescheid.«

»Stop, ich ...«

»Bist ein bisschen kleiner, als ich dachte, und das Outfit ist nicht so ansprechend, aber was immer sie wollen.«

Sie lächelte mich an und bevor ich wusste, wie mir geschah, schob sie mich in das angrenzende Bad, schloss die Tür und fing an, mir an den Haaren herumzuzupfen.

»Ich fürchte, ich verstehe nicht -«

»Ich war auch so aufgeregt, aber das legt sich«, sagte sie, während sie mir vor dem Spiegel versuchte, die Haare glatt zu streichen. »Muss ja sagen, dass ich etwas neidisch bin. Schade, dass sie nie eine zweimal nehmen.« Sie hielt sich die Hand vor den Mund und lachte über einen Witz, den ich nicht verstand.

»Okay, wie auch immer.« Ich griff nach der Türklinke, um der bizarren Situation zu entkommen. Was immer sie genommen hatte, ich wollte nichts davon.

»Halt, noch nicht«, rief sie, legte die Hände auf meine Schultern und drehte mich zu sich um. Sie kramte in der Schublade einer Kommode neben dem Waschbecken, zog mehrere kleine Verpackungen heraus und reichte sie mir. Ich riss die Augen auf. Kondome?

Sie lächelte. »Keine Angst, wenn Kieran dich etwas härter rannimmt. Er steht drauf, aber er tut dir nicht weh. Wegen Tyler … Wenn es zu viel wird, die anderen haben ihn im Griff. Ich meine, ich mag's ja auch härter, aber er übertreibt es gerne, wenn er in Fahrt ist. Viel Spaß und lass dir nicht auf die Titten spritzen, das turnt die anderen ab.«

Sie zwinkerte mir zu und verließ den Raum.

Sekundenlang stand ich da, starrte auf die Kondompackungen in meinen Händen, die locker für eine Fußballmannschaft reichten, und mein Magen zog sich zusammen, als ich daran dachte, was es bedeutete. *Sie machen das öfter. Die stehen auf Gangbang. Kieran steht auf so was.*

Ich schmiss die Kondome ins Waschbecken, stürmte aus dem Bad, zwängte mich an Leuten vorbei ins Wohnzimmer und schaute mich nach Kieran um. Als ob alles noch nicht ekelhaft genug war, sah ich zwei Typen auf der Couch sitzen, die die Köpfe über den Tisch gebeugt hatten und sich weißes Pulver durch Geldscheine in die Nase zogen.

Das Schwein gab wieder eine seiner kranken Partys.

Die Musik dröhnte durch das geräumige Apartment. Durch die bodentiefen Fenster konnte ich das Meer schwarz glitzern sehen, denn hier schien nur gedämpftes Licht. Sein Apartment war modern, aber sparsam eingerichtet. Ledersofas, ein riesiger Flatscreen und Holzdielen.

»Hey, was machst du denn hier?«

Ich fuhr herum. Elisha lächelte, er hielt eine Flasche Bier in der Hand.

»Ich suche Kieran.«

»Okay.« Mit der Fingerspitze strich er seinen Nasenrücken und sah über mich hinweg, als suchte er ihn ebenfalls. »Ja, der ist hier irgendwo.«

Harlan kam zu uns. Er klopfte ihm auf die Schulter und flüsterte etwas in sein Ohr, woraufhin Elisha mir zunickte und verschwand.

Harlan wandte sich zu mir. »Du solltest gehen, Farren.«

»Weißt du, wo Kieran ist? Ich muss mit ihm reden.«

»Du bist hier nicht erwünscht.«

Nichts Neues. »Verstehe«, sagte ich schroff und verschränkte die Arme vor der Brust. »Weil ich keine der Tussis bin, die die Beine für euch breitmacht?«

Mit einem festen Griff packte er meinen Oberarm und zog mich beiseite, als fünf grölende Typen und ein Mädchen sich zwischen uns drängten und in ein anderes Zimmer verschwanden. Ich schluckte, als ich mir vorstellte, was sie mit ihr anstellen wollten.

»Lass mich los.« Ich befreite mich aus seinem Griff und trat einen Schritt zurück.

»Seitdem du in Miami aufgetaucht bist, gibt es ständig Ärger.« Harlan, den ich nie viel sprechen hörte, klang aufgebracht. »Kieran ist beschäftigt, halt dich fern, ist für alle das Beste.«

Eine Antwort würde nichts bringen. Ich ließ ihn stehen, schob mich an den tanzenden Leuten vorbei und sah mich rechts und links nach Kieran um. Hoffentlich blieb ich wenigstens vor Tyler verschont.

An der rechten Wand führte eine Metalltreppe nach oben, ich rannte sie hoch und öffnete die einzige Tür, die es auf dieser Etage gab.

Meine Kehle schnürte sich zusammen, meine Beine erstarrten und obwohl ich weglaufen wollte, blieb ich im Türrahmen stehen, unfähig mich zu bewegen. Im Hintergrund spielte Foo Fighter's *The Pretender*. Die gedimmten Lampen in der Decke beleuchteten den Raum. Kierans tätowierter Rücken bewegte sich rhythmisch vor und zurück, als sie ihre Beine um seine Hüften schlang, aufschrie und die Hände in seinen Haaren vergrub. Wie besessen rammelte er sie. Mir wurde so schlecht, dass ich dachte, ich müsse mich übergeben.

Tränen stiegen in meine Augen, meine Hände krallten sich in den Türrahmen und als er sie packte und ihren Kopf zur Seite drehte, um ihren Hals zu küssen, öffnete sie kurz die Augen und ich erkannte sie. Janet. Die Tussi, die ihn schon beim ersten Kampf angemacht hatte.

»K«, stöhnte sie. »Wir haben Besuch.«

Er hob den Kopf, sein Blick traf meinen. Kieran öffnete den Mund, sprang auf und griff sich eine Hose.

Meine Starre löste sich, ich drehte mich um, schoss die Treppe nach unten, riss die Haustür auf und rannte bis zum Aufzug, wo ich hektisch immer wieder den Schalter drückte und die Tränen herunterschluckte.

So ist er. Du wusstest es. Dachtest du wirklich, weil ihr einmal rumgemacht habt …

»Farren!«, hörte ich ihn hinter mir rufen.

Endlich öffnete sich die Tür des Aufzugs. Ich stolperte hinein und drückte den Knopf für das Erdgeschoss, doch bevor die Tür sich schließen konnte, zwängte er sich dazwischen und stellte sich vor mich.

»Lass mich in Ruhe.«

Er griff hinter sich, drückte einen Knopf, der Aufzug tat einen Ruck und blieb zwischen zwei Etagen stehen. Ich prallte gegen die Wand.

»Warum bist du hergekommen?«

»Weil ich dachte, wir sollten reden. Aber ich hätte es mir denken können.«

»Ich wollte nicht, dass du das siehst.«

»Habe ich aber. Du machst mit mir rum, ignorierst meine Anrufe und das Erste, was dir einfällt, ist mit der Nächsten ins Bett zu springen?«

Er rieb sich den Nacken. »Ich brauchte Abstand.«

»Sehe ich.«

»Du weißt, wie ich es meine. Ich … Fuck!«

Kieran donnerte die flache Hand gegen die Wand hinter mir, sodass ich zusammenfuhr. »Tut mir leid. Das ist verdammt schwer für mich.«

»Oh ja. Seit wann das? Ist doch deine Masche, oder?«

»Verdammt noch mal! Hör auf, mir die Worte im Mund umzudrehen.«

Ich verschränkte die Arme vor der Brust. »Also, was ist schwer? Warum? Ich will Antworten.«

Kieran atmete tief aus und verdrehte die Augen. »Du. Dich aus dem Kopf zu kriegen.« Mit beiden Händen strich er durch seine Haare, legte den Kopf in den Nacken und blickte zur Decke. »Seitdem ich dich kenne, ist alles schwerer. Ich will das nicht fühlen, verstehst du?«

Ich verstand gar nichts. »Was fühlen?«

Kieran strich mir eine Strähne hinter das Ohr, griff nach meiner Hand, doch ich schlug sie weg. Gerade noch hatte er mit diesen Händen Janet berührt. »Warum bist du so scheiße stur, Trouble? Verdammt, ich will dich nicht so gern haben.«

Meine Hand zuckte, ich wollte ihn schlagen. Sein attraktives Gesicht, mit den vollen Lippen, dem markanten Kinn und seinen braunen Augen, die alles von mir sehen konnten, was ich selbst nicht sah, zerstören. Meine Fäuste schmerzten, so fest drückte ich sie zusammen, damit ich nicht ausrastete und sie in sein Gesicht donnern ließ.

»Du magst mich, aber vögelst mit ihr rum? Wow, du hast beschissene Methoden, das rüberzubringen.«

»Ich bringe dich zurück nach Miami, dann reden wir in Ruhe.« Seine Stimme klang wieder ruhiger, aber in seinen Augen erkannte ich, dass er mindestens genauso wütend war wie ich.

Er konnte es nur besser kontrollieren.

»Ich kann alleine zurückfahren, bleib du hier und genieße dein Rudelbumsen.« Oh Gott, hatte ich das wirklich gesagt? Mutter würde mir den Mund mit Seife auswaschen. Egal. Ich hatte genug. Von ihr, von Moore und Kieran, Tyler und allen anderen Idioten, für die ich der Spielball war.

Kieran atmete tief aus. Er kniff sich in den Nasenrücken und schloss die Augen. Als er mich wieder ansah, legte er die Hände rechts und links an die Wand hinter mir, sodass ich nicht ausweichen konnte. »Trouble, wenn ich dir alles erklärt habe und du immer noch wütend bist, fahre ich sofort wieder nach Hause.«

»Was ist mit Janet? Ist sie dir wichtig?«

Kieran zog die Augenbrauen zusammen. »Ich hab sie gefickt, was soll die Frage?«

»Gut. Dann geh zurück und schmeiß sie raus.«

»Du spinnst doch.«

»Wenn es dir so wichtig ist, mit mir zu reden, schmeißt du sie raus. Jetzt sofort.«

Ungläubig starrte er mich an, schüttelte den Kopf und drückte auf den Knopf hinter sich. Mit einem Ruck setzte sich der Aufzug wieder in Bewegung. Kierans Mundwinkel zuckten leicht, als ob er sich das Lachen verkniff. Wahrscheinlich machte sich der Mistkerl über mich lustig.

Na warte.

Endlich erreichten wir seine Etage, die Tür war noch nicht ganz auf, da nahm er meine Hand, stürmte den Flur entlang und riss die Haustür auf. Er sah sich inmitten der Leute um. Einige davon starrten uns belustigt an. Er mit nacktem Oberkörper, ich rot angelaufen.

Garantiert dachten sie, Kieran hätte die Nächste klargemacht.

Blondie stand in Nähe der Fenster und bewegte aufreizend die Hüften im Takt der Musik. Er verstärkte seinen Griff, ging auf sie zu und baute sich vor ihr auf. »Du kannst jetzt gehen, Janet.«

Sie kniff die Augen zusammen und sah abwechselnd ihn und mich an. »Kann ich das, ja?«

»Ich diskutiere nicht. Hau ab.«

Janet musterte mich und lachte. »Damit du dich mit dem Liliputaner amüsieren kannst? Ihre Beine sind kürzer als Zigarettenstummel.«

Kieran packte ihren Arm, beugte sich ein Stück herunter und ich bemerkte, dass die Ader in seinem Hals pulsierte. »Verschwinde.«

»Gut!« Sie riss sich los. »Aber wir wissen beide, dass sie dir nicht das geben kann, was du brauchst.« Janet streckte den Mittelfinger in die Luft und stürmte davon.

Zufrieden sah ich ihr nach und quetschte mich an den Partygästen vorbei. Ohne auf Kieran zu achten, ging ich zur Anlage und drehte den Ton ab. Als die Musik stoppte, rissen die Leute die Köpfe herum. Alle starrten mich an. Kieran kam auf mich zugestürmt, aber bevor er mich erreichen konnte, schrie ich, so laut ich konnte: »Cops! Alle raus. Sofort!«

Die Hölle brach aus. Einige Mädchen kreischten schrill, Flaschen zersplitterten, Typen schoben sich gegenseitig zur Tür und Kieran warf mir einen Blick zu, als wäre ich wahnsinnig geworden. Aus dem Hintergrund hörte ich Tyler nach ihm rufen. Mit einem zufriedenen Grinsen im Gesicht, den Armen vor der Brust verschränkt, stolzierte ich an ihm vorbei. »Jetzt können wir reden.«

Ich beschleunigte meinen Schritt. Der Mistkerl wollte spielen, ich konnte spielen.

Kapitel 16

KIERAN

»Fass mich nicht an.« Sie schlug meine Hand weg, als ich ihre Haare hinter die Ohren streichen wollte. Ich atmete tief durch und startete den Motor. Sie hatte mir die Party versaut. Ich war wütend und amüsiert zugleich. Wütend, weil sie Dinge gesehen hatte, die sie nicht sehen sollte. Amüsiert über ihren Ausbruch. Ich ließ mein Fenster herunter und sah zu ihr herüber. Farrens Kopf lehnte gegen die Fensterscheibe. Sie bewegte sich nicht.

Es war nach Mitternacht, als ich auf den Highway fuhr. Der Fahrtwind wehte in den Wagen, ich stützte den Arm, mit dem ich das Lenkrad festhielt, auf dem Fenster ab und legte die andere Hand auf ihren Oberschenkel. Sie schlug sie weg.

Verdammt. Ich musste sie berühren. Seit einer Woche hatte ich sie weder gesehen noch mit ihr gesprochen.

»Behalt deine Finger bei dir, oder ich reiße sie dir ab«, murmelte sie kaum hörbar, ohne sich zu bewegen.

Ihre schokoladenfarbenen Haare fielen ins Gesicht, eine Hand stützte gegen das Fenster, der Kopf ruhte darauf, während die andere in ihrem Schoß lag. Die Haut ihrer Beine glänzte verführerisch, ich wusste, wie weich sie sich anfühlte. Verdammt, ich verspürte Sehnsucht.

Ich wandte meinen Blick ab, konzentrierte mich auf den leeren Highway und dachte an die letzte Woche.

Farren hatte mir auf die Mailbox gesprochen und erzählt, dass der Gorilla abgezogen wurde. Immer und immer wieder hatte ich mir ihre Stimme angehört. Sie klang so aufgeregt, dass ich am liebsten sofort zu ihr gefahren wäre. Trouble wehrte sich endlich. Gegen ihre Mutter und meinen Vater. Sie setzte sich durch. Vielleicht war es noch nicht zu spät für sie.

Für mich schon. Mein verdammter Schädel drohte zu platzen. »Farren?« Sie antwortete nicht. Ihr Atem ging gleichmäßig und ruhig. Gut, sie schlief. So hatte ich während der zweieinhalbstündigen Fahrt zurück nach Miami die Chance, darüber nachzudenken, was ich ihr sagen wollte. Wir mussten reden. Es wurde Zeit, auch wenn ich nicht wusste, wie ich ihr alles erklären sollte. Mein Vater hatte recht, sie bedeutete mir etwas und scheiße, das war das Letzte, was ich gebrauchen konnte.

»Wo sind wir?«, fragte sie, während sie die Arme über den Kopf streckte und gähnte.

»Du bist wieder zu Hause.«

Farren schüttelte den Kopf, als sie das Haus meines Vaters sah. »Ich habe kein Zuhause.«

Sie kramte in ihrer Tasche nach dem Haustürschlüssel. Als sie ihn fand, stieg sie aus und lief zur Tür. »Danke für's Fahren. Wir sehen uns.«

Als sie die Tür schließen wollte, stellte ich einen Fuß dazwischen. »Wir müssen reden.«

»Ich bin müde und hab's kapiert, du bist einfach so.«

»Du verstehst gar nichts.« Ich drückte die Tür auf, schob sie weiter ins Haus, nahm ihre Hand und führte sie in den Garten.

Ich war gerne nachts hier draußen. Ich mochte die Stille oder wie sich das Wasser ruhig bewegte, das plätschernde Geräusch vom Wasserfall und das Licht der Unterwasserlampen.

Farren protestierte kaum, als ich sie auf eine Liege drückte, mich neben sie setzte und sie ansah. Vielleicht hatte sie die Spielchen genauso satt wie ich. Erwartungsvoll hob sie die Augenbrauen.

»Du hast dich verändert, Trouble. Ich bin stolz auf dich.«

»Warum? Ich meine, warum ist dir so wichtig, dass ich mich wehre? Du bist doch derjenige, der es abbekommt.«

»Weil ich weiß, wie das ist. Ich kenne das Gefühl, wenn du schreien willst, du aber die Fassade aufrecht erhalten musst. Menschen, die unglücklich sind, sind wütend. Sie gehen auf alles und jeden los.«

»Du hast es von Anfang an gesehen.«

»Das war offensichtlich.«

Nachdenklich nickte sie. Verdammt, sie konnte so sanft sein. Mein Herz schlug schneller, als ihr Arm meinen streifte. Ich bewegte mich nicht und hoffte, sie würde ihn liegen lassen.

»Was ist dir passiert?«, fragte ich, obwohl ich dank ihres Tagebuchs wusste, dass es einiges sein musste. »Woher kommt deine Wut?«

Sie antwortete nicht sofort und ich wartete auf einen erneuten Ausbruch, doch sie blieb ruhig. Schmerz lag in ihrem Blick. »Keine Ahnung, warum, aber meine Mutter hasst mich. Für meinen Dad bin ich unsichtbar.« Farren schluckte. Als sie weitersprach, zitterte ihre Stimme. »Die Narben an meinem Arm«, abwesend fuhr sie mit einem Finger über ihren linken Unterarm und zeichnete die unregelmäßigen, langen Linien nach, »das war sie.«

Es schockte mich nicht einmal. Bei unserer ersten Begegnung dachte ich, sie hätte sie sich selbst zugefügt, aber als ich sie besser kennenlernte, zweifelte ich daran.

»Hast du es jemandem gesagt?«

»Nur dir. Ich habe noch nie darüber gesprochen.«

Ohne darüber nachzudenken, legte ich einen Arm über ihre Schulter und zog sie dichter zu mir heran. Das Gefühl ihrer Haut jagte mir heiße Schauer über den Rücken und ich fragte mich nicht zum ersten Mal, warum sie so auf mich wirkte.

Ich dachte immer, mein Vater sei ein Arschloch, aber gerade hatte ihm Cynthia Andrews den Rang streitig gemacht. Als Farren mich nicht wegschob, ließ ich zwei Finger über ihren Oberarm gleiten.

»Niemand hat das bemerkt?«

»Ich habe gelernt, es zu verstecken. Sie hat mir gedroht. Können wir über was anderes reden? Ich will sie jetzt nicht hier haben, verstehst du?«, fragte sie. »Was ist mit deiner Mutter? Wenn du nicht darüber reden willst …«

Es war nur fair, ihr davon zu erzählen. »Sie ist vor drei Jahren verschwunden. Ich kam morgens von einer Party. Muss gegen fünf oder so gewesen sein. Ich weiß noch, als ich ins Wohnzimmer kam, telefonierte mein Vater mit jemandem. Er sagte was von wegen ›Sie ist weg‹. Als er mich gesehen hat, hat er aufgelegt und mir gesagt, dass Mom abgehauen ist.«

»Abgehauen?«

»Meine Eltern haben an dem Abend eine Spendengala veranstaltet. Ich hab sie noch gesehen. Verstehst du? Sieben Stunden vorher haben wir noch geredet und ich komme nach Hause und er sagt mir, dass sie weg ist.«

Farren zog die Augenbrauen zusammen. »Klingt sehr merkwürdig.«

»Mom wäre nie einfach weggelaufen. Ich habe einen Detektiv engagiert, weil ich das Gleiche dachte wie du. Anstatt zu helfen, brachte mein Vater jeden Tag 'ne andere Nutte mit nach Hause.« Ich zog die Zigarettenschachtel aus meiner Hosentasche, zündete mir eine an und pustete den Rauch in die Nachtluft. »Jedenfalls fand der Detektiv nichts. Aber ich werde das Gefühl nicht los, dass mein Vater gelogen hat. Er hat Andeutungen gemacht. Da steckt mehr dahinter.«

Neben mir hörte ich sie laut ausatmen. »Ich weiß nicht, was ich sagen soll.«

»Reicht schon, dass du zuhörst. Außer Harlan weiß keiner davon.«

»Du hast gesagt, Menschen, die unglücklich sind, sind wütend. Klingt, als kennst du das Gefühl.«

Ich stieß eine Rauchwolke aus und nahm einen tiefen Zug an der Kippe. Es fiel mir noch immer schwer, darüber zu reden. »Ich habe jeden verdammten Tag darauf gewartet, dass sie zurückkommt. Jeden Tag wenn ich die Nachrichten gesehen habe, hab ich gebetet, dass sie keine Frauenleiche in der Umgebung gefunden haben. Irgendwann kam die Wut. Ich gab ihr die Schuld, meinem Vater, den Lehrern. Allen und jedem. Ich habe Schlägereien angefangen, weil es der einzige Weg war, es rauszulassen. Es ging so weit, dass ich einem Typen drei Rippen, den Kiefer und das Jochbein gebrochen habe, weil er mich blöd angeguckt hat.« Ich drehte meinen Kopf zur Seite, wollte sehen, ob ich sie schockte, doch ich hätte es besser wissen müssen, denn Trouble sah mich nur mit ihren großen Augen an und nickte. »Und dann?«

»Ich kam ins Gefängnis. Dort lernte ich Ty kennen.« Unter meinem Arm spürte ich, wie sich ihre Schulter anspannte. Ty hatte ihr eine scheiß Angst eingejagt, aber trotzdem widersetzte sie sich ihm. Als ich daran dachte, wie sie ihn zugerichtet hatte, musste ich lächeln. »Er hat mich zum Boxen gebracht. Als wir rauskamen, haben wir angefangen, zusammen zu trainieren. Aber die Clubs lagen uns nicht. Zu viele Regeln, zu wenig Freiheit. Wir wollten mehr. Über fünf Ecken sind wir an die Samstagskämpfe gekommen.«

»Weswegen saß Tyler?«, fragte sie.

»Nicht wegen dem, was du denkst. Körperverletzung, Autodiebstahl.«

Sie rutschte ein Stück näher an den Rand der Liege. Ich nahm meinen Arm von ihrer Schulter und verfluchte, Ty erwähnt zu haben.

»Er ist ein ekelhaftes Schwein. Eure Partys ... Warum so was?«

Ich lächelte. Sie stand darauf, wenn ich versaute Sachen sagte. Trouble selbst war alles andere als unschuldig, auch wenn sie gerne die Brave spielte, aber es war süß, wie sie es nicht beim Namen nennen wollte. »Was meinst du?«, fragte ich und ließ es so klingen, als hätte ich keine Ahnung, was sie meinte.

Ich hörte, wie sie schluckte. »Gangbang«, sagte sie zögerlich. »Reicht normaler Sex nicht?«

Mein Schwanz zuckte, als sie die Worte aussprach. Ich versuchte, meine wachsende Latte zu ignorieren. Wie alt war ich? »Aus deinem Mund klingt das heiß, Prinzessin. Du solltest öfter so reden.« Verdammt, sie wusste nicht, was sie mit mir machte. »Es macht Spaß und es turnt mich an. Normaler Sex«, ich betonte das Wort *normal* besonders deutlich, »ist gut, aber die Mädchen langweilen mich.«

»Sah nicht danach aus.«

Mochte sein, dass der Fick mit Janet anders ausgesehen hatte, aber es stimmte. Sex war bisher nichts weiter gewesen als eine weitere Art, Aggressionen abzubauen. Klar machte es Spaß, aber trotzdem war es immer das Gleiche. Du fickst sie, sie kreischt, du kommst – die Nächste. Austauschbare Pussys.

»Weißt du, was das Verrückte daran ist?« Ich nahm ihr Kinn in meine Hand und drehte ihr Gesicht zu mir, damit sie mich ansah. »Es fühlte sich falsch an. Seit der Nacht in der Schwimmhalle, als wir zum ersten Mal vernünftig miteinander geredet haben, ist es so. Jede andere fühlt sich falsch an.« Ich nahm ihre Unterlippe zwischen die Zähne, genoss für eine Sekunde ihren Geschmack und ihren schneller gehenden Atem, doch ich küsste sie nicht.

Wenn sie bereit war, würde sie es sich nehmen.

»Warum sagst du Tyler dann, er kann mich haben. Warum hast du dich eine Woche lang nicht gemeldet?«

»Ich wusste, Ty hatte keine Chance, zumindest habe ich es gehofft. Ich hab mir geschworen, niemanden mehr an mich ranzulassen. Du wirst abhauen wie sie. Aber ich will die Zeit, in der du noch hier bist, mit dir verbringen.«

»Woher soll ich wissen, dass das keine Masche von dir ist?«

»Weil du dir schon bereitwillig von mir die Pussy hast lecken lassen.« Mit zwei Fingern strich ich über die warme Haut ihrer Wange. Sie war garantiert rot. »Und weil ich noch keiner von meiner Mutter erzählt habe.«

»Du solltest nie wieder hintereinander die Worte Pussy und Mutter erwähnen, das klingt absolut falsch.«

Ich stand auf und nahm ihre Hand. »Du siehst fertig aus. Ich bring dich ins Bett.« Fertig war untertrieben. Sie sah aus, als wäre sie das Highlight unserer Party gewesen und über acht Runden gegangen. Die meisten schafften nicht mehr als sechs. Nicht, nachdem Ty mit ihnen fertig war.

Sie nickte. Ihre Augen fielen halb zu. Ich zog sie die Treppe nach oben. Als wir vor ihrer Tür standen, ich mich umdrehen und gehen wollte, hielt sie mich zurück. »Vielleicht ist es nicht gut und Maria flippt total aus, aber kannst du heute Nacht bei mir bleiben? Nur zum Schlafen, meine ich.«

Farrens gleichmäßiger Atem beruhigte mich, auch wenn ihr Körper so dicht an meinem das Gegenteil bewirkte.

Meine Augen fühlten sich schwer an. Der Tag war verdammt lang, aber für mich war er noch nicht zu Ende und ich war sicher, dass ich im Gegensatz zur schlafenden Prinzessin neben mir kein Auge zutun würde. Als sie sich auf die Seite drehte, ihren Bauch gegen mich drückte und ein Bein über meine Hüften legte, drehte ich mich auf den Rücken. Mein Schwanz rebellierte in der Hose, ihr weicher Körper neben mir, ihre Haare, die mir ins Gesicht fielen, ihre Worte von unserem Gespräch, die mir noch immer in den Ohren klangen – alles war zu viel.

Vorsichtig, bemüht mich nicht zu viel zu bewegen, zog ich das Handy aus der Hosentasche. Nach vier. Zwei verpasste Anrufe, eine Nachricht von vor drei Stunden. Ich tippte auf das Display.

Farren hat alles versaut und du haust mit ihr ab. Seit wann lässt du dich von Pussys rumkommandieren?

Ty. Es gab noch etwas zu klären. Bis vor Kurzem hatten wir ihn halbwegs unter Kontrolle. Jeder wusste, dass er eine tickende Zeitbombe war, auch wenn wir dachten, das Boxen und die Partys würden seinen Hunger stillen, aber er brauchte immer mehr. Vor ein paar Wochen war er auf einer Party ausgerastet, als wir mit einem Mädchen beschäftigt gewesen waren. Nachdem Tyler an der Reihe gewesen war, schaffte sie keine Runde mehr. Harlan und ich hatten ihn von ihr ziehen müssen, als er sie so heftig gebissen hatte, dass sie blutete und ihre Beine mit blauen Flecken übersät waren. Harlan war der Vernünftige. Er redete nicht viel, er handelte. Packte die Dinge an und beobachtete. Elisha war der Clown. Er hielt sich im Hintergrund, war loyal und intelligent. Aber Ty war unberechenbar und brutal. Seit der Sache mit Blake, war er wie ein tollwütiger Hund.

Ich steckte das Handy zurück in die Hosentasche, legte die Arme hinter den Kopf und starrte an die Decke.

Verdammt, seit wann war alles so kompliziert geworden? In ein paar Wochen würde Farren zurück nach New York gehen und aus meinem Leben verschwinden, wie es meine Mutter getan hatte.

Ich hielt nichts von Fernbeziehungen. Beziehungen im Allgemeinen. Nicht, bis zu der Nacht in der Kathedrale.

Sie wimmerte leise, riss einen Arm nach vorne, als ob sie jemanden abwehren wollte, und warf den Kopf hin und her.

Mit den Fingern strich ich die nassen Haare von ihrer Stirn und betrachtete ihr Gesicht, das sich wieder entspannte.

Ihre Nase war klein und schmal, ihre Unterlippe voller als die obere, die Wimpern lang und dicht. Sie wirkte natürlich. Und zu all dem kam Farrens Art. Vorlaut, verrückt, mutig, auch wenn sie es meist bei den Falschen einsetzte. Aber auch verletzlich. Wie konnte ihre Mutter sie nicht lieben? Warum wollte ihr jemand wehtun?

Mit den Fingern strich ich über ihre Wange und küsste ihre Stirn. Der salzige Geschmack breitete sich auf meiner Zunge aus und verdammt, es erinnerte mich an unsere Nacht in St. Cilline.

Ich atmete laut aus und hoffte, es würde bald hell werden, damit ich duschen konnte. Miami war noch nie so heiß gewesen.

»Oh Gott. Maria hasst mich«, sagte Farren und zog die Mundwinkel nach unten.

»Sie wird sich dran gewöhnen. Maria ist cool, sie macht sich nur Sorgen.«

»Hat sie Grund dazu?«

Ich lachte, legte einen Arm über ihre Schulter und beobachtete einen Skater, der verrückte Kunststücke mit seinem Board vollführte. Maria hatte ausgesehen, als hätte sie einen Herzinfarkt, nachdem Trouble und ich heute Morgen von oben gekommen waren. Sie kannte mich. Aber ich dachte, nichts könnte sie mehr schocken. »Nicht, wenn du die Pille nimmst.«

Farren schlug mir gegen die Schulter und verdrehte die Augen. »Ich wusste nicht, dass du lustig sein kannst.«

»Du weißt vieles nicht.«

»Ich weiß nur, dass das hier richtig gut ist«, sagte sie und lächelte mich an. Ihre Wangen glühten. »Frieden. Zeit mit dir zu verbringen.« Sie blickte einem der Skatertypen hinterher und runzelte die Stirn. »Ist es okay, wenn ich was probiere?«

Ohne meine Antwort abzuwarten, stand sie auf, klopfte sich den Sand von den Beinen, sah über ihre Schulter und zwinkerte mir zu, als sie auf die Typen an der Halfpipe zulief.

Was hatte sie vor?

Zwei der Typen fummelten an den Rollen ihrer Boards herum. Farren streckte ihnen die Hand entgegen, die beiden begrüßten sie, als kannten sie sich. Sie fuchtelte mit den Händen in der Luft herum. Die Typen lachten und nickten heftig. Ich wusste nicht, was sie vorhatte, aber sie so entspannt und strahlend zu sehen, tat verdammt gut. Sie klopfte einem der Typen auf die Schulter, winkte mir zu und schnappte sich ein Board.

Wollte sie mir imponieren und dabei einen Genickbruch riskieren? Scheiße, Trouble kam auf Ideen. Als ich aufstand, schüttelte sie den Kopf, damit ich sie nicht von ihrem Vorhaben abhielt.

Der Gedanke kam mir kurz, aber Farren wusste, was sie tat. Hoffte ich.

Ich war nicht hier, um sie zu retten. Sie kam alleine klar.

Ich zog die Schachtel Zigaretten aus der Hosentasche, steckte eine Kippe in den Mund und zündete sie an.

Mit dem Board unter dem Arm lief Farren die Rampe nach oben, die selbst aus dieser Entfernung gefährlich hoch aussah, und ich schluckte, als sie einen Fuß auf eine Ecke des Skateboards stellte und sich mit Schwung abstieß und die Rampe herunterraste.

Fuck! Ich riss die Augen auf. Prinzessin drehte sich mit dem Board unter den Füßen um die eigene Achse, als sie am anderen Ende der Rampe ankam, und wiederholte das Ganze. Sie lachte und schrie. Nicht nur der Typ, von dem sie das Board ausgeliehen hatte, beobachtete sie. Sein Kumpel klatschte in die Hände, während die drei Typen, die oben auf der Rampe standen, sie mit offenen Mündern anstarrten.

Mit immer mehr Schwung raste sie die Halfpipe entlang, drehte sich wieder und als ich dachte, es könnte nicht verrückter werden, glitt sie mit dem Board über den Rand, griff während des Flugs darunter, machte einen Satz und drehte sich in der Luft. Ich verschluckte mich fast am Rauch der Zigarette.

Als sie zehn Minuten später lachend und verschwitzt zu mir kam, zog ich sie an mich und küsste sie so hart, dass sie keine Luft mehr bekam. »Scheiße, Trouble. Du kannst skaten?«

Sie zuckte mit den Schultern. »Ich dachte, ich hab's verlernt, aber es klappt noch ganz gut.«

Als ich sie fragend ansah, fügte sie hinzu: »Ich habe mich öfter nachts in den Central Park geschlichen. Da gab's ein paar Typen, die drauf standen, nachts zu skaten. Ich hab öfter zugesehen und irgendwann haben sie's mir beigebracht.«

»Das war verdammt heiß.«

»Ich seh dir auch gerne beim Boxen zu«, sagte sie, stellte sich auf die Zehenspitzen, legte die Arme um meinen Nacken und küsste mich stürmisch.

Den restlichen Tag verbrachten wir am Ocean Drive. Beim Essen erzählte Farren von ihrer Kindheit und je mehr sie von ihren Eltern sprach, desto mehr verstand ich ihre jahrelang angestaute Wut. Sie war keine Heuchlerin. Sie war eine Überlebende. Farren hatte sich verstellen müssen, weil sie keine andere Chance sah, die Hölle ihres goldenen Käfigs zu überstehen.

Je mehr Stunden wir miteinander verbrachten, je öfter ich sie küsste, sie mich anlachte und unbeschwert mit einem breiten Strahlen im Gesicht neben mir im Sand lief, umso mehr spürte ich den Hunger in mir aufsteigen und mein verdammtes Herz schlug so schnell, wie ich es selbst vor einem Kampf noch nie gespürt hatte.

Kapitel 17

FARREN

Nachdem Kieran mich abgesetzt hatte, war er nach Cape Coral zurückgefahren, weil er ein paar Sachen holen und sich mit den Jungs treffen wollte. Gegen Abend wollte er zurück sein. Ich hoffte nur, Moore würde nichts mitkriegen.

Maria und Julie hoben die Köpfe und blickten von ihrem Kartenspiel auf, als ich zur Tür hereinkam und meine Chucks in die Ecke schmiss. Ich nahm mir eine Flasche Wasser aus dem Kühlschrank und setzte mich neben Julie an die Theke.

»Was ist?«, fragte ich, als sie mich mit großen Augen anstarrten. Hastig trank ich einen großen Schluck und starrte zurück.

»Du und Kieran?«, fragte Julie.

Ich biss auf die Lippe, um nicht loszulachen.

Es war nicht nur total verrückt, sondern höchstwahrscheinlich ein Riesenfehler. Aber nach letzter Nacht, vielleicht schon seit der Nacht in der Kirche, gefielen mir Fehler. Sie waren aufregend und unberechenbar. Aber sie waren das, was uns ausmachte. Das, was uns half, zu lernen. Ich hatte viel zu lernen, wenn ich endlich frei sein wollte. Aber es war nicht nur das. Immer, wenn Kieran und ich zusammen waren, konnte ich ich sein. Für ihn war es okay, so wie ich war. Er verstand als Einziger, was in mir vorging. Kieran hielt mich nicht zurück, er forderte mich heraus. Kieran wollte mich stark, während andere versuchten, mich kleinzuhalten. Ich wollte es mir nicht eingestehen, aber als ich ihn letzte Nacht mit dem Mädchen gesehen hatte, waren es nicht nur die Wut und Enttäuschung darüber gewesen, dass er sich anderweitig umsah. Es hatte wehgetan.

»Jetzt sag was«, sagte Julie ungeduldig.

»Sieht so aus.«

»Hast du dir das gut überlegt?«

Maria schüttelte den Kopf. »Irgendetwas sagt mir, dass Vernunft hierbei keine Rolle spielt.«

Ich nahm das Haargummi, das ich um mein Handgelenk trug, zwischen die Zähne und band meine Haare zu einem Zopf. Ich brauchte dringend eine Dusche. Das T-Shirt klebte an meiner Haut, der Sand an den Füßen und ich brauchte Zeit für mich. Ich ließ mich vom Hocker gleiten. »Ich weiß, was ihr denkt. Ich bin vorsichtig, okay?«

»Farren, ich will mich nicht einmischen«, sagte Maria und legte ihre Karten aus der Hand. »Du bist nicht mehr lange da, ich will nur nicht, dass dir das Herz gebrochen wird.«

In den letzten Monaten war Maria für mich zum Mutterersatz geworden. Es tat gut, dass sich jemand sorgte.

»Glaub mir, ich habe schon viel Schlimmeres erlebt. Ich will nur einmal glücklich sein. Auch wenn es nur für ein paar Wochen ist.«

Sie sah mich an und nickte. »Wenn was ist …«

»Oder du sonst was brauchst«, unterbrach Julie sie. »Dann weißt du, wo du uns findest.«

Ich legte einen Arm um Marias und den anderen um Julies Schulter, gab jeder einen Kuss auf die Wange, bedankte mich und rannte dann die Treppe nach oben, um mich aus den verschwitzten Klamotten zu schälen.

Ich stand gegen die Glasfront meines Zimmers gelehnt, sah in den Garten hinaus und genoss die Wärme, die von dem Glas ausging, und die Muskeln in meiner Schulter entspannte. Die Sonne hatte den ganzen Tag auf die Scheiben geschienen und sie aufgewärmt. Sie tauchte den Himmel in orangerotes Licht, das nur durch die vereinzelten Wolken unterbrochen wurde. Die Palmen in Moores Garten waren nur noch graue Umrisse. Ich liebte Miamis Sonnenuntergänge. Die Farben leuchteten intensiver als in New York, so kam es mir zumindest vor.

Vor fünf Minuten hatte Kieran angerufen. In zwei Stunden wollte er zurück sein und zum ersten Mal spürte ich Nervosität in mir aufsteigen. Letzte Nacht war ich zu müde und aufgewühlt gewesen, um an etwas anderes als Schlaf zu denken. Ich hatte seine Nähe genossen, als er mich in den Arm genommen und ich mich im Bett an ihn geschmiegt hatte. Aber heute war es anders. Mein Herz machte einen Satz. Kieran fühlte sich gut an. Sein Körper, seine Muskeln. Die Art, wie er mit mir redete oder mir schmutzige Dinge zuflüsterte.

St. Cilline. Wenn ich daran dachte, breitete sich Wärme von meinem Bauch bis zwischen meinen Beinen aus. Gott, was er mit mir angestellt hatte …

Mein Handy klingelte. Ohne aufs Display zu sehen, nahm ich ab. »Wenn du nicht pünktlich bist, frage ich Harlan vielleicht, ob er mir Gesellschaft leisten will«, sagte ich lächelnd.

»Genau das, was ich mir gedacht habe.«

Scheiße.

Ich räusperte mich. Die angenehme Wärme wandelte sich in sengende Hitze. »Hallo Mutter. Ist was passiert, oder warum rufst du so spät noch an?«

»Du triffst dich also schon wieder mit Jungs?«

Ich atmete so laut, dass sie es hören konnte. »Ich werde nächsten Monat neunzehn, stell dir vor, ich treffe mich nicht nur mit ihnen, ich mache sogar all die Sachen mit ihnen, die du so schmutzig findest.« Verdammt, was war los mit mir. War das wirklich ich? Ich grinste vor mich hin und wartete auf ihre Antwort.

»Schmutzig ist ein gutes Stichwort«, sagte sie unbehelligt, aber ein seltsam ruhiger Unterton schwang in ihrer Stimme mit und plötzlich breitete sich eine Gänsehaut auf meinen Armen aus. »Dein Hund -«

»Was ist mit Albus?«

»Er hat eine Blasenentzündung. Dein Köter hat mir den Teppich im Flur ruiniert.«

»Okay, dann schick Samuel mit ihm zum Tierarzt und öfter raus.«

Als sie antwortete, konnte ich sie lächeln hören. »Farren«, sagte sie langsam. »Ich denke, neun Jahre sind ein gutes Alter. Vielleicht sollte ich ihn erlösen, bevor er mir das gesamte Haus ruiniert.«

Meine Kehle fühlte sich plötzlich trocken an. Ich griff das Handy fester. »Nein, bitte … Was willst du?«

»Nichts. Du hast deinen Standpunkt sehr deutlich gemacht.«

»Bitte. Ich komme ihn abholen, okay?« Ich gab mir keine Mühe mehr, die aufkommende Panik zu unterdrücken. »Ich komme ihn morgen früh gleich abholen.«

Sie lachte auf. »Mach dich nicht lächerlich. Logan gestattet keine Köter in seinem Haus. Wie dem auch sei, ich wollte dich nur informieren«, sagte sie kalt und machte eine kurze Pause. »Du wirst immer die Versagerin bleiben, die du von Geburt an warst. Wenn du wirklich geglaubt hast, mich erpressen zu können, bist du noch erbärmlicher, als ich dachte. Gegen mich kannst du nicht gewinnen. Merke dir das.«

Mein Magen zog sich zusammen und ich spürte den sauren Geschmack von Galle im Hals hochsteigen.

»Eine Schande, dass ich dich nicht abgetrieben habe. Dann wären mir all die Enttäuschungen mit dir erspart geblieben.« Sie legte auf.

Das Handy krachte auf den Boden. Tränen liefen über meine Wangen. Es waren nicht die Worte gegen mich. Sie wollte meinen Hund töten, weil sie wusste, dass sie mir damit das Herz aus der Brust reißen würde. Jetzt, wo sie mir körperlich keine Schmerzen mehr zufügen konnte und Angst hatte, die Kontrolle zu verlieren, fand sie andere Wege, um mir wehzutun.

Ich rannte zum Kleiderschrank, zog eilig ein frisches Shirt und Shorts heraus, griff mein Portemonnaie, stopfte es in meine Tasche und rannte die Treppe nach unten.

»Jeremy? Wo ist Jeremy?«, schrie ich Maria entgegen, die auf der Couch saß.

Als ich an ihr vorbeistürmte, sprang sie auf. »Farren, was ist los?«

Mit dem Handrücken wischte ich die Tränen von meinen Wangen. »Ich muss nach New York. Sofort.«

Ich wusste nicht, wie ich es geschafft hatte, Maria zu überreden, mich fliegen zu lassen oder so kurzfristig noch einen Flug zu bekommen, aber ich schaffte es. Am Flughafen schrieb ich Kieran eine Nachricht. Morgen würde ich ihm alles erklären.

Ich bezahlte das Taxi und kramte schon auf den paar Metern zu unserer Haustür nach den Schlüsseln in meiner Tasche.

Es war ein seltsames Gefühl, so plötzlich, mitten in der Nacht zurück zu sein. Der Wind wehte mir die Haare ins Gesicht und vom Central Park auf der gegenüberliegenden Seite der Straße hörte ich Stimmen. Ich sah mich nach rechts und links um und fühlte mich wie ein Einbrecher, als ich mit pochendem Herzen die Tür aufschloss. Der vertraute Duft von Holzmöbeln, Lederpolitur, vermischt mit dem Veilchenparfüm meiner Mutter stieg mir in die Nase und mein Magen zog sich zusammen. »Albus?«, flüsterte ich, doch er kam nicht angerannt und begrüßte mich, wie er es sonst tat. Wahrscheinlich hatte Mutter ihn eingesperrt, damit er keinen weiteren Schaden anrichten konnte.

Die Holzdielen knackten bei jedem Schritt, als ich mich langsam in der Dunkelheit durch den Flur schlich. Mit der rechten Hand tastete ich die Wand nach dem Lichtschalter ab. Mein Plan war einfach. Albus schnappen und den nächsten Flug zurück nach Miami nehmen. Moore war nicht da, ich bezweifelte, dass er mitbekam, was bei ihm zu Hause passierte und selbst wenn, es gab immer noch Julie, bei der ich meinen Hund für eine Weile unterbringen konnte.

Endlich fand ich den Lichtschalter. Nichts hatte sich verändert. An der linken Wand stand noch immer derselbe runde Tisch aus Mahagoniholz, auf dem Mutter immer frische Blumen stellte. Dieses Mal zierten rosa Nelken die schmale Kristallvase. Ein Erbstück meiner Urgroßmutter. Ich hasste Rosa, ich hasste Nelken und die spießige Kristallvase, die meine Mutter wie einen Schatz behandelte, hasste ich umso mehr. Mir wurde schlecht. Nur schnell weg.

Ich lief den schmalen Flur entlang, streckte meinen Kopf in die Bibliothek, aber auch hier war er nicht.

»Albus, komm her«, flüsterte ich erneut. Verdammt, ich wollte nicht riskieren, meine Eltern zu wecken. Der letzte Mensch, den ich sehen wollte, war sie. Ihre Worte spukten in meinem Kopf herum.

Ich schluckte das raue Gefühl auf der Zunge herunter, lief zurück, durchquerte den Flur bis zum Ende und ging in die Küche.

Das leise Summen des Kühlschranks machte mich nervös. Die Haare in meinem Nacken und auf den Armen stellten sich auf. Die Stille, die Dunkelheit, ich fühlte mich wie begraben. Ich drückte auf den Lichtschalter und als die Lampe über der Kücheninsel anging, erschrak ich.

In einem bordeauxroten Morgenmantel aus Seide, mit einem Weinglas in ihrer dünnen Hand saß meine Mutter auf einem Barhocker. Sie zuckte weder zusammen, noch sagte sie etwas. Sie sah mich einfach nur an. Mutter verzog die Lippen zu einem schmalen Strich und musterte mich abschätzig von oben bis unten.

»Wo ist er? Wo ist mein Hund?« Mein Herz raste so schnell, dass es sich anfühlte, als ob es jeden Moment aus meiner Brust sprang. Ich griff den Schulterriemen meiner Tasche fester.

Mutter stellte das Glas auf die Marmoroberfläche der Theke, ließ sich vom Hocker gleiten und machte ein paar Schritte auf mich zu. Mit jedem Zentimeter, den sie näher kam, krampfte sich alles in mir zusammen. Die Muskeln in meinen Armen und Beinen, mein Magen, mein ganzer Körper. Ihre Wirkung auf mich hatte nicht nachgelassen, selbst jetzt, nachdem ich ihr die Stirn bot. Sie besaß noch immer Macht über mich.

»Ich kenne dich einfach zu gut«, sagte sie und lächelte kalt. »Impulsiv. Mit dem Kopf durch die Wand, ohne nachzudenken.«

»Ich bin nur hier, um Albus zu holen, danach haue ich sofort wieder ab.«

»Und unbelehrbar. Es überrascht mich nicht, dass dein Wortschatz noch immer zurückgeblieben ist. Das Jahr ist fast vorbei, aber du hast dich kein Stück weiterentwickelt.« Die Absätze ihrer Hausschuhe klackerten über die Fliesen, als sie weiter auf mich zukam. Obwohl alles in mir schrie, davonzulaufen, blieb ich stehen. Ich straffte die Schultern, drückte die Brust raus und hob den Kopf, um sie anzusehen. *Alles ist gut. Keine Panik. Sie kann dir nichts tun.*

»Ich will meinen Hund. Der nächste Flug geht in zwei Stunden und ich möchte bis morgen früh zurück sein. Sag mir nur, wo er ist, und du hast wieder deine Ruhe.«

»Na schön.« Sie griff meine Hand und zog mich hinter sich durch den Flur. Die Wärme ihrer Hand auf meinem Unterarm erinnerte mich daran, dass sie kein Zombie war, obwohl alles an ihr tot wirkte. Ich riss mich los und folgte ihr in die Abstellkammer, neben der Tür zum Keller. *Sie hat ihn tatsächlich hier eingesperrt?*

Doch als sie die Tür öffnete und das Licht anschaltete, rannte mir Albus nicht entgegen, wie er es immer tat. Mein Blick fiel auf den kleinen Hügel unter einer roten Decke in der hintersten Ecke.

»Was. Hast. Du getan?« Ich rannte zu der Decke, kniete mich auf den Boden. Die Fliesen drückten kalt gegen meine nackten Knie. Tränen stiegen in meine Augen und ich zog langsam die Decke zurück.

Auf der Seite liegend, mit bleicher, heraushängender Zunge sah ich meinen Hund. Das einzige Lebewesen, das mir in all den Jahren Halt gegeben hatte, wenn ich sterben wollte.

»Nein.« Ich legte mein Gesicht neben seins, streichelte über seinen kleinen, faltigen Kopf und weinte. Die Tränen rollten über meine Wangen, sie liefen über meine Schläfen und befeuchteten meine Haare. Mein Körper bebte unter dem Weinkrampf, als ich über sein seidiges Fell streichelte. »Nein.«

»Sieh dich an. Du heulst wegen eines Köters. Hast du keinerlei Selbstachtung? Hast du nichts gelernt?«

»Warum hasst du mich so? Was habe ich getan?«, fragte ich zwischen dem Schluchzen. »Ich hab immer versucht, alles richtig zu machen. Du hast mir nie eine Chance gegeben, egal, wie sehr ich mich bemüht habe.«

Ich rappelte mich auf, wischte die Tränen von meinem Gesicht und schüttelte den Kopf. »Sag mir nur, warum.«

»Sei nicht so melodramatisch.« Sie drehte sich um und verließ den Raum. Ich streichelte Albus über seinen Kopf, deckte ihn zu und folgte Mutter durch den Flur.

Es reichte. Ich hatte genug. »Bleib verdammt noch mal stehen!«

Doch sie lief weiter in Richtung Küche. Ich griff Urgroßmutters Kristallvase und pfefferte sie an die gegenüberliegende Wand, an der sie klirrend zerbrach und mitsamt der Nelken zu Boden fiel. Mutter fuhr herum. Mit weit aufgerissenen Augen und rotem Gesicht starrte sie mich an.

»Du bist das Letzte. Du bist nichts weiter als Abschaum«, sagte ich und stellte mich vor sie. »Abschaum, der sich hinter schicken Kostümen und Galas versteckt. Du irrst dich, ich habe mich weiterentwickelt.«

Ihr Blick wanderte von der zerbrochenen Vase zu mir. »Zu einer Asozialen.«

»Ich bin lieber asozial als ein Zombie. Ich bin nicht mehr das kleine, verängstigte Mädchen, zu dem du mich gemacht hast.« Ich stellte mich so dicht vor sie, dass sich unsere Nasenspitzen fast berührten und der schwache Duft von Veilchen, der von ihrem Haar ausging, ließ erneute Übelkeit in mir hochkriechen. »In den letzten Monaten habe ich zum ersten Mal gelebt. Ich war auf Partys, hab meine Musik gehört und rumgemacht. Alles, was du verachtest. Ironisch, oder? Du schickst mich weg, damit ich lerne, nach deinen Regeln zu leben, aber ich entdecke all die teuflischen Dinge, die ich nicht tun soll. Apropos Sex, wusstest du, dass Moore ein geiler, alter Sack ist?«

Bevor ich mich versah, flog mein Kopf zur Seite. Unter der Haut meiner linken Wange stachen tausend Nadelstiche, so fest hatte sie zugeschlagen. »So redest du nicht mit mir, du dreckige, kleine Hure.«

Mit einer Hand rieb ich meine schmerzende Wange und drehte mich um, bevor ich das letzte Fünkchen Selbstbeherrschung verlor. Ich biss die Zähne zusammen und unterdrückte die neu aufsteigenden Tränen so gut es ging. Es war idiotisch, aber ich wollte sie nicht schlagen. Ich wollte mich nicht auf ihr Level begeben.

»Dein Köter hat gejault«, rief sie mir hinterher und ich erstarrte. »Weißt du, dass ich ihn persönlich festgehalten habe, als der Arzt ihm die Spritze gegeben hat?« Sie lachte höhnisch. »Das Drecksvieh war zäh, wollte einfach nicht sterben. Er hat ihm die Nadel direkt ins Herz gestochen.«

Das war der Moment, wo alle Dämme brachen. Alles, was ich spürte, war die Hitze, die sich ausbreitete. Das vertraute Gefühl. Von brennender Wut gepackt, drehte ich mich um, rannte zu ihr, griff die verdammten Haare in ihrem Nacken, riss ihren Kopf zurück und holte mit der rechten Hand aus, um sie mit aller Kraft in ihr Gesicht zu schleudern. Es klatschte, sie schrie auf. Ihre Nägel krallten sich in meinen Unterarm, als sie versuchte, mich von sich wegzuschieben. »Ich hasse dich!«, schrie sie mir entgegen, aber ich hörte sie kaum. Ich holte noch einmal aus und schlug sie wieder. Ihre Unterlippe platzte auf. Sie leckte das Blut weg. In Mutters Augen lag ein Hass, wie ich ihn in all den Jahren nie gesehen hatte. »Das wirst du bereuen.« Mit einem Finger strich sie über die angeschwollene Lippe.

»Farren? Was machst du hier? Cynthia? Oh Gott.«

Auf der Treppe stand mein Vater. Sein braunes Haar stand zur Seite ab, er trug einen schwarzen Pyjama und starrte uns mit weit aufgerissenen Augen an, als hätte er einen Geist gesehen.

»Mitch, deine Tochter ist wahnsinnig geworden«, sagte meine Mutter und zog die Nase hoch, als weinte sie. Sie eilte zu ihm und stellte sich hinter seinen Rücken, als sollte er sie vor mir beschützen. »Sie hat mich verprügelt.«

Ungläubig starrte er mich an. »Warum bist du hier? Warum schlägst du deine Mutter?«

»Dad. Sie hat mich zuerst geschlagen. Sie hat Albus umgebracht.«

Er schob Mutter ein Stück die Treppe hoch und kam auf mich zu.

»Sie hat mich all die Jahre misshandelt«, sagte ich, als er vor mir stand. Ich streckte die Arme aus. Alles, was ich brauchte, war seine Umarmung. Nähe. Geborgenheit. Doch er starrte mich an, als wäre ich eine Fremde, die nachts in sein Haus eingebrochen war, und schob mich von sich weg. »Was ist nur in dich gefahren?«

»Bitte, Daddy. Bitte glaub mir.«

»Es ist besser, wenn du gehst. Ich kann das jetzt nicht.« Mit beiden Händen fuhr er sich durch die Haare. »Wir reden die Tage. Bitte geh jetzt, Farren.«

Ich konnte kaum sprechen, bei jedem Wort zitterte meine Stimme. »Weißt du noch, als du mich nach den Narben an meinem Arm gefragt hast? Oder die Verbrennungen an meinen Händen?«

Er strich sich über die Stirn und sah zu Boden. »Bitte, Farren. Nicht jetzt.«

»Wann dann? Wir können nicht länger so tun, als wäre alles in Ordnung.«

Doch er schüttelte nur den Kopf, drehte sich um und lief langsam die Treppe nach oben. Meine Mutter nahm ihn an die Hand, während sie mir über die Schulter einen siegessicheren Blick zuwarf, sich noch einmal über die Lippe strich und dann zusammen mit meinem Vater nach oben verschwand.

Eine Weile blieb ich stehen, starrte auf meine zittrigen Hände und bemühte mich, die Gedanken, die wie Blitze durch meinen Kopf zuckten, zu ordnen.

Als ich die Augen öffnete, fühlten sich meine Lider schwer und müde an. Der drückenden Hitze nach zu urteilen, die im Zimmer herrschte, musste die Sonne schon lange geschienen haben. Ohne mich aufzusetzen, streckte ich eine Hand zum Nachttisch und griff nach dem Handy. Ich musste zweimal hinsehen. Nach vier Uhr.

Die letzte Nacht schlich sich in meine Gedanken und sofort wünschte ich, ich könnte zurück in einen traumlosen, friedlichen Schlaf gleiten.

Nachdem ich mit Albus leblosem Körper mitten in der Nacht das Haus verlassen hatte, war ich in den Central Park gegangen und hatte ihn in Nähe des Vista Rocks begraben. Danach hatte ich ein Taxi gerufen und drei weitere Stunden, in denen ich immer wieder einnickte, am Flughafen verbracht, bis ich schließlich im Morgengrauen zurück in Miami gewesen und völlig erschöpft ins Bett gefallen war.

Nachdem ich duschen und frische Sachen angezogen hatte, schlurfte ich die Treppe nach unten. Ich hatte den halben Tag verschlafen und wunderte mich, dass Maria mich nicht geweckt hatte, denn eigentlich hätte ich zur Schule gemusst.

»Maria?«, rief ich, als ich das Wohnzimmer betrat und sie nirgendwo entdeckte. Ich öffnete die Schiebetüren zum Garten, stellte mich auf den Steinweg, der um den Pool führte, und legte den Kopf in den Nacken, um mir die Sonne ins Gesicht scheinen zu lassen. Ich war erledigt. In meinen Armen zog ein schrecklicher Muskelkater, mein Kopf hämmerte, das Herz raste und meine Wange brannte noch immer von der Ohrfeige. Sie leuchtete rot, doch ich kümmerte mich nicht darum. Mein Körper war nicht das Problem.

Der schlimmste Schmerz saß dort, wo man ihn nicht sehen konnte. Er lauerte versteckt in der Dunkelheit meiner Gedanken, ganz hinten im Kopf und kam hervorgeschlichen mit jeder Minute, in der ich wacher wurde.

Albus war tot. Ich hatte meine Mutter geschlagen und meinen Vater mit der Wahrheit konfrontiert.

Innerhalb einer Nacht war so viel geschehen, dass ich keine Zeit gehabt hatte, über die Konsequenzen nachzudenken.

Ich setzte mich an den Rand des Pools und streckte die Füße ins Wasser. Die Kälte tat gut, alles wurde etwas klarer.

»Ich dachte, du schläfst bis heute Abend durch.«

Ich drehte den Kopf zur Seite. Kieran stand in schwarzen Jogginghosen, die locker um seine Hüften saßen, und einem weißen Shirt hinter mir. Er setzte sich zu mir und rieb mit dem Daumen über meine Wange. »Was ist passiert?«

Ich erzählte ihm alles, was geschehen war. Nachdem ich fertig war, atmete er tief aus. »Das Miststück hat mehr verdient als zwei Schläge. Wenn ich dabei gewesen wäre …«

»Dann würdest du jetzt auch in Schwierigkeiten stecken.«

»Die habe ich, seit ich dich kenne, Trouble. Du hast keine Ahnung, was du mit mir machst.«

Ich lächelte müde, aber mein Herz klopfte schneller. »Ich weiß nur, dass ich durch dich endlich gelernt habe, mich nicht nur gegen die großen Jungs zu wehren. Hätte mir einer erzählt, dass ich ihr mal die Meinung sage, ich hätt's nicht geglaubt. Ich will mich nur nicht andauernd prügeln.«

Kieran lächelte und nahm meine Hand in seine. So wie jetzt hatte er mich noch nie angesehen. »Ich bin verdammt stolz auf dich. Lass dir nur nie wieder einreden, du bist falsch, so wie du bist. Verstanden?«

Ich nickte und sah auf unsere Hände. Er und ich. Erstaunlich, wie die Dinge sich in weniger als vierundzwanzig Stunden ändern konnten.

Ich bewegte die Füße im Wasser und genoss den Moment des Friedens, er würde nicht lange anhalten.

»Und dein Vater hat nichts dazu gesagt?«, fragte er, nachdem wir ein paar Minuten geschwiegen hatten. An seinem angespannten Kiefer und dem Klang seiner Stimme konnte ich die Wut spüren, die er empfand.

»Ich dachte immer, er hätte keine Ahnung, aber sein Blick«, ich schüttelte den Kopf, »er wusste es. Trotzdem hat er mich mit ihr alleine gelassen und nichts dagegen unternommen.«

Mit einem Ruck stand er auf, nahm meine Hand und schleifte mich ins Haus.

»Hey, was soll das? Wohin gehen wir?«, rief ich ihm zu. Was war plötzlich los?

Als er mich die Treppe nach oben schleifte, stolperte ich ihm hinterher. Meine nassen Füße hinterließen Abdrücke auf den Steinen und Adrenalin schoss durch meine Adern, als wir an meinem Zimmer vorbeiliefen.

Kieran steuerte die Tür am Ende des Flures an und riss sie auf. »Hier nach wirst du dich nie wieder hilflos fühlen«, sagte er und schob mich in die Halle.

»Noch mal«, sagte er mit harter Stimme und schleuderte den Boxsack zurück zu mir. »Boxen tut man vor allem mit dem Kopf. Wenn du deine Gedanken beherrschst, beherrschst du deinen Körper.«

Ich holte aus und schlug halbherzig dagegen. »Ich kann nicht mehr.« Mit dem Unterarm wischte ich über meine nasse Stirn. Die Handschuhe waren schwer, meine ohnehin schon überbeanspruchten Armmuskeln zitterten unkontrolliert.

Ich glitt auf den kühlen Hallenboden, streckte die Beine aus und legte den Kopf auf die Knie.

»Steh auf oder du kämpfst gegen mich.«

Ich hob den Kopf. Mit den Armen vor der Brust verschränkt beugte er sich über mich, sein Blick ließ keinen Zweifel daran, dass er es ernst meinte, aber was wollte er machen? Mir wirklich seine Fäuste ins Gesicht donnern?

»Du tust mir nichts. Oder willst du mich zwingen?«

Mit einer blitzschnellen Bewegung, die die Sehnen in meinem Arm aufschreien ließen, griff er mein Handgelenk, zog mich auf die Beine und presste mich gegen seinen Körper. »Du machst weiter, Trouble. Leg dich nicht mit mir an.«

Verdammt. Ich war besorgt, müde und traurig, aber trotzdem breitete sich ein Kribbeln in meinem Bauch aus. »Oder was?«, fragte ich herausfordernd.

Die Handschuhe hinderten mich daran, eine Hand auszustrecken, sie unter sein Shirt zu schieben und seine Brust zu berühren. Stattdessen drückte ich mein Becken gegen ihn, stellte mich auf Zehenspitzen und ließ meine Lippen über seinen Hals gleiten. Kierans Griff um meine Taille verstärkte sich, ich hörte ihn schwer gegen mein Ohr atmen. »Verdammt, hör auf, dich an mir zu reiben, oder soll ich dich gleich hier nehmen?«

Er legte eine Hand an meinen Hals, griff mit der anderen meinen Hintern und packte fest zu.

Ich konnte nicht anders. Ich legte den Kopf in den Nacken, bewegte mein Becken langsam vor und zurück und genoss jede Sekunde, in der er härter, sein Atem schneller wurde und er seine Lippen auf meine presste.

Gerade, als ich dachte, ich hätte ihn so weit, dass er das Training abbrach, um mit mir zu schlafen, griff er meine Haare und zog meinen Kopf nach hinten. »Denkst du wirklich, du kommst so leicht davon?«

Er schob mich von sich, stellte sich wieder hinter den Boxsack und nickte. »Weiter.«

»Aber du -«

»Und wenn du noch einmal so was abziehst wie gerade, garantiere ich für nichts. Das ist mein Ernst, Farren.«

Kieran sprach mich nur selten mit Vornamen an, aber wenn er es tat, war er meist wütend. Ich verstand nur nicht, was sein Problem war.

Die Uhr über der Tür zeigte fünf nach acht an. Wir trainierten schon über eine Stunde, aber so wie er sich aufführte, konnte ich vergessen, hier mit einem Augenaufschlag rauszukommen.

Ich holte aus, boxte gegen den Sandsack und versuchte auszuweichen, als Kieran ihn mir entgegenschleuderte. Doch ich reagierte nicht schnell genug und er traf mich mit voller Wucht gegen die Brust. »Verdammt! Ich will nicht mehr, kapiert?«

Er sagte nichts, sah mich nur finster an und schleuderte das Teil mit mehr Schwung in meine Richtung. Meine Beine zitterten, meine Lunge brannte und Schweißtropfen liefen vom Nacken die Wirbelsäule entlang. Keuchend duckte ich mich zur Seite.

»Komm schon, Prinzessin. Du siehst aus, als würdest du gleich losheulen.«

Ich biss die Zähne zusammen, holte aus und landete einen Treffer mit meiner linken Faust, doch bevor ich Zeit hatte, meinen immer müder werdenden Armen eine Verschnaufpause zu gönnen, schoss der Boxsack wieder nach vorne und prallte mit solcher Wucht gegen meinen Oberkörper, dass ich aufs Steißbein fiel und mir schlecht wurde. »Ich hab keine Lust mehr.«

»Keine Lust? Sagst du das auch zu Mommy, wenn sie dir das nächste Mal die Arme filetiert?«

Ich stand auf, stellte mich vor ihn, streckte die Hände aus und deutete mit dem Kopf auf die Handschuhe. »Zieh sie aus. Ich will in mein Zimmer.«

Kieran zuckte mit den Schultern. »Mach selber.«

Arschloch. Ich drehte mich um und stapfte in Richtung Ausgang. Mit dem Mund hielt ich einen Handschuh fest und zerrte mit den Zähnen am Klettverschluss. Als ich meine Hand endlich aus dem Leder befreit hatte, zog ich den anderen aus und schleuderte sie gegen die Spiegelwand. »Du kannst mich mal.«

»Hättest du wohl gerne, Süße.« Seine Stimme prallte von den hohen Wänden ab und hallte durch den Raum.

Ich drehte mich um und stemmte die Hände in die Hüften. »Ich kann mich verteidigen, frag Tyler.«

Er lächelte schief. »Meinst du den Tritt in die Eier? Stimmt, gar nicht so übel.«

Ungläubig starrte ich ihn an. »Du hast das gesehen? Du hast zugesehen und nichts unternommen?«

»Warum sollte ich? Du kamst doch gut klar.«

»Du verdammter Mistkerl. Du bist nicht besser als mein Vater.«

»Gut, du bist wütend, dann schlag endlich zu.«

Und ich schlug zu. Meine Fäuste prasselten auf seine Brust, seinen Bauch, seine Oberarme, aber Kieran blieb ruhig stehen. Er taumelte weder zurück, noch wehrte er sich. Ich holte erneut aus, schlug, hämmerte mit den Fäusten auf ihn ein und als ihn nichts davon zu beeindrucken schien, stieß ich beide Hände mit einem Ruck gegen seine Brust und drückte mit meinem ganzen Gewicht zu. Mit einem lauten Knall landete er auf dem Boden. Ich zögerte keine Sekunde, setzte mich auf ihn und beugte mich herunter, bis sich unsere Lippen fast berührten. »Ich kann mich wehren, verstanden?« Mein Atem ging stoßweise, jeder Muskel in meinem Körper brannte, aber ich fühlte mich gut. Befreit und hungrig. Langsam bewegte ich meine Hüften vor und zurück und schloss die Augen, als ich seinen Ständer zwischen meinen Beinen spürte. »Nimm mich.«

Es war still. Ich hörte seinen schnellen Atem und ließ die Hüften in kleinen Bewegungen kreisen. Zwischen meinen Beinen fühlte ich die Feuchtigkeit. Ich wollte ihn. Mehr als alles andere.

Kieran zog mich an den Haaren zu sich, küsste mich fordernd. Ich schob sein Shirt nach oben, leckte über die Muskeln seines Bauches, doch gerade, als meine Hände zum Bund seiner Hose wanderten, schob er sie zurück. »Geh nach oben, zieh dein Prinzessinnenkleid an.«

Kapitel 18

KIERAN

Vorsichtig stieg sie die Treppe, die mit ihren abgeplatzten Ecken nicht sehr vertrauenswürdig wirkte, nach oben. Mit jedem Schritt schwang das weiße Kleid, das mit Rüschen und Spitzen dekoriert war, um ihre Beine. Es reichte bis unter die Knie und verdeckte das meiste ihrer Haut. Beim Gedanken an das, was darunter lag, bäumte sich mein Schwanz erneut auf. Mit aller Willenskraft hatte ich mich gezwungen, sie nicht zu ficken, obwohl jede Faser in meinem Körper danach verlangte.

Sie drehte den Kopf ein Stück herum und sah mich über die Schulter hinweg an, in ihren Augen lag Nervosität, trotzdem setzte sie einen Fuß vor den anderen und stieg die mit Samt bespannte Treppe weiter hoch. Das Rot des Teppichs war verblichen. Eine dünne Schicht Moos wuchs darauf, alles war verwildert. Genau nach meinem Geschmack.

Trouble wusste nicht, was ich vorhatte, aber sie vertraute mir. Nur deshalb hatte sie das verhasste Kleid angezogen und war bereitwillig in meinen Wagen gestiegen, um am späten Abend mit mir zu dem alten Theater zu fahren.

Als wir oben ankamen, blieb sie auf dem Treppenabsatz stehen und zögerte.

Ich legte eine Hand auf ihren Rücken und schob sie in den Saal. Das Theater stand seit mehr als zwei Jahren leer, ich kannte es von einem Kampf. Schon damals hatte mir die Atmosphäre gefallen.

Die Sitzreihen waren vollständig erhalten, selbst der Balkon mit seinen Logenplätzen stand noch. Nur das Geländer mit seinen Ornament-Verzierungen hing auf einer Seite herab. Es roch nach Moos und Regen, der Stuck an der Decke bröselte bereits von der Witterung, die sich an den Mauern zu schaffen machte.

»Was machen wir hier?«

Ich antwortete nicht, nahm ihre Hand und zog sie hinter mir her, bis wir das Parkett erreichten. Unsere Schritte hallten durch das Gemäuer und verdammt, es machte mich härter. Wir waren alleine, ich konnte mit ihr tun, was ich wollte.

Ich dirigierte sie die Treppe an der Seite der Bühne nach oben, griff ihre Hüften und hob sie hoch. Bevor sie den Mund öffnen konnte, um weitere, unnötige Fragen zu stellen, nahm ich ihre Unterlippe zwischen die Zähne, saugte daran und knetete ihren Arsch. Farren stöhnte auf. Gierig schob sie ihre Zunge in meinen Mund und spielte mit meiner. Ein heißer Schauer jagte von meinem Oberkörper in die Leistengegend.

Ich presste ihren Rücken gegen die Wand, knetete mit einer Hand ihre Brust und sah sie an, während ich die andere zwischen ihre Beine schob und meinen Daumen in kreisenden Bewegungen in Höhe ihrer Klit über dem Slip gleiten ließ. Noch nie hatte sich etwas besser angefühlt.

Fuck, so verdammt heiß.

Sie stöhnte, biss sich auf die Lippe und drückte in kreisenden Bewegungen, die mich fast um den Verstand brachten, ihr Becken gegen meine Hand.

»Der Dreck macht dich an.«

Ein Lächeln umspielte ihre Lippen. »Alle haben mich immer für ein braves Mädchen gehalten«, flüsterte sie gegen meinen Hals. »Aber niemand weiß, wer ich wirklich bin. Ich will nicht mehr die Brave spielen.«

Fuck.

Sie öffnete den Reißverschluss meiner Hose und schob sie mitsamt der Shorts nach unten. Mein Schwanz ragte steil auf den Bauch, als sie ihn mit einer Hand umfasste. Sie sah mir in die Augen und ich spürte sie überall. Von dem braven Mädchen war schon jetzt nichts mehr übrig. Mit sanften Auf- und Abbewegungen streichelte sie ihn und ich spürte, wie er härter und härter wurde. Mein Herz klopfte schnell. In Gedanken hatte ich mir diesen Moment unzählige Male vorgestellt, aber in Realität war es tausendfach besser. »Mach schmutzige Sachen mit mir, Kieran.«

»Willst du, dass ich dich ficke? Im Dreck?«, flüsterte ich.

Sie nickte, öffnete den Mund und bewegte ihre Hand schneller um meinen Schwanz, aber ich packte ihr Handgelenk und hielt es fest. »Hör auf damit, du hast mich lange genug wahnsinnig gemacht.«

»Zeig mir wie wahnsinnig«, sagte sie atemlos.

Ich griff in meine Hosentasche, zog ein Kondom heraus und riss die Verpackung mit den Zähnen auf. Als ich es überstreifte, wanderte ihre Zunge über meinen Hals. Verdammt, ich wollte in ihr sein. Sie spüren, wie ich es mir schon lange vorgestellt hatte.

Farren griff nach meinem Shirt, zog es über meinen Kopf und warf es auf den Boden. So schnell ich konnte, zog ich ihren Slip nach unten und schob das Kleid weiter hoch, bis ihr Bauch ein Stück frei lag. Ich fühlte ihre Hitze und Nässe an meiner Schwanzspitze und als ich ihn über ihre Klit gleiten ließ, wölbte sie ihren Rücken und schlang ein Bein um meine Hüfte. »Ich will dich spüren.«

»Mach die Beine breit.« Ich wusste, wie scharf sie mein Befehlston machte, und wie zur Bestätigung brachte sie mir ihr Becken entgegen. »Sag es.« *Nimm es dir.*

»Fick mich endlich«, stöhnte sie. Es war genau das, was ich hören wollte. Sie hatte keine Angst mehr, sie stand zu dem, was sie wollte.

Ihr Selbstbewusstsein turnte mich fast mehr an, als ihr Körper. Ich konnte nicht mehr an mich halten. Langsam, Zentimeter für Zentimeter schob ich meinen Schwanz in ihre enge, gierige Pussy, fühlte, wie sie sich mir anpasste. Sie war so verdammt warm und eng. Mein Herz hämmerte gegen den Brustkorb.

»Oh Gott, ja.« Sie schlang die Arme um meinen Nacken, presste ihre Lippen gierig gegen meine und als ich die Zunge in ihren Mund schob und sie hart küsste, erstickte ihr Stöhnen und ging in ein Wimmern über.

Ich hielt mich nicht länger zurück, zerriss das Kleid über ihrer Brust. Mit harten Stößen rammte ich in sie, presste sie mit meinem ganzen Körper gegen die Wand und beobachtete ihre festen Titten, die mit jedem Stoß im Takt auf- und ab wippten.

»Genauso, Baby«, flüsterte ich gegen ihren Hals, griff ihr linkes Bein unter dem Knie und schlang es um meine Hüfte. »Gefällt dir das?«

Farren öffnete die Augen. Ihr Blick war abwesend. »Ja, hör nicht auf.« Sie krallte ihre Nägel in meinen Nacken, passte sich meinem Rhythmus an und kniff die Augen zusammen, als ich sanft an ihrer Unterlippe saugte. »Oh Gott, Kieran. Ja.«

Ich stand kurz davor. Mein Schwanz pulsierte, Schweiß lief über meine Stirn und ich versuchte, mich zusammenzureißen, um nicht sofort abzuspritzen. *Noch nicht.*

Farrens Stöhnen wurde lauter. Es hallte durch das leere Gebäude und vermischte sich mit den Geräuschen unserer aufeinanderprallenden Haut und meinem Atem. Mit beiden Händen griff ich ihren Arsch, ließ sie auf den Boden sinken und fickte sie weiter. Es war wie ein Rausch, besser als jede Party. Dieser Moment gehörte nur uns. Immer härter und schneller stieß ich in sie. »Oh Gott, ja. Ja«, schrie sie und krallte sich in meinen Rücken. Die Muskeln in ihrer Pussy krampften sich um meinen Schwanz zusammen und zogen mich tiefer in sie. Die Reibung wurde so stark, dass ich das Gefühl hatte, zu explodieren. Farrens Beine zitterten, sie atmete schwer und ich hielt es nicht mehr aus. Ich zog ihn heraus, zerriss das Kondom und meine Bauchmuskeln spannten sich an, mein Herz raste, als ich meinen Saft auf ihren Bauch spritzte und aufstöhnte. Weder Ty, ihre Mutter oder mein Vater konnten sie mir noch wegnehmen. Farren gehörte zu mir und auch, wenn es mir Angst machte, ich gehörte zu ihr.

»Ich denke, die süße Prinzessin ist Vergangenheit«, sagte ich und nahm mein Shirt, um ihren Bauch sauberzumachen.

»Das war ich noch nie, du hast mich nur immer so gesehen«, sagte sie und streckte mir ihre Lippen entgegen. »Wir sollten das unbedingt wiederholen.«

Ich lachte. Typisch Trouble.

Staub und Schutt hatten das Weiß ihres Kleides in ein fleckiges Grau verwandelt. Über ihrer Brust hing der Stoff in Fetzen und die Haare klebten an ihrer schweißnassen Stirn. Sie sah aus wie das Opfer einer Gewalttat, aber dem Strahlen nach, das sich auf ihrem geröteten Gesicht ausbreitete, fühlte sie sich alles andere als wehrlos.

Den ganzen Tag hatte ich immer wieder auf die Uhr gestarrt und gehofft, dass die Stunden, bis ich Farren wieder in meine Arme nehmen konnte, schnell vergingen. Selbst wenn ich spießige Regeln verabscheute, ich trug Verantwortung für die Firma. Einer der Nachteile, wenn man erwachsen war. Ich drückte aufs Gas. Doch gerade, als ich auf die Abfahrt Richtung Downtown Miami fuhr, klingelte mein Handy.

»K?« Der nervöse Klang von Harlans Stimme gefiel mir nicht. Harlan aus der Fassung zu bringen, war so gut wie unmöglich.

»Was ist los?«

»Ty, er dreht durch, du musst kommen.«

»Wo seid ihr?«, fragte ich, während ich die Abfahrt nahm, den Mustang wendete und zurück auf den Highway fuhr.

»Black Dagger.«

Ich trat das Gaspedal bis zum Anschlag herunter. »Ich bin auf dem Weg, versuch, ihn zu beruhigen.«

»Schon mal versucht, 'ne Atombombe aufzuhalten?«

Ich legte auf, überholte zwei Wagen auf der rechten Spur und rief Farren an, um ihr zu sagen, dass ich später kommen würde.

Als ich die schummrige Bar betrat, ging gerade die Sonne unter. So viel zu einem heißen Abend mit Trouble.

Nine Inch Nails' *Closer* spielte im Hintergrund und der Geruch von Zigaretten und Bier stieg in meine Nase. Ein paar Typen spielten Billard, sie blickten von ihren Queues auf, nickten mir kurz zu und widmeten sich wieder den Kugeln.

An der Bar erkannte ich Harlan und Elisha. Elisha hob die Hand, während Harlan auf mich zukam und mir auf die Schulter klopfte. »Danke.«

»Wo ist er?«, fragte ich und sah mich um, doch die Frage erübrigte sich, als die Tür zum Hinterzimmer aufging und Tyler sich mit einem Glas Whisky in der Hand an die Bar setzte.

»Wenn man vom Teufel spricht«, sagte Harlan. »Reißt euch zusammen, okay? Wegen des Idioten stehen wir knapp vor einem Hausverbot. Ich konnte zweihundert an Joe abdrücken, weil Ty randaliert hat.«

»Vielleicht hättest du mich dann besser rausgehalten.«

Harlan verschränkte die Arme vor der Brust. »Wegen dir haben wir doch jetzt erst das Theater. Du hättest die Kleine nie mitbringen sollen.«

»Jeder von euch hat in all den Jahren wie viel Mädchen angeschleppt?«, fragte ich ihn, ohne meinen Blick von Tys Rücken abzuwenden. Ich wusste nicht, was vorgefallen war, aber wenn er plötzlich durchdrehte, wollte ich vorbereitet sein. »Und dann bringe ich eine mit und bin schuld, wenn er ausrastet?«

Harlan atmete tief ein. »Tut mir leid, du hast ja recht. Rede einfach mit ihm. Ich mache mir Sorgen.«

Er klopfte mir noch einmal auf die Schulter, winkte Elisha zu, der sich von seinem Barhocker erhob, und die beiden verschwanden an einen Billardtisch in der hintersten Ecke. Sie waren klug genug, sich fernzuhalten.

»Hey«, begrüßte ich Ty und setzte mich auf den Barhocker rechts von ihm.

»Was willst du hier?«

Ich nickte dem Barkeeper zu, bestellte ein Bier und zündete mir eine Kippe an. »Was war wieder los?«, fragte ich und deutete mit dem Kopf auf die blutende Schnittwunde, die sich von seinem linken Augenwinkel bis zur Wange zog.

Ty trank einen Schluck und leckte sich über die Lippen. »Was geht's dich an?«

»Wir sind Freunde, was soll die Frage?«

»Dachte ich auch«, sagte er und lachte bitter. »Aber sorry, ich stelle keine Pussy über meine Freunde.«

Ich blies Rauch in die Luft und nahm einen neuen Zug. Schon jetzt ging mir dieses Gespräch auf die Eier.

»Geht's hier um dich oder mich?«

Er warf mir einen eisigen Blick zu. »Du machst einen Aufstand, weil ich sie ficken will, haust von deiner Party ab, die sie ruiniert hat, und legst dich mit mir an, sobald das Thema auf sie kommt, aber natürlich ist das mein Problem.«

»Ich dachte, wir hätten das geklärt.«

»Du verlierst den Fokus aus den Augen«, sagte er und bestellte sich Whisky nach. »Sie ist es nicht wert. Frauen findet man in jeder Bar, bei jedem Kampf, aber wir haben nur uns.«

Ich wusste, was er meinte, auch wenn die Dinge sich für mich geändert hatten. Keiner von uns besaß Familie. Nicht in dem Sinne, wie es sein sollte. Harlans Mutter hatte ihn mit vier Jahren ausgesetzt, er war in Pflegefamilien aufgewachsen, die ihn schnell wieder loswerden wollten, als sie merkten, dass er ein Autoritätsproblem hatte.

Elishas Eltern interessierte es nicht, wenn er mit blauen Flecken von der Schule kam. Sie überließen ihn sich selbst.

Ty hatte am meisten Pech gehabt. Als er dreizehn war, hatte seine Mutter beschlossen, dass es weniger einsam war, wenn man seinen Sohn als Bettgesellen benutzte. Von da an hatte sie sich regelmäßig an ihm vergangen. Als er sich mit sechzehn endlich wehrte und sie krankenhausreif schlug, war das der Anfang vom Ende gewesen. Er hatte mehr Geburtstage im Knast verbracht als draußen.

Ich mit meiner verschwundenen Mutter und dem geilen Bastard von Vater hatte noch Glück, doch uns allen fehlte etwas Wichtiges. Etwas, das wir uns in der Gemeinschaft zurückgeholt hatten. Anerkennung, Respekt, Wertschätzung. Kontrolle über unser Leben. Bisher gab es nur uns.

»Es wird sich nichts ändern. Ich hab keine Ahnung, ob es mit Farren und mir gut geht oder wie es weitergeht, aber ihr werdet immer wichtig sein.«

»Farren und dir? Ich dachte, du fickst sie nur.« Er rieb sich den Nacken. »Obwohl anfangs ja noch nicht mal davon die Rede war.«

Ich atmete laut aus und ballte die Fäuste, bis meine Knöchel weiß wurden. »Es hat sich entwickelt. Ich bin dir keine Rechenschaft schuldig.«

»Machst du jetzt einen auf monogam?«

»Es ändert sich nichts an unserer Freundschaft, verstanden?«

Ich klopfte Tyler auf die Schulter und stand auf, weil ich ihm Zeit geben wollte, um damit klarzukommen. »Wenn was ist, kannst du dich auf mich verlassen, aber lass die Finger von ihr. Wenn du sie noch einmal anfasst, reiße ich dir persönlich die Eier ab. Farren gehört zu mir, du weißt, was das bedeutet.«

Im Vorbeigehen nickte ich Harlan und Elisha zu, die gegen den Billardtisch gelehnt standen und sich unterhielten.

»Habt ihr alles geklärt?«, rief Harlan mir hinterher.

»Ich hoffe es«, sagte ich und verließ das Black Dagger. Der einzige Mensch, den ich jetzt sehen wollte, wartete in Miami auf mich und es lagen noch zwei Stunden Fahrt vor mir.

Die Haare fielen über ihre Schultern, als sie sich auf den Bauch drehte, die Beine in die Luft streckte und mich ansah. Ich ließ meinen Handrücken über die weiche Haut ihres Rückens gleiten und küsste Farrens Nacken. »Hast du schon genug oder schaffst du noch eine Runde?«, fragte ich und grinste, als ich den Blick über den Fußboden schweifen ließ. Kondompackungen lagen darauf verteilt. Wir hatten bereits vier Runden hinter uns. Letzte Nacht, als ich aus Cape Coral zurückgekommen war, das Gleiche. Nachdem sie aus der Schule gekommen war, hatte sie keine Sekunde gezögert, mir die Klamotten vom Leib gerissen und mich nach oben gezerrt. Aber auch ich bekam nicht genug von ihrem Körper, ihren Schreien und dem abwesenden Blick, mit dem sie mich ansah, wenn ich in ihr war und sie vögelte. Sie vertrug mehr, als ich dachte.

Farren drehte den Kopf zur Seite, ihre Augen schimmerten feucht.

Ich setzte mich aufs Bett und zog sie in meine Arme. Ihre Wange ruhte auf meiner Brust und ich spürte ihre Tränen auf der Haut.

»Was ist los, Baby?«

»Tut mir leid, dass ich die Stimmung ruiniere«, sagte sie und hob den Kopf. »War nur alles etwas viel. Mein Dad meldet sich nicht, ich hab Angst, was als Nächstes passiert, und ich muss immer an Albus denken.«

Natürlich waren die Ereignisse der letzten Tage nicht spurlos an ihr vorbeigegangen, ich hatte nur gehofft, sie genug ablenken zu können, damit sie nicht zu oft daran dachte. Auch ich hatte seit einiger Zeit nichts von meinem Vater gehört, was mich nicht beunruhigte, nur wunderte. Er hatte den Gorilla, wenn auch nicht freiwillig, abgezogen, aber ich kannte ihn, mein Vater war nicht der Typ, klein beizugeben und sich in seine Angelegenheiten reinreden zu lassen. Mit dem Zeigefinger strich ich über ihre Wange und wischte die Tränen weg.

»Egal, was kommt, ich bin hier.«

Ein zaghaftes Lächeln umspielte ihren Mund. »Du glaubst nicht, wie gut sich das anfühlt.«

Doch, tue ich.

Sie schmiegte sich dicht an mich, küsste meine Brust und schlang das linke Bein über meine Hüften. »Ich mag dich ziemlich gerne, wenn du kein Arsch bist.«

»Ich mag dich auch, Trouble.«

»Ziemlich?«

Ich lachte und küsste ihre Stirn. Sie war atemberaubend. »Wir sollten heute Abend was unternehmen.«

»Ich muss noch lernen. Obwohl ich nicht mehr genau weiß, warum ich mir solche Mühe gebe, die Firma ist wohl Geschichte.«

»Ich dachte, du willst sie nicht mehr.«

Sie ließ einen Finger über die Piercings meiner Brustwarzen gleiten und schüttelte den Kopf. »Nicht so, wie es jetzt ist. Nicht mit meiner Mutter in der Nähe.«

»Dein Vater, du sagst, er hat geahnt, was bei euch abging, aber dann ruft er nicht mal an und fragt, wie es dir geht? Deine Eltern sind scheiße.«

»Dein Vater ist auch nicht besser.« Sie zuckte mit den Schultern. »Schätze, Dad wollte es nicht sehen. Wenn man die Augen verschließt, dann ist es nicht real, so in der Art. Kenne ich irgendwie.«

»Du nimmst ihn noch in Schutz?«

»Nein. Ich will damit nur sagen, dass er kein schlechter Mensch ist.«

Alle drehten durch. Die Jungs. Sie. Während in meinem Kopf Chaos herrschte. Es lag nicht nur an den Dingen, die um mich herum passierten, vor allem lag es an ihr. An dem, was ich fühlte, wenn sie in meinen Armen lag, wie mein Puls raste, wenn sie mich ansah oder ich daran dachte, sie in wenigen Wochen wieder zu verlieren. Ich brauchte Ordnung. Eine Richtung, auf die ich mich verlassen konnte.

»Ich würde heute gerne mit dir und den Jungs wegfahren«, wechselte ich das Thema und lächelte über den erstaunten Ausdruck, der sich auf ihrem Gesicht ausbreitete. »Ihr solltet euch besser kennenlernen.«

Vielleicht war es eine gute Möglichkeit, Frieden zu schließen. Ty und die anderen würden sehen, dass sie keine Bedrohung für unsere Freundschaft darstellte, und Farren wäre abgelenkt.

Sie setzte sich auf und zog die Decke über ihre Brüste. »Deine Freunde und ich? Harlan hasst mich und Tyler ist ein Psycho. Der Einzige, der bisher nicht vollkommen durchgedreht ist, ist Elisha und selbst bei ihm bin ich mir nicht sicher, was hinter seinem Dauergrinsen steckt.«

Ich schob die Decke bis zu ihrem Bauchnabel nach unten und legte eine Hand auf ihre Brust, während ich meine Lippen über ihren Hals gleiten ließ. Sie roch so verdammt gut und das Kichern, das aus ihrem Mund kam, als ich ihr ins Ohr schnaufte, klang wie Musik. Etwas, an das ich mich gewöhnen könnte. »Er grinst, weil er dich mag«, flüsterte ich und saugte an ihrem Ohrläppchen. »Und Harlan hasst dich nicht, er macht sich nur Sorgen.«

»Und was ist Tylers Ausrede?«

»Er hat Augen im Kopf. Hast du dich mal angesehen? Du bist nicht nur heiß, sondern auch klug.« Ich ließ eine Hand nach unten über ihren Bauch gleiten und spreizte ihre Beine. »Du kannst tatsächlich nett sein und, Baby, du machst mich rasend, wenn du kommst.«

»Ich glaube ...« Sie stöhnte auf, als ich einen Finger in sie schob und ihn langsam vor und zurückbewegte. »Von Letzterem hat er keine Ahnung.«

Ich drängte ihre Beine weiter auseinander, ließ meinen Daumen in langsam kreisenden Bewegungen über ihre nasse Klit gleiten und biss sanft in ihren Hals. »Das hoffe ich für dich.«

Kapitel 19

FARREN

Die Reifen quietschten, es roch nach verbranntem Gummi, als die Wagen von der Startlinie schossen, sich nebeneinander auf der unebenen Fahrbahn drängten und bald darauf in einer dichten Staubwolke verschwunden waren. Aus den Boxen, die an der Strecke verteilt standen, plärrte Korn's *Rotting in Vain* und ich starrte gebannt auf die riesigen Leinwände, die das Rennen übertrugen, damit die Zuschauer nichts verpassten.

Aus der Ferne hörte ich ein Gewitter anrollen, aber nur der zunehmende Wind, der mir die Haare ins Gesicht pustete, und die schwüle Elektrizität, die die Abendluft durchzog, waren die einzigen Veränderungen. Ich liebte Gewitter.

Ich liebte die schwere Luft, bevor die ersten Blitze am Himmel zuckten, oder das Geräusch des Donners. Es versetzte mich in Euphorie. Als ob jede Zelle meines Körpers vor Energie glühte.

»Gefällt's dir?«, fragte Kieran, als er die Arme um meine Hüften legte und mich gegen seine Brust zog. Er stand mit Harlan und Tyler hinter mir, während Elisha rechts von mir stand und Witze riss. Ich legte den Kopf in den Nacken und genoss das Gefühl, im Arm gehalten zu werden.

»Es ist super«, sagte ich und streichelte über ein Tattoo, das sich wie eine Kette um seinen Arm schlängelte und am Ende mit einer Schlange verschmolz.

Ich war nervös. Harlan hatte mich kaum begrüßt und Tylers eisige Blicke, die er mir schon auf der Fahrt zugeworfen hatte und die ich jetzt in meinem Rücken spürte, machten es nicht einfacher. Nur Elishas Witzen und seinem Charme war es zu verdanken, dass ich nicht völlig durchdrehte. Ich wollte es mir mit seinen Freunden nicht verscherzen. Nicht mit Harlan und Elisha.

Ich zupfte eine Strähne hinter meinem Ohr hervor, zwirbelte sie um meinen Zeigefinger und stellte mich von einem Bein aufs andere.

»Die fressen dich nicht, weißt du«, sagte Elisha mit einem einnehmenden Lächeln im Gesicht.

»Sie sehen mich aber so an.«

Neben mir brachen die Zuschauer in rasenden Applaus aus, als ein oranger Mitsubishi Eclipse dicht gefolgt von einem schwarzen Porsche um die Kurve schoss, an uns vorbeiraste, um Augenblicke später wieder in der Ferne zu verschwinden.

Aus dem Augenwinkel sah ich, wie Elishas Schultern auf und ab wackelten. »Rede mit Harlan, er ist in Ordnung und Ty … na ja, solange du nicht mit ihm alleine bist, sollte dein Arsch in Sicherheit sein.«

»Scherzkeks.« Ich warf ihm einen mürrischen Blick zu, der ihn aber nicht davon abhielt, mich weiter anzugrinsen.

Als vier Autos gleichzeitig angerast kamen, hob ich den Kopf und griff Kierans Arm fester. Ein giftgrüner Wagen lieferte sich ein Kopf-an-Kopf-Rennen mit einem schwarzen Fahrzeug, dessen Türen leuchtend rote Flammen zierten. Sie hatten die Ziellinie fast erreicht, als der Fahrer des grünen Wagens noch einmal Gas gab, die Reifen durchdrehten und sein Auto nur knapp gefolgt von dem schwarzen Wagen das Ziel erreichte.

»Woo hoo!«, schrie jemand hinter mir, aber es ging fast in den Jubelschreien der Menge unter.

Nachdem wir uns den Weg durch die Massen gebahnt und Kieran meine Hand keine Sekunde losgelassen hatte, schlug Elisha vor, zu Kierans Apartment nach Cape Coral zu fahren, um dort noch etwas zu trinken.

Ich saß auf der Rückbank von Kierans Mustang und hielt die Arme in meinem Schoß, immer darauf bedacht, keine unüberlegte Bewegung zu machen. Rechts saß Tyler, seine Arme ruhten rechts und links auf der Rückenlehne. Er würdigte mich keines Blickes. Links spürte ich Harlans Schulter, die sich gegen meinen Arm drückte.

Kieran sah mich im Rückspiegel an und zwinkerte. Er hatte es garantiert mit Absicht eingefädelt, dass die Jungs ohne ihre Wagen auftauchten. So bekam niemand die Chance auf Rückzug. Ich richtete meinen Blick geradeaus, starrte auf die schwarze Straße, die nur durch das gelegentliche Auftauchen von Laternen beleuchtet wurde, und hoffte, Kieran hielt nicht weitere Foltermethoden parat. Viel lieber wollte ich mit ihm alleine sein.

Mein Herz schlug schneller, als ich an den Nachmittag und die Nacht im Theater dachte. Kieran war zu einem Anker für mich geworden. Es war nicht nur sein Körper oder die Art, wie er mit mir sprach, mir zuhörte oder mich herausforderte, wenn es nötig war. Er brachte etwas in mir zum Vorschein, das sich so gut anfühlte wie nichts zuvor.

»Hey«, sagte Elisha und drehte seinen Kopf in unsere Richtung, als endlich Cape Corals Skyline in der Ferne auftauchte. »Wusstet ihr, dass Farren 'nen Bitchfight mit Mom hatte?« Er lachte.

Meine Arme spannten sich an. Hätte ich ihm doch nichts davon gesagt. Neben mir lachte Tyler. Ich riss den Kopf herum.

»In letzter Zeit lässt du die Fäuste sprechen.«

»Oder die Knie.«

»Denk nicht, ich habe das vergessen.«

Schnell richtete ich meinen Blick wieder aus dem Fenster. In einiger Entfernung zuckte ein Blitz durch den schwarzen Nachthimmel. Tyler und ich würden keine Freunde werden. Von ihm bekam ich Gänsehaut.

Als wir die fünfzehnte Etage von Kierans Hochhaus erreichten und den Fahrstuhl verließen, hallten Stimmen und Gelächter durch den Flur. Kieran kniff die Augen zusammen.

»Die Stimmung war mies«, sagte Tyler und zuckte mit den Schultern. »Ich hab ein paar Leute angerufen.«

Dass er gnadenlos untertrieb, zeigte sich, als wir um die Ecke bogen.

Vor Kierans Apartment tummelten sich geschätzt sechzig Leute. Kerle, einige stärker tätowiert als Kieran und Tyler, Mädchen in knappen Röcken, die Bierflaschen in den Händen hielten, und ein paar gefährlich aussehende Typen mit Bikerjacken, die mich an Tylers Bluthunde erinnerten. Kieran schüttelte den Kopf. »Super, Ty.«

Er nahm meine Hand und zog mich mit sich. Die Leute klopften ihm auf die Schulter, manche begrüßten die Jungs mit Handschlag und nickten mir zu. Als ich sie sah, drehte sich mein Magen um. Janet trug hautenge Jeans, dazu ein Top, das über den Brüsten spannte, und kniehohe Stiefel. Sie sah aus, als nähme sie fünfzig Dollar pro Stunde. Sie zwinkerte Kieran zu, als wir an ihr vorbeigingen. »Hi Janet«, begrüßte er sie knapp.

Janet. Der Abend konnte kaum besser werden.

»Danke für die Einladung«, sagte sie leise, als ob ich es nicht hören sollte.

Kieran warf Tyler einen kalten Blick zu, als wollte er ihm an den Hals gehen. »Und sie musstest du natürlich auch einladen, ja?«

Tyler lächelte. »Wir hatten doch immer Spaß. Die verträgt was.«

Mir wurde schlecht. *Sie ist keine Konkurrenz. Wessen Hand hält er? Bleib cool.* »Mir gefällt nicht, dass sie hier ist.«

Kieran beugte sich zu mir herunter und küsste meine Stirn. »Gönn Ty den Spaß, vielleicht kommt er dann mal runter.«

Ich atmete tief durch, versuchte, den unangenehmen Gedanken daran, sie den ganzen Abend sehen zu müssen, beiseitezuschieben und folgte ihm.

Er war mit mir hier, er wollte, dass ich mich mit seinen Freunden verstand. Ich bedeutete ihm etwas.

Sobald Kieran die Tür aufgeschlossen hatte und das Licht anschaltete, strömten sie in seine Wohnung. Sie verteilten sich, jemand stellte die Anlage ein, drehte die Lautstärke hoch, bis die Bässe durch das Apartment wummerten und der Boden vibrierte.

Elisha und Harlan drängten sich durch die Menge. Schon bald verlor ich sie aus den Augen.

»Da bist du ja.« Ohne mir Beachtung zu schenken, drängte sich Janet zwischen Kieran und mich, legte die Arme um seinen Nacken und versuchte, ihn zu küssen, als er sie von sich schob und meine Hand nahm. Rechtzeitig, denn in Sekundenschnelle war Wut in mir hochgestiegen. *Miststück!*

»Du kennst Farren noch?«, fragte er und legte einen Arm über meine Schulter.

Demonstrativ schmiegte ich meinen Kopf an seinen Arm und grinste sie an. »Hi Janet. Du siehst irgendwie verloren aus. Vielleicht bräuchtest du einen Babysitter.«

Sie kniff Augen und Lippen zusammen, streckte die Brust heraus und nickte Kieran zu. »Du weißt ja, wo du mich findest, wenn du das Kleinkind satthast.«

Bevor ich etwas erwidern konnte, schwebte sie ab.

»Du kennst so nette Leute.«

»Kleine Biester gefallen mir viel besser. Ich rede kurz mit Ty«, sagte er, gab mir einen Kuss auf die Wange und griff nach Tylers Kragen, als er an uns vorbeilief.

»Wir müssen reden.«

Kieran nickte mir zu und verschwand mit Tyler in eine Ecke am Fenster.

Das konnte länger dauern.

Ich nahm eine Flasche Bier von der Küchentheke und schaute mich um. Auf der Treppe standen drei Mädchen und tanzten, ein paar Typen jubelten ihnen zu.

Hoffentlich hatte Tyler kein Mädchen für ihre kranken Gangbangspiele bestellt.

Ich trank einen Schluck, schmeckte das Bier auf der Zunge und entspannte mich. Besser die Party als die gedrückte Stimmung mit den Jungs alleine. Vielleicht würde es sogar lustig, solange ich später mit Kieran alleine sein konnte. Er diskutierte noch immer mit Tyler, die beiden hatten offensichtlich auch ihre Probleme, kein Wunder, Tyler war ein Arschloch.

Als die Flasche leer war, beschloss ich, einige Dinge in Ordnung zu bringen.

Harlan saß breitbeinig auf der Couch, nippte an seiner Flasche Bier und sah einem Mädchen zu, das aufreizend auf dem Tisch vor ihm tanzte. Sie ließ die Hüften kreisen, streichelte über ihre Brüste und lächelte ihn anzüglich an.

»Können wir reden, bitte?«

Er wandte den Blick von ihr ab. Seine dunklen Augen ließen nie erahnen, was in ihm vorging. Als er nicht antwortete, setzte ich mich neben ihn. »Bitte, es ist mir wichtig.«

Er nickte dem Mädchen zu, half ihr vom Tisch und blickte ihr hinterher, als sie mit wiegenden Hüften davonlief.

»Ich weiß nicht, warum du so sauer auf mich bist, aber ich will keinen Streit mit euch.«

Harlan atmete tief aus und trank einen Schluck. »Ich bin nicht sauer. Es ist nur, seitdem du da bist, gibt es andauernd Stress. Du hast mitbekommen, was zwischen Ty und K abgeht, oder?«

Ich nickte. »Und es tut mir leid. Wenn ich gewusst hätte, dass Kieran und ich … Dass wir.«

Zusammenkommen? Was war das mit uns?

»Dass ihr was?«

»Dass sich was zwischen uns entwickelt.« Ich hielt seinem bohrenden Blick stand und hob den Kopf. »Dann wäre ich nie mit Tyler zum Kampf gegangen. Ich will mich nicht zwischen euch drängen.«

Harlans Mundwinkel zuckten leicht. Er verdrehte die Augen. »Als ob du Fliegengewicht das schaffen würdest. Wir könnten dich zwischen zwei Fingern zerquetschen.«

Harlan besaß Humor? Das war neu. »Dann ist alles gut mit uns?«

»Ich will nur nicht, dass er wieder durchdreht. Kieran ist mein bester Freund, er hat seine Probleme, da braucht er nicht noch mehr.«

»Meinst du wegen seiner Mom?«

Harlan legte die Stirn in Falten. »Davon hat er dir erzählt?«

»Ja. Auch vom Gefängnis und wie ihr euch kennengelernt habt.«

»Bisher hat er mit niemandem außer mir darüber gesprochen.«

»Dann kann ich mich wohl geehrt fühlen. Kieran wollte, dass wir alle was zusammen unternehmen, sonst wäre ich nicht mitgekommen. Du hast mir fast mehr Angst als Tyler gemacht.«

Zum ersten Mal lachte er. Die Anspannung fiel von mir ab und ich entspannte die schmerzenden Muskeln in den Handflächen, die ich die ganze Zeit in meinem Schoß zusammengepresst hatte.

»Dann gehst du nicht zurück nach New York?«

»Ganz ehrlich, ich habe keine Ahnung. Im Moment geht alles drunter und drüber.«

»Deine Mutter, hatte sie's verdient?«

Ich nickte.

»Gut, dann haben sich seine bescheuerten Methoden wenigstens ausgezahlt.«

»Kann man so sagen, auch wenn ich ihn dafür verflucht habe.« Ich stand auf. »Danke, Harlan.«

Er hob die Flasche und prostete mir zu. »Und wenn Ty noch mal was versucht, sag Bescheid.«

Mein Körper fühlte sich plötzlich leichter an. Ich lächelte Harlan an und machte mich auf die Suche nach Kieran. Elisha und Harlan hinter mir zu haben, fühlte sich großartig an. Vor einem Jahr war ich mit nichts hergekommen, nichts außer Komplexen und Ängsten und jetzt hatte ich mehr, als ich mir je erträumt hatte, auch ohne die Firma. Ich drängte mich an den tanzenden Leuten vorbei, nahm mir eine Flasche Wasser aus dem Kühlschrank und reckte den Hals. Wo steckte er nur? Auch Tyler war verschwunden. Als ich Elishas dunkelblauen Hoodie in der Menge entdeckte, ging ich zu ihm und klopfte auf seine Schulter.

»Hey, hast du Kieran gesehen?«

Er schüttelte den Kopf. »Nein, aber solange wir keine Schreie hören, solltest du dir keine Sorgen machen.« Er grinste mich an und verschwand wieder zwischen den Leuten.

»Farren.«

Ich fuhr herum. Mit einer Zigarette, die er zwischen Daumen und Zeigefinger hielt, stand Tyler vor mir. Der Ausdruck in seinen Augen gefiel mir noch weniger als sonst. Ich stemmte die Hände in die Hüften. »Was gibt's?«

»Gefällt dir die Party?«

»Ohne dich würde sie mir besser gefallen.«

Er lachte freudlos, zog an der Zigarette, deren Ende orangerot glühte und blies den Rauch in die Luft. »Suchst du K?«

»Hast du ihn gesehen?«

»Vor allem gehört.«

»Was soll das heißen?«

Tyler lehnte sich zu mir und ich roch das Deo auf seiner Haut. Seine Lippen kamen meiner Wange gefährlich nah und ich wich einen Schritt nach hinten. »Er ist mit Janet beschäftigt. Klingt, als gefällt's. Sie schreit sich oben die Seele aus dem Leib.«

Ich erstarrte. Meine Arme verkrampften sich. Tyler log. Er wollte mich nur verletzen. Natürlich, er verabscheute mich genauso wie ich ihn.

»Wenn du mir nicht glaubst, geh nachsehen«, sagte er, als ob er Gedanken lesen könnte. »Bei ihr muss er sich nicht zurückhalten wie bei dir. Wenn du mir nicht glaubst, geh nachsehen.«

Er blies eine Rauchwolke in mein Gesicht und drehte sich um.

Obwohl die Lüge offensichtlich war, verkrampfte sich mein gesamter Körper und mein Magen fühlte sich wie mit Steinen gefüllt an. Auf wackeligen Beinen zwängte ich mich an den Leuten vorbei, stolperte beinahe über eine auf dem Boden liegende Bierflasche und stieg die Treppe nach oben. Hier oben war die Musik leiser als unten. Als ich die Hälfte der Treppe erreicht hatte, hörte ich plötzlich einen heiseren Schrei. Ich blieb stehen, grub die Finger in meine Beine und lauschte. Ein Mädchen stöhnte ekstatisch. »Ja. Oh Gott, genau da!«

Sie klang wirklich voll bei der Sache. Aber der Typ konnte jeder sein. Das Bett quietschte klischeemäßig im Takt der Bewegungen, die ziemlich heftig sein mussten, denn die Geräusche wurden lauter mit jeder Bewegung, die aus dem Zimmer klang. Ich hörte Haut an Haut klatschen und hielt mich mit einer Hand am metallenen Treppengeländer fest, unsicher, was ich tun sollte. Von hier oben konnte ich das Wohnzimmer besser überblicken und suchte in der Menge nach Kierans schwarzem Shirt oder Janets platinblonden Haaren, doch ich entdeckte sie nicht.

»Ah, fuck!«, schrie die Frau. »Kieran. Ich komme.«

Nein. Ich musste mich verhört haben. Mein Herz stolperte einen Moment, bei jedem neuen Schlag zog es schmerzhaft in meiner Brust. Nicht noch einmal wollte ich ihn mit einer anderen sehen. So schnell es meine Beine zuließen, rannte ich die Treppe nach unten, riss die Tür auf, zog das Handy aus der Tasche und rief ein Taxi.

Ich musste weg. Nach Hause, obwohl es keinen Ort für mich gab, dessen Bedeutung nur annähernd an diese Worte herankam.

Als ich aus dem Hochhauskomplex stürmte, die Härchen meiner Arme sich durch die schwüle Gewitterluft aufstellten und die verdammten Tränen über mein Gesicht liefen, wünschte ich mir für einen winzigen Moment meine Fassade zurück. Wut statt Tränen, unterdrückte Gefühle statt Schmerz, der mir das Herz zerfetzte. Aber die alte Farren gab es nicht mehr.

Ich ließ die Tränen fließen und wartete auf das Taxi. Kieran hatte mich zu der Person gemacht, die ich war. Selbst wenn er mich nicht wollte, dieses Gefühl konnte mir niemand mehr nehmen.

Irgendwo zwischen seinen Herausforderungen, den Kämpfen, dem wilden Leben, in das ich eingetaucht war, seinen Küssen und Worten war die schwache Farren begraben. Ich würde nicht zulassen, dass sie noch einmal gewann. Und dann traf mich eine andere Gewissheit. Der Schmerz, den ich empfand, war anders als der, den meine Mutter mir zugefügte, er war anders als jede Art von seelischem Schmerz, den ich je empfunden hatte. Denn noch nie zuvor war ich verliebt gewesen.

Kapitel 20

KIERAN

»Fuck!« Wieder und wieder rammte ich meinen Oberkörper gegen die verdammte Tür. Sie wackelte, sprang aber nicht auf. Ich lief in die hinterste Ecke der Vorratskammer, nahm Anlauf und stieß meine Schulter gegen sie. Ein dumpfer, heftiger Schmerz durchfuhr meinen Körper.

Mit einem Krachen riss das Holz an den Seiten aus und ich stolperte zurück ins Wohnzimmer, wo niemand etwas von der Aktion mitbekommen zu haben schien, denn sie tanzten, tranken oder machten weiter ihre Trockenfickübungen, ohne mir Beachtung zu schenken.

Ich ballte die Fäuste, sah mich um und entdeckte Ty an der Theke. Im Arm ein Mädchen, dessen Arsch er mit beiden Händen knetete. Er presste sie gegen seinen Schoß und ließ die Zunge über ihren Hals gleiten.

»Du Arschloch!« Als ich auf ihn zustürmte, sprang die Tussi mit einem Schrei beiseite. Ich kümmerte mich nicht um ihre Befindlichkeiten. Zuerst musste ich ihm die Fresse polieren.

Ich griff den Kragen seiner Kapuzenjacke, schleuderte ihn zur Seite. Mit einem Schrei wich ein weiteres Mädchen aus.

Tys Reflexe waren gut, er duckte den Kopf nach links, mein Schlag sauste an ihm vorbei und er holte aus und schlug seine Faust gegen meine Brust. Für einen Moment blieb mir die Luft weg, ich versuchte, tief durchzuatmen. In meiner Lunge brannte Schmerz auf.

»Du Wichser, was sollte das?« Ich holte erneut aus und landete den ersten Treffer in seinem Gesicht. Seine rechte Augenbraue platzte auf und ich schlug erneut zu, als er die Deckung nicht schnell genug wieder hochbekam.

»K, spinnst du?«, rief jemand hinter mir und riss mich weg von Tyler, als ich wieder meine Faust in sein Gesicht donnern wollte.

»Krieg dich ein, war Spaß.« Ty wischte mit dem Ärmel über seine blutende Augenbraue.

»Was ist los?« Harlan hielt mich noch immer am Shirt fest, als er sich neben mich stellte. »Warum gehst du auf ihn los?«

»Ty findet es witzig, Kindergarten zu spielen. Das Arschloch hat mich eingeschlossen.«

Harlan atmete genervt aus. »Ihr killt euch noch.«

»Wo ist Farren?«, fragte ich. Schon viel zu lange hatte ich sie alleine gelassen.

»Vor 'ner Weile war sie noch bei mir«, antwortete Harlan. »Sie hat dich gesucht.«

Tylers Blick verdunkelte sich. »Ist besser so, irgendwann bist du mir dankbar.«

»Was hast du gemacht?« Bevor Harlan reagieren konnte, hielt ich den Kragen von Tylers Jacke in den Händen und schüttelte ihn. »Wo ist sie?«

»Elisha«, schrie Harlan gegen die Musik an. Er wusste, dass es gleich eine Explosion geben würde, wenn er nicht schnell reagierte.

»Keine Fotze drängt sich zwischen uns. Janet hat uns einen kleinen Gefallen getan. Vielleicht kapiert deine Süße jetzt endlich, dass sie sich besser fernhält«, sagte Ty emotionslos.

»Sag sofort, was du mit ihr gemacht hast, oder ich mach dich kalt.« Mein Herz raste. Ich hob eine Faust, um sie in sein verdammtes Gesicht zu schmettern, doch Elisha und Harlan zogen mich von ihm weg. Elisha stellte sich in die Mitte und drückte die Hände gegen Tys und meine Brust.

»Sie dachte, du fickst Janet. Wäre besser gewesen. Dann hätte es den ganzen Scheiß nie gegeben«, antwortete Tyler ruhig.

Ich wollte auf ihn losgehen, doch Elisha stand im Weg und Harlans Griff hielt mich zurück.

»Verpiss dich! Wir sind fertig.«

Tyler zog die Nase hoch, die Muskeln in seinem Hals traten hervor. Er schlug Elishas Hand beiseite. »Ich hab einmal den Fehler gemacht, einer Tussi zu vertrauen, du weißt, wie das ausgegangen ist. Dir hatte ich mehr Verstand zugetraut.« Er warf mir einen letzten Blick zu, drängte sich an den gaffenden Leuten vorbei und verließ mein Apartment.

»Hol Janet«, wies ich Elisha an. Er nickte und rauschte davon.

»Muss das sein?«, fragte Janet genervt.

Ich sah in den Rückspiegel. Ihre Augen weiteten sich, als sie meinen Blick bemerkte. »Wenn du kleine Nutte noch einmal ungefragt die Klappe aufmachst, biete ich dich bei einem der nächsten Kämpfe als Büfett an. Was meinst du, wie viele Schwänze du schaffst, bis du zusammenbrichst?«

Schnell drehte sie den Kopf zur Seite, um aus dem Fenster zu sehen. Ich ertrug ihre Anwesenheit nicht mehr. Ihr süßliches Parfüm schwebte durch meinen Wagen und ich ließ ein Fenster runter, um nicht kotzen zu müssen.

»K, beruhig dich«, sagte Harlan, der auf dem Beifahrersitz saß, seine Kapuze tief ins Gesicht zog und den Kopf nach hinten legte. »Wenn Blondie da hinten Farren alles erklärt, wird sie dir glauben.«

Ich krallte meine Finger in das verdammte Lenkrad und drückte das Gaspedal weiter runter. Obwohl der Mustang mit zweihundert über den Highway jagte, kam es mir vor, als würde er von einem Gummiband zurückgehalten. Alles, an was ich denken konnte, war ihr Gesicht und der Schmerz, den sie fühlen musste. Wenn ich Glück hatte, würde sie mir glauben. Aber schon der Gedanke daran, dass sie litt, weil der Mensch, den ich für meinen Freund hielt, dafür verantwortlich war, machte mich krank.

»Was machen wir jetzt mit Ty?«, fragte Elisha, der neben Janet auf der Rückbank saß.

»Ich rede mit ihm, wenn wir alles geklärt haben.« Harlans tiefe Stimme klang ruhig und ich war froh, ihn dabeizuhaben. Seine Gelassenheit war der Fels in der Brandung, wenn ich davor stand, durchzudrehen.

»Mit dem bin ich fertig.« Ich schob eine CD in den Player und stellte lauter, als die ersten Töne von The Butterfly Effect's Seven days aus den Boxen klangen. Mit seinem Betrug warf er dreieinhalb Jahre Freundschaft weg. Ohne uns hatte er niemanden, auch die Kämpfe konnte er vergessen, dafür würde ich sorgen. Nach dieser Nacht würde Tyler zu einer Persona non grata.

Elisha klopfte mir auf die Schulter. »Du weißt, dass wir auf deiner Seite sind, oder?«

Ich nickte knapp. In Tyler mochte ich mich getäuscht haben, aber für Elisha und Harlan legte ich die Hände ins Feuer. Zumindest sie blieben mir.

Die Musik, die Dunkelheit und der Fahrtwind hüllten mich wie in einen Rausch ein und ich versuchte, das kalte Gefühl in den Eingeweiden zu ignorieren, wenn ich daran dachte, dass ich sie vielleicht verloren hatte. Und als ich die letzten Monate in Gedanken noch einmal erlebte, unsere erste Begegnung, bei der sie wie eine Irre auf dem Sofa getanzt hatte, das Feuer in ihren Augen, als ich sie zum Kampf mitgenommen hatte, und das Lächeln auf ihrem Gesicht, als wir die Nacht auf der Party in St. Cilline verbracht hatten, wurde mir der Grund für das beklemmende Gefühl bewusst, das wie Säure in mir hochkroch.

Ich hatte mich in Farren verliebt.

Meine Hände zitterten, als ich die Tür aufschloss und das Licht im Eingangsbereich einschaltete.

»Farren?«

Sie antwortete nicht. Das Haus wirkte tot. Harlan und Elisha folgten mir, zwischen ihnen stakste Janet auf Absätzen, mit denen sie wie auf Stelzen lief.

»Mann, ich komme mir vor wie ein Krimineller«, flüsterte Elisha und lachte.

Auf dem Couchtisch lag die Fernbedienung für die Beleuchtung. Ich schaltete alle Lampen im Haus ein.

Fuck. Trouble, *wo bist du?*

»Farren!«, schrie ich und sprintete die Treppe nach oben, ohne auf die anderen zu achten. Ich riss die Tür ihres Zimmers auf und sah mich um. Das Top, das sie heute Abend getragen hatte, hing über der Lehne des Schreibtischstuhls. Zumindest war sie hier gewesen. Meine Schritte hallten durch die Stille, als ich den Flur entlang lief. Vielleicht war sie in meinem Zimmer. Farren würde ich ohne Weiteres zutrauen, meine Sachen zu demolieren. Sie war wütend und verletzt. Ich kannte sie gut genug, um zu wissen, dass sie sich an irgendetwas abreagieren musste. Oder an irgendwem.

Als ich plötzlich ein lautes Poltern aus der Sporthalle hörte, machte mein Herz einen Satz. Ich rannte bis zum Ende des Flures und blieb vor der letzten Tür stehen, als ich das Geräusch wieder hörte.

Warum schlug mein Herz so schnell? Verdammt, ich hatte Mädchen, seitdem ich sechzehn war, und jetzt verspürte ich Angst, die Tür zu öffnen und dem ein Meter sechzig großen Zwerg mit Stupsnase unter die Augen zu treten. Ein letztes Mal atmete ich tief durch und drückte die Klinke nach unten.

Sie stand in der hintersten Ecke, trug schwarze Sportleggings, die bis über die Knie reichten und einen neongrünen Sport-BH. Ihr Rücken schimmerte im gedämpften Licht und ich stellte mich hinter ein Regal mit Hanteln neben der Tür, um für eine Minute den Frieden und ihren Anblick zu genießen.

Farren holte aus. Mit den Fäusten, um die sie schwarze Bandagen trug, hämmerte sie auf den Sandsack ein. Er schwang nach hinten. Sie holte aus, schlug ihn, trat mit einem Fuß dagegen und zwischen dem Geräusch ihres schweren Atems hörte ich sie weinen.

»Baby?«

Mit einem Ruck drehte sie sich um und wischte mit dem Handrücken über ihre geröteten Augen. Ich kam hinter dem Regal hervor und ging langsam auf sie zu, doch sie wich zurück und schüttelte den Kopf. »Hau ab.«

»Wird nicht passieren«, sagte ich, stellte mich vor sie. Ihr Gesicht war rot und nass, die Stirn verschwitzt und ihre Brust senkte sich schnell auf und ab.

»Wir müssen reden.«

»Wir müssen gar nichts mehr. Vögel weiter deine Schlampen, feiere deine Gangbangpartys, aber halt mich da raus. Mir reichts.« Ihre Stimme klang heiser und immer wieder wischte sie sich über das nass glänzende Gesicht.

Gott, ich wollte sie nur berühren. Im Arm halten, küssen, ihre Haut an meiner spüren. Noch nie hatte ich etwas mehr gewollt. Ich streckte meine Hand aus, um die Tränen von ihrer Wange zu wischen, doch sie schlug sie weg und ballte die Fäuste. »Fass mich noch einmal an und ich schwöre dir, ich schlag zu.«

Neue Tränen stiegen in ihre Augen. Um meinen Magen zog sich ein Band zusammen. Sie so zu sehen, tat weh. »Tyler hat das eingefädelt, ich habe nicht mit Janet geschlafen.«

»Natürlich nicht. Ist ja noch nie passiert.«

»Du weißt, was ich meine. Heute das. Ty hat sie für die Show bezahlt.«

Sie schüttelte den Kopf. »Lüg mich nicht an.«

»Bitte.« Ich atmete tief aus. »Farren, ich habe dich noch nie belogen. Ich weiß, ich bin manchmal ein Arsch, aber bitte glaub mir.«

Sie blinzelte und machte einen Schritt zurück. »Mir war klar, dass es früher oder später so kommt. So bist du. Ich war nur so blöd und hab gedacht, ich bedeute dir wirklich etwas.«

»Warte.« Ich hob die Hand, zog mein Handy aus der Tasche und rief Harlan an. »Bring sie nach oben. Sporthalle.«

Farren starrte mich verwirrt an. »Sie? Was wird das?«

»Hör zu. Auf der Fahrt hierher ist mir etwas bewusst geworden.« Ich ging auf sie zu, doch wieder wich sie zurück.

»Ach ja? Und das wäre was? Dass die Tussi mehr ist als nur ein Fick?«

Doch bevor ich die Chance bekam, alles zu sagen, hörte ich Janets High Heels im Flur über den Boden klacken.

»Nein!«, rief Farren und schüttelte den Kopf, als Harlan und Janet die Halle betraten. Die Kapuze verdeckte sein Gesicht fast vollständig, aber an der Bestimmtheit, mit der er Janet in unsere Richtung schob, erkannte ich, dass er wütend war. Janet lief geduckt wie ein geprügelter Hund. Sie schlang die Arme um ihren Oberkörper und sah sich nervös um.

»Los, sag's ihr.« Harlans Stimme klang kühl. Auch er hatte die Schnauze voll.

Janet stellte sich neben mich, ich schubste sie nach vorne. »Sieh Farren an, verstanden?« Das Flittchen hatte meine Geduld lange genug strapaziert. Sie räusperte sich, ihre Stimme klang heiser wie ein Husten, als sie den Mund öffnete. »Ich … Also K und ich, es ist nichts passiert. Das war Tys Idee.«

Farren sah abwechselnd von Janet zu mir. Ihr Gesichtsausdruck war hart, ich erwartete nichts Gutes und das Band um meinen Magen verengte sich.

»Hast du sie mit Geld oder Orgasmen bezahlt, damit sie mir die Geschichte auftischt?«

»Nichts von beidem. Tyler hat schon länger Stress gemacht, weil ihm das mit uns nicht passt.« Scheiße, ich klang verzweifelt.

»Warum tust du das? Lacht ihr hinter meinem Rücken? Diesmal bist du zu weit gegangen, Kieran.«

Harlan ging auf Farren zu. Er stellte sich vor sie, schob seine Kapuze nach hinten und legte eine Hand unter ihr Kinn.

»Lass mich.« Sie schlug seine Hand weg, doch er ließ sich nicht beirren und nahm ihr Kinn in seine Hand. »Redet miteinander. Zwischen den beiden lief nichts. Wenn das, was ihr habt, in die Brüche geht, hat Ty erreicht, was er wollte.«

Harlan griff Janets Ellbogen, klopfte auf meine Schulter und ließ uns alleine. Seine Schritte hallten mit dem nervigen Geräusch ihrer Absätze über den Holzboden, als sie nach unten verschwanden.

Ich atmete tief aus, strich meine Haare zurück und lief zu der Spiegelwand hinüber. Im Rücken spürte ich, dass sie mich beobachtete. Als ich vor dem Spiegel stand, drehte ich mich um. »Komm her.« Ich nickte ihr knapp zu, doch stur wie sie war, drehte sie den Kopf zur Seite, verschränkte die Arme vor der Brust und blieb stehen.

»Komm her«, sagte ich sanfter. »Denkst du, wenn du mir egal wärst, würde ich das Theater veranstalten und dir hinterherlaufen? Bitte, ich will dir was zeigen.«

Farrens Lippen zitterten, sie blickte zu Boden, als dachte sie nach. Mit jeder Sekunde, die verstrich, in der sie sich nicht rührte, wurde ich nervöser. Mein Puls raste, auf meiner Stirn bildeten sich Schweißtropfen. *Bitte, Trouble.*

Sie seufzte und ging langsam auf mich zu.

Als sie vor mir stand, warf sie mir einen finsteren Blick zu. Ich stellte mich hinter sie, sodass sie ihr Spiegelbild sah. Ich beugte mich über sie, atmete den Duft ihrer Haare ein, spürte die Wärme ihres Rückens an meiner Brust und das Verlangen, sie in meine Arme zu ziehen und zu küssen, wuchs.

»Siehst du das?«

»Was?«

Meine Hände glitten über ihre Arme. Sie spannte die Muskeln an, aber ließ es sich gefallen. Für einen Moment schloss sie die Augen und ich zog sie dichter an meine Brust.

Verdammt, mein Körper reagierte sofort. Das Herz klopfte schneller, meine Kehle wurde trocken. Ich wollte sie.

»Mach die Augen auf.«

Farren gehorchte. Unsere Blicke trafen sich im Spiegel.

»Das Mädchen, das du da siehst, ist was ganz Besonderes. Ich sehe es. Maria, Julie, Elisha und Harlan sehen es. Der einzige Mensch, der es nicht sieht, bist du.«

»Kieran, ich -«

»Shhh, sieh genau hin. Sie ist stark, mutig, intelligent und macht nur Ärger.«

Vorsichtig, weil ich noch immer mit Widerstand rechnete, beugte ich mich zu ihrem Hals und küsste ihn. Schmeckte das Salz ihrer Haut, spürte die Hitze. Gott, ich war süchtig. »Das Mädchen, das du da siehst, ist der Mensch, mit dem ich zusammen sein will. Keine andere treibt mich so in den Wahnsinn.«

Sie lehnte den Kopf gegen meine Brust und legte einen Arm um meinen Nacken und endlich fiel auch die Anspannung von mir ab.

»Sie macht mich wahnsinnig, weil sie die Klappe nie halten kann«, flüsterte ich gegen ihren Hals. »Sie macht mich wahnsinnig, weil ich nie weiß, was sie als Nächstes anstellt.« Ich nahm ihr Ohrläppchen zwischen die Zähne. »Ihr Lächeln macht mich verrückt. Ihre Augen, ihr Körper.« Mit einer Hand streichelte ich über Farrens nackten Bauch und ließ sie über ihre Hüfte gleiten. »Aber am wahnsinnigsten macht mich, dass mein Herz so schnell schlägt, wenn ich sie sehe. Dass ich nur noch an sie denken kann, wenn sie nicht bei mir ist, und dass alles andere scheißegal ist.«

Sie drehte sich zu mir. Tränen liefen über ihre Wangen. »Ist das so?«

Eine Hand ließ ich über ihren Rücken gleiten, während ich mit dem Daumen die Tränen von ihrem Gesicht wischte. Sie war alles, was ich wollte.

Ich nickte. »Für den Fall, dass du es immer noch nicht kapiert hast, ich habe mich in dich verliebt.«

»Du hast nichts mit Janet gehabt heute Abend?«

Ich verdrehte die Augen und legte meine Hände um ihre Hüften, presste sie gegen mich und küsste sie. Meine Zunge schob sich in ihren Mund, ich wollte sie schmecken, spüren und nie wieder loslassen. »Ich habe nichts mit ihr gehabt, ich werde nichts mehr mit ihr haben. Mit keiner, wenn du mein Mädchen wirst.«

Farren hielt inne und sah mich an. Sie schüttelte den Kopf und atmete laut aus.

»Du schaffst es immer wieder«, sagte sie und küsste mich. »Wir beide also?«

»Wir beide. Aber wenn du noch mal ohne meine Erlaubnis einfach nach hier oben gehst, steigst du mit mir in den Ring.« Ich beugte mich zu ihrem Ohr. »Und dann mach ich dich fertig.«

Sie lachte. Ein einfaches Geräusch, tausend Mal gehört, aber es war das, was ich brauchte.

Ich vergaß alles um mich herum, zog sie dicht an mich und streichelte über ihre Haare. Und zum ersten Mal seit Ewigkeiten war alles perfekt.

Kapitel 21

FARREN

Ich konnte mir das Grinsen nicht verkneifen, als ich Harlans finstere Blicke sah, die er Elisha zuwarf, der sich nicht aus der Ruhe bringen ließ. Kieran rannte an ihm vorbei, stellte sich neben Elisha, der ihm den Ball zuwarf, und bevor Harlan die Chance bekam, ihn in die Finger zu bekommen, drehte sich Kieran blitzschnell um, dribbelte den Ball mit einer Hand und warf ihn mit hohem Bogen ins Netz. Harlan fluchte.

»Wenn die Typen bei den Kämpfen wüssten, was für Kinder ihr seid, würde niemand mehr auf euch wetten«, rief ich ihnen von der Bank zu und lachte. Harlan ließ Elisha los, der versuchte, ihn am Hoodie zu packen, und schlenderte auf mich zu. »Ganz schön frech, er hat dich nicht im Griff, he?« Er zwinkerte mir zu, setzte sich auf die Rücklehne der Bank und stellte die Füße auf die Sitzfläche.

»Hättest du wohl gerne.«

Ich genoss den Moment mit den Jungs. Probleme gab es momentan genug.

Maria hatte uns gesagt, Moore würde in vier Tagen wiederkommen. Bis dahin blieb ich noch bei ihm wohnen. Kieran bot mir an, danach mit nach Cape Coral zu kommen, um die letzten drei Wochen bis zu den Ferien bei ihm zu wohnen, aber meine Schule war zu weit entfernt und so überredete er mich dazu, in ein Hotel zu ziehen, wenn sein Vater zurück kam. Ein Hotel, das ich nicht zahlen konnte. Ich versprach, das Geld so schnell wie möglich zurückzuzahlen, auch wenn ich nicht wusste, wie ich es anstellen sollte. Meine Eltern hatten die monatliche Überweisung für Lebensmittel vollständig eingestellt. Daraufhin suchte ich mir einen Job in einer Bibliothek, den ich in zwei Wochen beginnen konnte. Aber das Geld würde niemals reichen, um hier Fuß zu fassen.

Ich erreichte meinen Vater nicht. Die ersten drei Tage nach New York hatte ich ihn in Ruhe gelassen. Doch als weitere Tage vergingen, in denen ich nichts von ihm gehört hatte, versuchte ich, ihn zu erreichen. Doch weder auf dem Handy noch in der Firma kam ich an ihn heran. Seine Sekretärin wimmelte mich ab oder sagte, er wäre bei Terminen.

Es tat weh, dass Dad sich so verhielt, aber jetzt lag es an ihm. Ich würde niemandem mehr hinterherlaufen.

»Hey Trouble.« Kieran setzte sich und zog mich auf seinen Schoß. Sein nackter Oberkörper klebte, ich drückte meine Hände gegen seine Brust und schob ihn weg.

»Bäh, du bist ekelhaft«, sagte ich gespielt empört und verzog angewidert den Mund.

»Wollen wir sehen, wie ekelhaft sie es findet, wenn ich sie gleich hier auf der Bank nehme?«, fragte Kieran und warf Harlan einen amüsierten Blick zu, um dann wieder mich anzusehen. »Tu nicht so, du schreist immer lauter, wenn es um schmutzige Sachen geht.«

Ich verdrehte die Augen. Immer musste er den Harten raushängen lassen.

Harlan schüttelte den Kopf. »Ihr beide …« Er stand auf und nickte Kieran zu, doch der blieb sitzen.

»Sie kann das ruhig hören.«

Harlan seufzte. »Warum überrascht mich das nicht?« Er drehte sich um und rief Elisha, der noch immer mit dem Ball über den Platz jagte und Körbe warf. Elisha rannte zu uns. Mit seiner unbekümmerten Art erinnerte er mich manchmal an einen Welpen.

Die beiden setzten sich. »Vor drei Tagen war ich bei Ty. Er sah scheiße aus. Die Party ist völlig aus dem Ruder geraten.«

»Gut. Er kann von Glück reden, dass du da warst, sonst hätte ich ihn abgestochen.« Kierans lockerer Ton war verschwunden. Sein Nacken spannte sich an und ich massierte die Stelle mit einer Hand, damit er sich beruhigte.

»K, mir gefällt nicht, wie er drauf ist. Du hättest die Kleine sehen sollen, an der er sich abreagiert hat. Jetzt erreiche ich ihn nicht mehr. Keiner hat was von ihm gehört.«

Mir wurde schlecht. Was zum Teufel stimmte nicht mit Tyler? Für mich gehörte er hinter Gitter, offensichtlich hatte er dem Mädchen etwas getan. Kieran musste bemerkt haben, wie sich meine Hände um seinen Nacken verkrampft hatten, denn er strich mir durch die Haare und küsste meine Stirn.

»Farren, willst du dir nicht ein Eis oder so holen?«, fragte Harlan, als wäre ich ein Kleinkind.

Kieran kniff die Augen zusammen. »Was soll das?«

»Harlan will mich nicht dabeihaben«, sagte ich und warf seinem Freund einen herausfordernden Blick zu.

»Es ist nur ... ich glaube, er hat was vor. Jetzt, wo er von den Kämpfen ausgeschlossen wurde und niemanden mehr hat, dreht er durch. Wir wissen nicht, wo er ist, oder was er vorhat.«

»Ich glaube, es ist nicht nur das«, sagte Elisha, der die ganze Zeit aufmerksam zuhörte. »Ihr habt doch gesehen, wie er Blake immer ansieht. Die Sache ist noch nicht vorbei. Er hat sich immer nur zurückgehalten, weil das der Deal war.«

»Blake?« Ich hatte den Namen lange nicht mehr gehört, aber wie hätte ich sie vergessen können? Das Mädchen vom ersten Kampf.

»Seine Ex«, antwortete Elisha. »Lange Geschichte mit den beiden.« Er wandte sich an Kieran. »Dass er sie bisher nicht angefasst hat, hat sie dir zu verdanken. Du warst der Einzige, der ihn im Griff hatte. Was denkst du, was er mit ihr macht, wenn du nicht mehr auf ihn achtest?«

Kieran zuckte mit den Schultern. »Ist nicht mein Problem. Außerdem, du kennst sie, Blake kann sich wehren.«

Harlan sah abwechselnd zu Kieran und mir. Sein Gesichtsausdruck gefiel mir nicht. Er wirkte nicht nur grüblerischer als sonst, sondern auch beunruhigter. »Du solltest auf sie aufpassen.«

Kieran verstärkte den Griff um meine Hüften. Er nickte nachdenklich und lächelte mich flüchtig an, aber irgendetwas in seinen Augen sagte mir, er sorgte sich.

Mein Herz schlug schneller, als ich die Treppe nach unten schlich. Der Marmor fühlte sich kalt unter meinen nackten Füßen an. Der Mond, der durch die Fenster schien, und die Beleuchtung des Aquariums im Wohnzimmer spendeten gerade genug Licht, dass ich sehen konnte, wohin ich lief.

Als ich den Treppenabsatz erreichte, zögerte ich einige Sekunden und lief weiter. Im Wohnzimmer würde Kieran mich sofort finden.

»Lauf!«, rief er drohend von oben. Seine Schritte hallten durch die Stille des Hauses. Er war nicht mehr weit entfernt. Ich schlich weiter bis in den Flur, hier gab es nicht viele Möglichkeiten, außer die Büros oder …

Das Kino. Sofort erhöhte sich mein Herzschlag. Ich eilte den Gang weiter geradeaus, bis ich die letzte Tür erreichte. Seit Monaten war ich nicht mehr hier unten gewesen, nach der ersten Party reizte mich dieser Ort nicht sonderlich, doch heute war er genau das, was ich wollte.

Leise schloss ich die Tür hinter mir und drückte ein Ohr dagegen. Bis auf das laute Geräusch meines Herzens hörte ich nichts. Vorsichtig stieg ich eine Stufe nach der anderen nach unten, immer weiter, bis ich den Vorhang erreichte. Es roch nach Ledermöbeln, aber nicht wie im Haus meiner Eltern. Dieser Geruch war anders. Der des Leders vermischte sich mit einem etwas frischeren Duft, der mich an Kierans Deo erinnerte.

Beim Gedanken an ihn biss ich auf meine Unterlippe und rieb die Innenseiten meiner Oberschenkel aneinander. Ich ließ mich in einem großen, bequemen Sessel sinken und starrte auf den Vorhang.

»Ich finde dich, Trouble.«

Sofort schoss Adrenalin durch meine Adern. Seine Stimme war gefährlich nah und plötzlich fühlte sich die Luft elektrischer als zuvor an. Wenn meine Augen sich doch nur endlich an die Finsternis gewöhnen würden.

Regungslos blieb ich sitzen und bemühte mich, meinen hastigen Atem unter Kontrolle zu bringen, doch plötzlich griffen Hände nach mir, rissen mich zu Boden und ich schrie auf.

»Halt die Klappe«, sagte er schroff und presste eine Hand gegen meinen Mund. Ich spürte seine Brust auf meiner, die Ringe in seinen Brustwarzen berührten meine Nippel und jagten heiße Schauer vom Nacken über die Wirbelsäule. Als ich die Hände gegen seinen Oberkörper drückte, streifte Kierans Atem meinen Hals und das Pochen zwischen meinen Beinen wurde stärker.

»Dachtest du wirklich, du kannst dich vor mir verstecken?« Seine Hand verließ meinen Mund, doch jetzt packte er beide Arme und drückte sie über meinem Kopf zusammen. Ich schluckte.

»Ich habe deine Angst gerochen«, sagte er, ließ eine Hand über meinen rechten Oberschenkel gleiten, küsste meinen Hals und wanderte mit seinem Mund zu meinen Brüsten. Mit der Zungenspitze leckte er einen Nippel, nahm ihn in den Mund und biss sanft zu.

Als der Schmerz durch meinen Körper schoss, stöhnte ich auf. Kierans Hand schob sich zwischen meine Beine, mit der anderen knetete er meine Brust. Als er mit dem Daumen über meine pochende Klit rieb, krallte ich meine Nägel in seinen Rücken.

»Ja, mach weiter«, stöhnte ich in sein Ohr. Kieran drängte sich zwischen meine Beine und ich spürte, wie seine Erektion gegen meine Pussy drückte. Meine Beine zitterten, mein Herz klopfte so schnell, dass ich das Gefühl hatte, durchzudrehen. Er machte mich nicht weniger wahnsinnig als ich ihn.

Zwei lange Finger glitten in mich. Langsam bewegten sie sich rein und raus, verteilten die Feuchtigkeit, während er meine Klit weiter mit dem Daumen streichelte. Ich legte meine Hand auf seine, damit er die Finger tiefer in mich schob, während ich mein Becken vor und zurückbewegte.

»Verdammt, Baby.« Seine Stimme klang rau. »Willst du dich weiter mit meinen Fingern ficken oder können wir aufhören zu spielen.« Er stieß seine Finger wieder in mich. »Und ich zeig dir, wie viel deine Pussy verträgt.«

Ich bäumte mich unter ihm auf, legte meine Stirn an seine und stöhnte.

Mit beiden Händen griff er in den Bund meiner Shorts, schob sie von den Hüften und setzte sich auf, um seine Hose auszuziehen. Ungeduldig streckte ich die Arme aus, um ihn zu berühren. Kieran legte sich auf mich und drängte mit seinen Händen meine Beine auseinander. »Mach sie breit«, befahl er. Ich gehorchte nur allzu bereitwillig.

Mit einem Stoß drang er in mich ein. Gott, sein Körper fühlte sich gut an und bei jeder Bewegung, zog sich meine Pussy zusammen.

»Das gefällt dir«, flüsterte er gegen meinen Hals, packte meine Haare und riss meinen Kopf nach hinten.

»Oh Gott, Kieran.« Ich bekam nicht genug von seinen Worten, seinem Körper, seinen Berührungen und dem Gefühl, das er in mir auslöste. Ich vergrub meine Nase in seinem Hals, roch ihn, stöhnte gegen seine Haut und schrie, als er sich immer heftiger in mir bewegte, seine Hände rechts und links neben meinen Kopf legte und sich nicht länger zügelte.

Ich hielt es nicht mehr aus, hob mein Becken und passte mich seinem Rhythmus an.

»So eine heiße, kleine Schlampe«, stöhnte er, schob seine Zunge in meinen Mund und küsste mich hungrig. Noch nie war ich so scharf gewesen. Je schmutziger er mit mir sprach, desto schärfer machte es mich.

In meinem Bauch breitete sich Wärme aus, sie strahlte bis zwischen meine Beine und ich schlang die Arme um seinen Nacken, hielt mich an ihm fest und spreizte die Beine weiter, als der Orgasmus durch meinen Körper zuckte und sich die Muskeln in mir um ihn zusammenzogen.

»Fuck, Trouble.« Mit beiden Händen griff Kieran meinen Hüften, hob mein Becken ein Stück an und stieß so hart in mich, dass mein Rücken gegen den rauen Teppich gepresst wurde. So schonungslos, wie er mich nahm, war es, als hätte er sich bisher zurückgehalten. Doch jetzt ließ er sich fallen. Das Gefühl war unbeschreiblich. Ich biss in seinen Hals, krallte meine Nägel in seinen Rücken und Kieran stöhnte und kam.

Vorsichtig zog ich mein Bein von seinen Hüften und stützte mich auf einen Ellbogen, um ihn besser beobachten zu können.

Kierans Atem ging gleichmäßig, er wirkte vollkommen entspannt und zufrieden.

Kein Wunder, sein neues Spiel, mich durchs Haus zu jagen und so hart zu nehmen, dass ich auch zwei Stunden später noch jeden Muskel in meinem Körper oder meinen wund gescheuerten Rücken spürte, musste auch ihn fertiggemacht haben. Zum Glück hatte er Maria freigegeben, so waren wir ungestört. Sie hätte unsere Spielchen sicherlich nicht verkraftet. Ich streckte einen Finger aus und ließ ihn über seine Unterlippe gleiten. Ein Lächeln breitete sich auf meinem Gesicht aus. So fühlte es sich also an: Glück. Ich fragte mich, wie es weitergehen sollte. Zurück nach New York? Ins Haus meiner Eltern wollte ich nicht mehr. Auch wenn ich mich nicht mehr vor Mutter fürchtete und ich sie mit ein paar Drohungen sicherlich in Schach halten konnte, aber das war nicht mehr ich. Das große Problem war das Geld. Selbst wenn ich neben der Schule noch zwei Jobs annehmen würde – das Geld würde niemals für ein kleines Apartment reichen. Ich drehte mich auf die Seite und sah auf mein Handy. Kurz nach Mitternacht und an Schlaf war nicht zu denken. Zu viele Gedanken, die durch meinen Kopf schwirrten. Mein Mund fühlte sich trocken an und neben dem Bett stand keine Wasserflasche. Ich rollte mich ein Stück zum Rande des Bettes, schob die Decke zurück und stand auf. Kieran atmete aus, vergrub den Kopf in seinem Kissen und lag wenige Sekunden später wieder regungslos da.

Auf meinen Armen breitete sich eine Gänsehaut aus, seit dem Abend waren die Temperaturen gefallen und ich öffnete den Kleiderschrank, um meinen hellblauen Frotteebademantel herauszuholen.

Als ich die Türklinke nach unten drückte, bewegte sich Kieran, er drehte sich auf den Rücken und ich hielt inne, um ihn nicht zu wecken. »Wo willst du hin?«, murmelte er, ohne die Augen zu öffnen, im Halbschlaf.

»Ich hole was zu trinken, schlaf weiter.«

Doch er war schon wieder eingeschlafen. Ich öffnete die Tür, tapste barfuß hinaus in den Flur und ging die Treppen nach unten. Meine Beine fühlten sich noch immer zittrig von unserer Aktion an, als ich das Wohnzimmer erreichte und herüber zur Küche ging, den Kühlschrank öffnete und eine Flasche Mineralwasser herausnahm. Ich trank einen großen Schluck. Die kühle Flüssigkeit war genau das, was ich brauchte. Ich sah zur Decke, an der sich das Wasser des Pools spiegelte. Es gab ein beruhigendes Spiel aus Licht und Wellen ab. Vielleicht sollte ich mich für eine Weile in den Garten setzen, um nachzudenken. Der Gedanke schien verlockend. Besser, als stundenlang wach im Bett zu liegen. Ich kam hinter der Theke hervor, nahm eine Decke von der Couch und wollte die Schiebetür zum Garten öffnen, als ich plötzlich das Geräusch des Schlüssels in der Haustür hörte.

Scheiße! Mein Herz schlug schneller. Verzweifelt sah ich zur Treppe, doch bevor ich flüchten konnte, hörte ich schwere Schritte auf dem Steinboden im Eingangsbereich kratzen. Ich duckte mich unter die Küchentheke, zog die Decke über meinen Körper und winkelte die Knie an.

»Komm rein.« Ich erkannte Moores Stimme gefolgt von dem Geräusch von High Heels, die über den Boden klackerten. *Oh Gott, nachher bumst er seine Nutte gleich noch hier und ich muss alles hören.*

Ich wagte nicht, zu atmen. Unter der Decke staute sich die Wärme, anstatt der Gänsehaut spürte ich nun Schweiß meinen Nacken hinunterlaufen.

»Ins Büro?«, fragte Moore und eine Frauenstimme murmelte zustimmend. Beim Gedanken, wie Moore gleich mit der Nutte zur Sache kommen würde, drehte sich mein Magen um. Neben Tyler war er der widerlichste Typ, der mir je begegnet war.

Als sich die Schritte entfernten, blieb ich ein paar Sekunden in meinem Versteck, um sicherzugehen, dass niemand zurückkam, und schob die Decke von mir. Ich stand auf, warf sie zurück auf die Couch und lief zügig zur Treppe, als ich plötzlich meinen Namen hörte.

Wie erstarrt blieb ich stehen. Moore sprach über mich. *Mit wem?*

Zwischen Neugier und Vorsicht hin- und hergerissen, zupfte ich an meinem Bademantelgürtel herum und überlegte. Moore war nicht der Typ, der sich in seine Pläne reden ließ und es wunderte mich, dass er bis heute die Füße stillgehalten und nichts unternommen hatte. Ich hatte seine Macht untergraben, als ich Mutter überzeugt hatte, Blank abzuziehen. Wenn ich wüsste, was er als Nächstes vorhatte, war ich vorgewarnt und konnte besser reagieren.

Mit klopfendem Herzen drehte ich mich um und schlich auf Zehenspitzen Richtung Flur. Nur der Eingangsbereich war erleuchtet, aber der Gang neben der Tür, von dem die zwei Büros abgingen, war dunkel.

Aus dem Vordersten schien ein kleiner Lichtstrahl auf den Boden. Die Tür war nur angelehnt. Je näher ich kam, desto mehr zog sich mein Magen zusammen. Ich wischte meine schwitzigen Hände am Bademantel ab, lief mit dem Rücken dicht an der Wand entlang und als ich am Büro angekommen war, stellte ich mich neben die Tür.

»… Sie wird immer unberechenbarer«, sagte Moore. An den monotonen Schritten hörte ich, dass er im Zimmer auf und ab lief. »Und ich lasse mich nicht von einer Göre erpressen.«

»Ich habe gedacht, du hast sie im Griff.«

Mutter. Sie war hier. Nachts? Mit ihm. Sie seufzte. »Wenn ich gewusst hätte, dass du nie zu Hause bist, hätte ich sie in ein Internat gesteckt. Du siehst doch, wozu das geführt hat. Jetzt meint sie, mir drohen zu können, und selbst Kieran fällt auf sie herein.«

»Kieran denkt mit dem Schwanz.«

»Ich muss doch bitten, Logan«, unterbrach Mutter ihn. Wahrscheinlich verspürte sie den Drang, sich die Ohren auszuwaschen.

Was planten die beiden?

Moore blieb stehen. Ich hörte das Geräusch von Gläsern und dann das einer Flasche, die geöffnet wurde.

»Hier trink das und beruhige dich.«

»Beruhigen? Ich soll mich beruhigen? Kieran war ein guter Junge, aber anstatt ihr zu zeigen, wo es langgeht, hat er sich um den Finger wickeln lassen.« Sie trank einen Schluck und ich hörte, wie sie das Glas auf einem Tisch abstellte. »Aber dich scheint das nicht im Geringsten zu beunruhigen. Ich verstehe dich nicht mehr, weißt du das? Ich dachte immer, wir ziehen am selben Strang, aber du wirst immer mehr wie Mitch. Verweichlicht, schwach.«

Ihre Stimme klang verächtlich, als sie von meinem Vater sprach, und ich spürte einen Stich in der Herzgegend.

»Vergleich mich nicht mit ihm«, sagte Moore gefährlich ruhig. »Du wolltest nicht hören, dann musst du mit den Konsequenzen leben. Ihr Frauen denkt immer, ihr habt alles im Griff. Einen Scheiß habt ihr. Ihr braucht eine starke Hand, sonst läuft alles aus dem Ruder, wie man sieht.«

Das chauvinistische Gehabe passte zu dem Mistkerl und ich wunderte mich, dass Mutter nichts sagte. Ein Stuhl wurde zurückgeschoben, die Beine kratzten über den Boden und ihre Schritte kamen näher. Ich hielt die Luft an und presste die Hand vor den Mund, um keinen Laut zu machen.

»Du hast recht, es tut mir leid«, sagte sie sanft und das nächste Geräusch ließ sich mir den Magen umdrehen, denn ich hörte, wie sie sich küssten.

In diesem Moment gewann meine Wut die Oberhand über die Vernunft. Mein Herz raste, Hitze wallte in meinem Bauch und Hals und ich riss die Tür auf.

Mutters Augen weiteten sich. Für Millisekunden schien Moore erschrocken, doch er fing sich schnell wieder und machte einen Schritt auf mich zu. Ich hob den Kopf. Ein eisiges Lächeln lag in seinen Augen, als er an mir vorbeigriff und die Tür schloss.

»W-was machst du hier?«, fragte Mutter.

»Du und Moore, jetzt wundert mich nichts mehr.«

Sie öffnete den Mund, um etwas zu erwidern, doch Moore hob die Hand. Er sah Mutter an und deutete mit dem Kopf auf den

Stuhl hinter dem Massivholzschreibtisch. Sie gehorchte und nahm Platz.

»Farren«, begrüßte er mich wie den Ehrengast einer Party. »Ich kann nicht sagen, dass es mich freut, dich zu sehen. Eigentlich dachte ich, dass du draußen herumschleichst und die Beine für einen Kerl breitmachst, während mein Sohn die Nächste bumst.«

Mutter atmete scharf ein. Sie verabscheute vulgäre Sprache mindestens genauso sehr wie mich. Ich ignorierte seine Anspielungen. Moore war nichts weiter als ein geiler alter Sack, der sich aufspielte und Geld als Ausrede für seine Charakterschwäche benutzte.

Ohne den Blick von ihm abzuwenden, ging ich an ihm vorbei und beugte mich über den Schreibtisch, hinter dem Mutter saß.

»Wir sollten reden. Ich weiß nicht, was Dad zu der Sache sagen wird, aber wahrscheinlich kannst du dir ein Zimmer in der Bronx nehmen, wenn er davon erfährt.«

Sie presste die Lippen zusammen und blickte Hilfe suchend zu Moore.

»Was denkt er, wo du bist?«, fragte ich.

Als Moore keine Anstalten machte, für sie einzuschreiten, sah sie mich herausfordernd an. »Das interessiert Mitch nicht. Er hat … er hat mich vorerst weggeschickt.«

Ich zog die Augenbrauen zusammen. Mein Vater hatte sie rausgeschmissen?

»Was willst du?«, fragte Moore. »Uns erpressen? Du hast keine Beweise und wie wir alle wissen, verschließt dein Vater gerne die Augen vor der Wahrheit. Du kannst uns nichts.«

Er hatte recht. Auf die Hilfe meines Vaters konnte ich mich nicht verlassen, er würde nicht zuhören. Aber sicher sein konnte Moore sich nicht. Wenn ich ihn richtig einschätzte, war ihm das Risiko, dass ich etwas verriet, zu hoch. Ich beschloss, das Spiel weiterzutreiben und hoffte, meine Stimme klang nicht so, wie meine Beine sich anfühlten.

Es war an der Zeit, Klartext zu sprechen. Einen Schlussstrich zu ziehen, um das alte Leben hinter mir zu lassen, damit ich das Leben führen konnte, das ich wollte.

Mit den Armen vor der Brust verschränkt drehte ich mich um. »Mag ja sein, dass es Dad nicht interessiert, aber die Klatschpresse mit Sicherheit. Wenn ich dann noch ein bisschen weine und die Narben in die Kamera halte … Ich denke, das würde zumindest für Aufmerksamkeit sorgen. Aber du hast recht, ich kann euch nichts.«

Über Höflichkeitsfloskeln waren wir lange hinaus und ich genoss den Anblick, als er Ober- und Unterkiefer zusammenpresste und die Fäuste ballte. Moores Gelassenheit bekam Risse.

»Du bist erbärmlich, Mädchen. Merkwürdig, wenn man bedenkt, wessen Tochter du bist.«

»Ja, dafür habe ich mich tapfer geschlagen«, erwiderte ich. Die beiden ergänzten sich perfekt. Warum hatte ich es nicht eher gesehen?

Moore kam auf mich zu. Die Schultern erhoben, siegessicher. »Du hast ja keine Ahnung. Keine Ahnung, wie weit du davon entfernt warst, auch nur annähernd perfekt zu sein.«

»Logan«, ging meine Mutter dazwischen. »Nicht.«

»Doch. Ich finde, sie sollte es wissen, Cynthia«, antwortete er, aber ließ seinen Blick nicht von mir.

»Was soll ich wissen?« Es war nur ein Gefühl. Wie ein sanfter Luftzug, der dich plötzlich streifte und du wusstest, ein Gewitter würde kommen. So fühlte es sich an. Eine Vorahnung auf den Sturm.

Hinter mir hörte ich Mutter verächtlich auflachen.

Ich wandte mich von Moore ab, setzte mich auf die Kante des Schreibtisches und sah Mutter an. Sie nippte an ihrem Glas, das mit hellbrauner Flüssigkeit gefüllt war, und leckte sich über die Lippen. Neben ihr lag ein silberner Brieföffner, scharf wie ein Messer und ich beäugte ihn misstrauisch.

Mit einem Finger strich sie über den Rand des Glases und senkte den Blick. »Du bist nicht er.«

Mein Herz tat einen Satz. »Was meinst du?«

Ich hörte, wie Moore einen Stuhl heranzog und sich setzte.

»Ich hasse dich, weil du lebst. Weil du atmest und sorglos durchs Leben gehst, als wäre alles in Ordnung.«

»Wovon sprichst du?«

Sie presste die Lippen aufeinander und blickte auf ihre Hände, die auf dem Schreibtisch ruhten. »Matthew Farren Andrews, dein Bruder.«

Das Blut sackte von meinem Oberkörper in die Beine, die sich plötzlich wie Blei anfühlten. Ihre Worte hallten in meinen Ohren, aber ich verstand deren Bedeutung nicht. »Ich habe einen Bruder?«

»Hattest. Er war drei und starb, als ich mit dir schwanger war«, sagte sie und kippte hastig einen Schluck herunter.

»Zwei Wochen nach seinem Tod wurdest du geboren.« Mit Tränen in den Augen sah sie mich an. Meine Mutter weinte. Eine Gefühlsregung, zu der ich sie nie fähig gehalten hatte.

»Wie ist er gestorben?« Das Gefühl von bleierner Schwerelosigkeit. Nichts von außerhalb existierte noch in diesem Paralleluniversum, in dem ich einen toten Bruder hatte, der meinen – nein, der denselben Namen trug wie ich.

»Warum willst du das wissen? Willst du dich in meinem Schmerz suhlen?«

»Cynthia«, sagte Moore sanft. »Erzähl ihr davon. Vielleicht begreift sie dann, dass sie nichts bedeutet, und lässt uns endlich in Ruhe.«

Ich strich über meine Stirn, auf der sich kalter Schweiß bildete. Das konnte alles nicht wahr sein.

»Matthew ist im Pool ertrunken, weil dein Versager von Vater nicht aufgepasst hat.« Ihre Stimme zitterte. »Du hast seinen Namen bekommen, weil ich gebetet habe, dass er in dir wieder auflebt. Aber du warst von Anfang an eine einzige Enttäuschung. Immer wild. Mit dem Kopf durch die Wand. Du hast keine Ahnung, wie schwer es mir fiel, dir nicht einfach ein Kissen aufs Gesicht zu drücken, wenn du geschlafen hast, um es zu beenden. Einmal stand ich kurz davor.« Durch den Tränenschleier in ihren blassen Augen sah sie mich an.

Mein Herz zersprang in tausend Teile. Ich schluckte, als ich die Tränen hinter meinen Lidern spürte. Ohne Halt und Ziel löste sich mein bisheriges Leben in winzige Partikel auf.

»Ich habe mir immer gewünscht, es wäre andersherum. Dass er lebt und du tot bist. Mein Matthew war so besonders. Er war perfekt. Es hat nie aufgehört wehzutun.«

»Es tut mir leid«, flüsterte ich. Kierans Worte krochen in meine Gedanken. Worte, die er mir vor Ewigkeiten einmal gesagt hatte. *Wehr dich, kenne deinen Wert und entschuldige dich nie dafür, wer du bist.* »Es tut mir leid, aber ich kann nichts dafür. Ich war ein Kind, ich hab dir nichts getan. Du hast mir nie eine Chance gegeben.« Ich ließ die Beine vom Schreibtisch gleiten und stellte mich neben sie. »Du hast Schmerzen? Weißt du, wie es sich anfühlt, unsichtbar für die Menschen zu sein, die dich lieben sollten? Wie es sich anfühlt, wenn dir die eigene Mutter sagt, sie wünscht sich, dass du krepierst? Ganz abgesehen vom körperlichen Schmerz, wenn dir kochendes Wasser auf den Körper prasselt und du denkst, deine Haut schält sich von den Knochen. Oder wenn der Mensch, der dich beschützen sollte, dich festhält und dir den Arm zerschneidet. An dem Abend dachte ich, du tötest mich.«

All die Wut, die Angst, die Traurigkeit der letzten neunzehn Jahre stieg in mir auf. Neunzehn Jahre, in denen sie in mir nur das kaputte Abbild meines toten Bruders gesehen hatte. »Du bist mit ihm gestorben. Du hast mich wie Dreck behandelt, weil du schwach bist. Ich kann dich noch nicht mal hassen. Du tust mir einfach nur leid, weil du ein freudloser, erbärmlicher Zombie bist.«

Als ich den letzten Satz ausgesprochen hatte, bereitete ich mich darauf vor, dass sie mir eine runterhauen wollte, doch sie blieb still sitzen, starrte auf ihre Hände und Tränen fielen auf die Haut, die ihre spinnenartigen Finger überzog. Bevor ich wusste, wie mir geschah, griff Moore, den ich fast vergessen hatte, meine Haare und riss meinen Kopf nach hinten. »Du kleine Schlampe. Wie kannst du es wagen, so mit deiner Mutter zu reden.« Er zerrte so heftig, dass er mir Haare ausriss. Ich schlug meine Nägel in seine Hand.

Moore drehte mich zu sich um, holte mit der freien Hand aus und knallte sie so heftig in mein Gesicht, dass für ein paar Sekunden schwarze Schatten vor meinen Augen tanzten. Mein Schädel fühlte sich an, als wäre ich mit voller Wucht gegen eine Glasscheibe gelaufen.

Er stieß mich von sich weg, ich taumelte rückwärts und prallte gegen den Schreibtisch. Meine Mutter blieb still, sie sagte nichts.

Moore kam auf mich zu. Sein Gesicht glich einer Maske. Emotionslos, kalt. Ich wusste nicht, was er vorhatte, aber bevor ich es herausfinden konnte, tastete ich mit der rechten Hand hinter mich, spürte den Metallgriff des Brieföffners und riss ihn in die Luft.

Er stoppte.

Für einen winzigen Moment wirkte er erschrocken. Ich nutzte die Gelegenheit, richtete mich auf und hielt meine provisorische Waffe an seinen Hals. Wieder kein Ton von Mutter.

»Hey.« Er hob beide Hände, als wollte er sich ergeben, und wich mit dem Hals von der Klinge zurück, doch ich drückte sie gegen seine Kehle und drängte ihn rückwärts in einen Stuhl.

»Setz dich. Du wolltest reden, dann reden wir jetzt.« Obwohl jeder Muskel in meinem Körper aufschrie, weil ich die ganze Zeit unter Strom stand und meine Wange brannte, versuchte ich, ruhig zu bleiben. Ich wollte ihn nicht verletzen, aber ich würde es tun, bevor er Hand an mich legte. Nie wieder würde ich zulassen, dass mich jemand anrührte.

Moore starrte mit weit aufgerissenen Augen auf die Klinge, die sich gegen seine Haut presste. »Cynthia!«, rief er, doch falls er Hilfe von Mutter erwartete, wurde ihm spätestens jetzt bewusst, dass er sich nicht darauf verlassen konnte. Sie hatte sich in ihre Seifenblase zurückgezogen, in der die Vergangenheit noch einmal auflebte und die Realität in den Hintergrund trat.

»Was ist mit Kierans Mom? Was hast du Schwein gemacht?«

»Farren, wir können alles friedlich klären. Wie viel willst du?«

»Wie bitte?«

»Wie viel? Hundert? Fünfhunderttausend? Eine Million? Nenn mir eine Summe. Du kannst überall neu anfangen und musst dir nie wieder Gedanken machen.«

Fassungslos starrte ich ihn an. Das Arschloch glaubte wirklich, ich würde mich so leicht abspeisen lassen. Ich verdankte Kieran mehr als jedem anderen Menschen. Das Mindeste, was ich ihm zurückgeben konnte, war Frieden.

Mein Herz raste, ich hatte das Gefühl, es würde mir aus der Brust springen, als ich die Spitze des Brieföffners einige Millimeter weiter gegen seinen Hals drückte, genau an der Stelle, an der sie in Filmen nach dem Puls tasteten, wenn sie sichergehen wollten, dass jemand wirklich tot war. »Was ist mit seiner Mutter passiert?«, wiederholte ich.

Sag was, du Arschloch. Bitte sag was.

Moores Atmung ging schneller. Seine Stirn glänzte nass, noch immer starrte er auf die Klinge. »Er hat dir von Harriet erzählt?«

Ich nickte. »Angeblich ist sie abgehauen. Komisch, wenn man bedenkt, dass sie vorher noch gefeiert hat. Merkwürdig auch, dass du dich so schnell getröstet hast.«

Ich wischte meine schwitzige Hand am Bademantel ab und hoffte, ich klang selbstsicher genug, dass er mich ernst nahm.

Moore sah an mir vorbei zu Mutter, dann schloss er die Augen. »Ich musste sie do…«

»Farren?« Kierans Stimme klang verschlafen, aber ich konnte sie deutlich hören. *Scheiße!*

»Kieran? Hier im Büro«, schrie Moore und ich erstarrte. Die Wände rückten näher.

Die Tür ging auf, doch ich wagte nicht, mich zu bewegen. Regungslos stand ich da und hielt Kierans Vater noch immer die Spitze gegen den Hals gedrückt.

»Fuck! Was machst du da?« Kieran stellte sich neben mich, aber ich ließ den Blick nicht von Moore.

»Dein Dad wollte mir gerade sagen, was mit deiner Mom passiert ist.«

Kieran schüttelte den Kopf. »Gib mir das«, sagte er, ohne seinen Vater aus den Augen zu lassen. Er deutete auf den Brieföffner.

Ich zögerte. Kieran riss ihn aus meiner Hand und presste seinem Vater die Spitze gegen den Hals. »Rede.«

»Ich musste es tun. Deine Mutter hat das mit Cynthia und mir mitbekommen.«

»Du hattest was mit Farrens Mutter?«

»Sie haben immer noch was miteinander«, sagte ich und fragte mich, wann der Albtraum endlich vorbei war.

»Was hast du getan?« Kierans Blick war rasend vor Wut. Zum ersten Mal hatte ich Angst vor ihm. Er presste die Klinge fester gegen Moores Hals.

Ich sah über meine Schulter, weil Mutter verdächtig ruhig war. Sie saß da und starrte auf ihre Hände, als wäre sie eine Wachsfigur. Vielleicht war sie verrückt geworden. Für einen kurzen Moment beneidete ich sie darum, weit weg zu sein.

»Ich …« Moore schluckte. »Sie hat uns gesehen an dem Abend und wollte es öffentlich machen. Ich konnte doch nicht zulassen, dass alles den Bach runtergeht. Sie hat nicht gelitten, ich habe einen Profi engagiert.«

Kierans nackte Brust senkte sich schnell auf und ab. Als ich ihn ansah, wirkte er verändert. Noch nie war sein Blick so kalt gewesen. »Du elende Drecksau!« Er hob seinen Arm, bereit, seinen Vater abzustechen.

»Nein! Nicht! Tu ihm nichts.«

Er sah mich an, als wäre ich verrückt geworden. »Ich schwör dir, ich töte das Schwein.«

»Wenn du das tust, hat er gewonnen. Du kommst lebenslänglich ins Gefängnis, aber deine Mutter bringt es nicht zurück.«

»Er hat's verdient.« Kieran presste die Klinge weiter gegen Moores Hals.

»Nein. Er hat Schlimmeres verdient.« Ich griff in Moores Anzugtasche, zog sein Handy heraus und hielt es in die Luft. »Alle werden ihn ansehen und mit dem Finger auf ihn zeigen.

Er verliert alles, was ihm wichtig ist. Sein Geld, sein Ansehen und vor allem seine Macht. Damit nimmst du ihm mehr als sein scheiß Leben.«

Kieran strich sich mit einer Hand durch die Haare. Ich nahm sie, legte sie in meine und küsste seinen Handrücken. »Du kannst jetzt nicht klar denken. Bitte hör einmal auf mich.«

Wenn wir nicht bald hier rauskämen, würde ich umkippen. Ich hielt mich gerade noch so auf den Beinen. Mein Magen rebellierte und mein Herz schien fast zu explodieren. *Bitte, Baby.*

Er biss die Zähne zusammen und nickte.

Kapitel 22

FARREN

Vier Monate später

»Wo fahren wir hin?«, fragte ich Harlan. Es war der zehnte Versuch und ich bezweifelte, dass er diesmal mit der Sprache rausrücken würde. Durch den Rückspiegel warf er mir einen verschwörerischen Blick zu, lächelte und sah wieder auf die Straße.

»Okay.« Ich verschränkte die Arme. »Du weißt, dass das Entführung ist, oder?«

Harlan lachte auf und schüttelte den Kopf. »K killt mich, wenn ich dir was verrate. Entspann dich, wir sind bald da.«

Was plante Kieran jetzt wieder? Seit zwei Monaten bekam ich ihn kaum noch zu Gesicht, weil er andauernd Überstunden machte oder mit den Jungs unterwegs war.

Ich sah auf mein Handy. Wir waren seit einer Stunde unterwegs. Mein Magen knurrte, ich war müde und verärgert. Noch vor dem Dinner hatte Harlan mich überfallen, ohne eine Erklärung ins Auto gesetzt und war mit mir auf diesen Roadtrip ins Nirgendwo gestartet.

»Kann ich dich was fragen?«

Ich lehnte mich zwischen die Vordersitze und legte meine Hände auf die Kopflehnen. »Schieß los.«

»Wie geht's ihm? Ich hab versucht, über die Sache zu reden, aber er macht dicht.«

Harlans Sorge um Kieran rührte mich. In den letzten Monaten hatte ich Elisha und ihn in mein Herz geschlossen und war froh, dass sie so gute Freunde für Kieran waren. »Tatsächlich ganz gut. Ich meine, er kann endlich anfangen, abzuschließen. Die Ungewissheit muss das Schlimmste gewesen sein.«

»War er schon an ihrem Grab?«

»Er besucht sie jede Woche und legt frische Blumen hin.«

Bisher hatte Kieran darauf bestanden, alleine auf den Friedhof zu gehen. Nachdem sein Vater in Untersuchungshaft gekommen war, hatte er verraten, wo ihre Leiche begraben lag. Es gab nur eine kleine Beerdigung und auch, wenn es schwer für Kieran war, so hatte er Gewissheit.

Harlan nickte nachdenklich. »Lässt Logan ihn in Ruhe?«

»Mittlerweile hat er's kapiert, hoffe ich zumindest. Seit einer Woche hat er nicht mehr angerufen.«

»Die sollen sich nicht zu lange Zeit lassen mit dem Urteil. Ich hoffe, er bekommt die Spritze.«

»Hofft Kieran auch.«

Harlan drehte den Kopf zu mir, um mich anzusehen. »Und dir? Wie geht es dir?«

»Ganz ehrlich, mir ging's nie besser.«

Es war die Wahrheit. Die letzten Monate hatte sich vieles geändert. Meine Ziele, mein ganzes Leben, alles war anders. Die Firma spielte keine Rolle mehr. Nie wieder würde ich mich in Normen pressen lassen, um anderen zu gefallen.

Harlan wandte den Blick wieder auf die Straße. Die Neonlichter der Bars rauschten an uns vorbei. Ich ließ ein Fenster herunter. Der Fahrtwind wehte in mein Gesicht und ich nahm einen tiefen Atemzug. Nervös zupfte ich die Fäden von meinen Shorts und kramte in der Tasche nach dem Brief, den ich seit Erhalt vor drei Monaten an die achtzigmal, gelesen hatte.

Das Papier war zerknittert, ich strich es glatt und lächelte, als ich Dads saubere Handschrift sah.

Farren,

Worte können nicht ausdrücken, wie leid es mir tut.

Nichts kann all das wiedergutmachen, was deine Mutter dir angetan hat oder schlimmer noch, was ich dir angetan habe. Ich hätte dich beschützen müssen, ich hätte es beenden müssen, aber ich war feige. Zu feige, um für mein Kind einzustehen, nur weil ich nicht wollte, dass es einen Skandal gibt und die Firma in schlechten Ruf gerät. Ich schäme mich, Farren. Ich schäme mich, dass ich all die Jahre meine Augen verschlossen habe. Dass ich nie für dich da war. Aber am meisten schäme ich mich dafür, dass ich dir nie gezeigt habe, wie stolz ich auf dich bin oder wie sehr ich dich liebe.

Als du geboren wurdest, gab es so viel Schmerz und Trauer, dass ich vergessen hatte, wie es ist, zu lachen. Als du drei Monate alt warst, habe ich dich in den Kinderwagen gelegt, um mit dir im Central Park spazieren zu gehen.

Die Bäume wurden wieder grün, die ersten Vögel kamen zurück. Du lagst da und hast alles beobachtet, hast gestaunt und gestrahlt. Ich habe dich auf den Arm genommen und dir den Teich mit den Enten gezeigt. Sie tauchten nach Futter und als sie die Köpfe wieder aus dem Wasser streckten, hast du jedes Mal so laut gelacht, dass ich selbst nicht anders konnte. Du wurdest zu meiner Rettung, zu meinem Sonnenschein.

Ich bin unendlich stolz, dass du zu so einem wunderbaren Menschen herangewachsen bist. Bitte gib mir die Chance, endlich der Vater für dich zu sein, der ich schon vor neunzehn Jahren hätte sein sollen. Ich liebe dich und hoffe, du gibst mir eine Chance. Es tut mir leid, dass ich mich nicht früher gemeldet habe. Ich wollte zuerst Ordnung in das Chaos mit Cynthia bringen, es war nicht leicht, sie aus dem Haus zu bekommen. Sie wohnt jetzt in New Jersey und soweit ich gehört habe, arbeitet sie in einem Supermarkt. Wenn du nicht zu ihrer Verhandlung kommen willst, verstehe ich es, aber ich wäre froh, dich zu sehen.

Ich hoffe, du meldest dich. Das Geld soll keine Bestechung sein, aber ich möchte dir den Start in Miami etwas leichter machen. Ich liebe dich. Das habe ich immer. Bis hoffentlich bald, Dad.

Harlan bremste abrupt. Ich sah auf, steckte den Brief zurück in die Tasche und kniff die Augen zusammen. Es war zu dunkel, um viel erkennen zu können. Weiße Häuser, Palmen, aber nichts, das mir bekannt vorkam.

Dad würde ich später anrufen, zuerst musste ich rausfinden, was die Jungs vorhatten.

Harlan stieg aus und öffnete mir die Wagentür. Ich unterdrückte ein Lächeln, es fehlte nur noch, dass er mir seine Hand reichte. Er beugte sich in den Wagen, nahm einen schwarzen Hoodie vom Beifahrersitz und gab ihn mir.

»Den wirst du brauchen.«

»Wofür?«

Anstatt zu antworten, zog er sein Handy aus der Jackentasche, tippte etwas auf dem Display und gab mir einen Kuss auf die Wange. »K meldet sich.«

Das Lächeln auf meinem Gesicht verblasste. »Er meldet sich? Spinnt ihr?«

Wie kamen die Idioten darauf, dass ich Lust hatte, hier rumzustehen und zu warten, bis Kieran anrief?

Er rutschte auf den Fahrersitz, ließ das Fenster herunter und startete den Motor. »Ich bin froh, dass du in Miami bleibst. Dir ist klar, dass du jetzt eine von uns bist, Kleine?«

Ich runzelte die Stirn, doch bevor ich etwas erwidern konnte, drückte er aufs Gas und raste davon. Da stand ich nun und fragte mich, was Kieran diesmal geplant hatte. »Eine von uns«, murmelte ich. Es klang merkwürdig und es aus Harlans Mund zu hören, machte es ebenso skurriler wie wahrer. Jetzt gehörte ich dazu.

Auf der gegenüberliegenden Straßenseite lag das Meer. Weißer Sandstrand zog sich meilenweit in beide Richtungen und Palmen säumten die kleine Straße mit ihren gepflegten weißen Häusern, in der ich stand und auf ein Zeichen von Kieran wartete.

Mein Handy vibrierte, ich zog es aus der Tasche.

Geradeaus und dann links. Palmetto Street. Setz die Kapuze auf.

Ungläubig starrte ich auf den kurzen Text, zog den Hoodie über, schob die Kapuze über den Kopf und folgte der Wegbeschreibung, bis ich die Palmetto Street erreichte.

»Baby, du siehst heiß aus«, begrüßte Kieran mich. Als er mich in seine Arme ziehen wollte, schob ich ihn weg.

»Und du bist ein Idiot.«

Er lachte. »Heute im Biestmodus? Du weißt, dass mich das nur schärfer macht.«

»Was gibt das hier?«

Er nahm meine Hand, legte seine Finger in meine und zog mich ein paar Meter die Straße entlang, bis wir vor einem weißen Haus mit großen Fenstern und einer Veranda standen.

»Du vertraust mir doch, oder?«

Theoretisch ja. »Da bin ich mir grad nicht mehr so sicher. Was machen wir hier?«

»Wir müssen was holen.«

Kieran setzte seine Kapuze auf und sprintete die Treppen der Veranda nach oben. Vor der Haustür zog er etwas aus der Jackentasche und nickte mir zu. »Komm her.«

Mein Herz verfiel in einen schnelleren Rhythmus, aber ich folgte ihm. Als ich neben ihm stand, sah ich mich nervös in alle Richtungen um. »Sag nicht, du willst hier einbrechen«, flüsterte ich.

Er zuckte mit den Schultern und begann mit einer Scheckkarte an der Tür herumzufummeln. »Einbrechen klingt so kriminell, nennen wir es einsteigen.«

Scheiße. Ich zerrte an seinem Arm, doch er ließ sich nicht beirren und zog die Karte wieder durch den Spalt am Rande der Tür. »Kieran, ich schwöre, ich …«

»Schon drin«, unterbrach er mich und zog mich ins Haus. Im Flur roch es nach Holz und Strand. Der Duft erinnerte mich an Kierans Zimmer bei Moore.

Eine beunruhigende Stille ging von dem Haus aus und mein verdammtes Herz machte einen Satz. Wenn sie uns schnappten, würde er seinen Vater schneller wiedersehen, als ihm lieb war.

Ich wischte die feuchten Hände an meinem Hoodie ab und sah Kieran fassungslos hinterher, als er die Treppe nach oben lief.

Du verdammter Idiot. »Entweder wir verschwinden sofort oder ich verlasse dich«, flüsterte ich, doch er war schon oben verschwunden.

»Verdammt.«

Meine Beine zitterten. Ich überlegte, hier stehen zu bleiben, um auf ihn zu warten, aber wenn sie uns erwischten, war es egal, ob ich im Erdgeschoss oder oben war. Einbruch war es trotzdem. Ich atmete durch und schlich die Stufen nach oben. Als ich auf die Vorletzte trat, knackte sie laut. Ich zuckte zusammen.

»Endlich«, sagte er, als ich um die Ecke bog. Lässig lehnte er gegen einer Tür. »Wenn du dich weiter so anstellst, kriegen sie uns noch dran.« Er beugte sich zu mir. »Wäre schlecht, der Typ, der hier wohnt, steht auf so kleine Mädchen wie dich.«

Kieran griff nach der Klinke und drückte sie nach unten. Etwas sprang gegen meine Beine, ich erschrak, taumelte zurück und streckte reflexartig die Hände aus, um mich am Türrahmen festzuhalten.

»Scheiße!«

Jetzt erkannte ich den Angreifer. Ein schwarzer Mops, der aufgeregt an mir hochsprang.

»Bleib ruhig, Baby.« Kieran lachte. Er fand das Ganze anscheinend lustig.

Mein Herz schlug nicht mehr schnell, es raste. Kieran schaltete das Licht ein.

»Bist du total wahnsinnig geworden?«

Er verdrehte die Augen. »Ich habe alles vorher abgecheckt, die sind unterwegs«, sagte er und betrat den Raum. Der Hund rannte aufgeregt zwischen Kieran und mir hin und her, er wedelte mit dem Schwanz. Der perfekte Wachhund.

Wie angewurzelt blieb ich stehen und starrte Kieran entsetzt an, wie er sich an einem der Bücherregale bediente, die eine komplette Wand einnahmen. Er zog Bücher heraus, betrachtete sie kurz und kam auf mich zu.

»Mach den Mund zu, Trouble, sonst komme ich vielleicht auf dumme Gedanken.«

»Du bist vollkommen durchgedreht, oder? Deshalb bringst du uns in den Knast?« Ich fühlte mich wie in einem dieser Fieberträume, in denen man halb wach, halb schlafend, krank im Bett lag und darauf hoffte, die Nacht würde enden.

Kieran lächelte, zog mich in das Zimmer und legt die Bücher in meine Hände. Harry Potter, Band eins bis sieben.

Ich schüttelte den Kopf. »Bitte, lass uns abhauen.«

»Bücher sind dir doch wichtig. Rechtfertigen die keinen Einstieg?«

»Was zum Teufel ist hier los?«

Kieran nahm die Bücher aus meinen Händen, legte sie ab und schob meine Kapuze zurück. »Willkommen zu Hause, Baby.«

Ich rührte mich nicht. Ich starrte ihn nur an, als wäre er verrückt geworden. »Wie bitte?«

»Gefällt es dir? Du magst den Strand so gerne.«

Ich verschränkte die Arme. »Du verschaukelst mich doch.«

»Hast du gedacht, du musst ewig im Hotel bleiben?«

»Das … ist mein Haus?«

»Unser Haus«, verbesserte er mich.

»Du willst mit mir zusammen wohnen?«

Er zog mich in seine Arme und strich mir eine Haarsträhne hinters Ohr. Sein Blick war sanft. Mit einer Hand hob er mein Kinn an und küsste mich. »Ich könnte mir nichts Besseres vorstellen.«

Ein Kribbeln breitete sich in meinem Magen aus, ich fiel ihm um den Hals. »Aber dein Apartment und die Arbeit.«

»Elisha übernimmt meine Wohnung.« Er lachte. »Der ist schon lange scharf drauf. Um die Firma kann ich mich auch von hier aus kümmern. Du kannst in Ruhe deinen Abschluss machen.«

»Du hast an alles gedacht, oder?«

Kieran ließ einen Finger über meine Wange gleiten und nickte grinsend.

Der Hund sprang an meinen Knien hoch und erinnerte mich daran, dass wir nicht alleine waren.

Ich deutete mit dem Kopf auf das kleine schwarze Energiebündel, das aufgeregt hechelte. »Und der? Gehört der auch uns?«

»Er kann Albus nicht ersetzen, aber ich dachte, es macht dich glücklich.«

Ich schluckte und umarmte ihn fester. »Danke«, flüsterte ich.

»Wie willst du ihn nennen?«

Ich überlegte und lächelte. »Dobby.«

»Komischer Name.«

»Die solltest du mal lesen, du ungläubiger Muggel«, sagte ich und machte eine Kopfbewegung zu den Büchern, die neben der Tür lagen.

»Du bist so ein Nerd.«

»Und du magst es.«

»Hast du echt geglaubt, ich mache Überstunden?«

»Ich dachte, du betrügst mich.« Schuldbewusst sah ich ihn an.

»Dich betrügen?« Er schüttelte den Kopf. »Du hast keine Ahnung, oder?«

»Wovon?«

»Ich liebe dich, Farren.«

Meine Kehle zog sich zusammen, als ich die Tränen in mir aufsteigen spürte. »Das hat noch nie jemand zu mir gesagt.«

»Dann gewöhn dich besser daran«, sagte er und nahm mein Gesicht in seine Hände. Die Tränen bahnten sich ihren Weg über meine Wangen. »Ich liebe dich auch«, flüsterte ich und zog den iPod aus meiner Hosentasche. »Ich habe noch was für dich. Leider nicht so was wie das hier, aber es bedeutet mir viel.«

Ich stellte die Musik an. Simple Plan's *This Song saved my life* klang durch den Raum und ich schluckte. Kein Lied hätte passender sein können, um meine Gefühle für ihn ausdrücken zu können.

Er legte den Kopf schief und runzelte die Stirn.

»Kein Metal?«

»Shhh.« Ich legte einen Finger auf seine Lippen. »Hör auf den Text.«

Kieran lehnte seine Stirn gegen meine und schloss die Augen. Dreieinhalb Minuten standen wir nur ruhig da und lauschten der Musik. Als das Lied zu Ende war, sah er mich ernst an. »Ich habe gesehen, wie verloren du warst. Ich habe dich immer gesehen, Farren.«

Seine Lippen fanden meine. Sanft schob er seine Zunge in meinen Mund, zog mich näher an sich und mein Herz schlug so schnell, dass mir schwindelig wurde. Ich stellte mich auf Zehenspitzen, klammerte mich wie ein Ertrinkender an ihn und vergrub das Gesicht an seinem Hals.

Ich hatte etwas Wertvolleres als die Firma oder den Respekt meiner Eltern bekommen.

Ich wurde geliebt.

Zum ersten Mal wusste ich, wer ich war, wohin ich gehörte und wer ich nie wieder sein wollte.

Ich war nicht länger unsichtbar.

Ich war Farren Andrews, das Mädchen, für das jetzt ein neues Leben begann.

ENDE

Wie geht es weiter?

Einige Testleser fanden Tyler Kinley, Kierans Freund, sehr interessant. Auch wenn er nicht gerade ein Sympathieträger ist, er bekommt seine eigene Geschichte. In Abandoned erfährt man von seiner und Blakes gemeinsamer Vergangenheit. Auch Farren, Kieran und die anderen werden wieder mit dabei sein. Warum ist Tyler, wie er ist? Was ist zwischen ihm und Blake vorgefallen? Die Antworten darauf gibt es in Abandoned.

Bisher erschienen:
Pretend, Unfolding 1
Abandoned, Unfolding 2
Crashed, Unfolding 3
Damaged, Unfolding 4

Nightfall, Confined 1
Band 2 erscheint im Herbst 2019

Summer Lessons, Einzelband

Für News, Textausschnitte oder einfach, um sich mit mir auszutauschen, würde ich mich freuen, euch auf meiner Autorenseite begrüßen zu dürfen.

https://de-de.facebook.com/AutorinPennyL.Chapman/

https://www.instagram.com/author_penny_l_chapman/

Ich freue mich sehr über eure Fragen, Feedback und eine Rezension.

Danksagung

Ich schätze, die Danksagung wird länger als die Geschichte. Sorry!

Pretend ist mein drittes Manuskript und auch, wenn Bücher schreiben im Allgemeinen nicht einfach ist, so fand ich Pretend am schwierigsten. Ohne die Hilfe und Unterstützung von ein paar Leuten wäre ich wahrscheinlich durchgedreht (auch wenn meine Freunde jetzt aufschreien werden, dass ich schon vorher nicht »normal« war).

Zuallererst möchte ich mich bei den Mädels meiner ›Gang‹ bedanken, die Pretend kritisch begutachtet haben, mir Mut gemacht haben, wenn die Zweifel zu groß wurden, und gesagt haben, wenn eine Szene nicht funktioniert hat.

Pia, du warst die Erste im Bunde. Danke für's Zuhören und Mitfiebern. Danke für deine Unterstützung und unsere Gespräche über all den Nerdkram, der unser Herz erfreut. Ich bin froh, dich kennengelernt zu haben, wir liegen auf einer Wellenlänge. Zelda Rules!

Julchen. Vor dir hatte ich am meisten Angst, weil ich wusste, wie kritisch du bist. Es war das Beste, das mir passiert ist! Danke, dass du mich auf Schwachstellen hingewiesen hast und ich dich mit tausend Fragen über deine Meinung zu den Charakteren und zur Geschichte nerven durfte, ohne dass du mich blockiert hast. Danke, dass du Ty liebst, obwohl er dir anzügliche

Mails geschickt hat, während ich versucht habe, ihn aus dem Haus zu bekommen. Ich fürchte, er wird's nicht lassen. (Und nein, es wird keine Koreaner-Stories geben.) In dir habe nicht nur eine grandiose Testleserin gefunden, ich habe eine Freundin gefunden.

Sarah, vielen Dank für deine ausführlichen Mails, wenn es ums Feedback ging. Du liebtest Farren und Kieran, hast mit ihnen gelitten und gelacht. Leute zu finden, die deine Leidenschaft teilen, ist etwas Wunderbares.

Ally, du Goldstück! Auch vor dir hatte ich anfangs ganz schön Schiss (falls ihr es noch nicht bemerkt habt, ich bin ein Angsthase), aber auch du warst wunderbar. Kritisch, aber konstruktiv und auch wenn es um private Dinge ging, haben wir uns super verstanden. (Vielen Dank, für das Grinsekätzchen.)

Irene, du warst klasse. Egal, was war, du hattest immer ein offenes Ohr für mich und meine Zweifel. Auch dir danke für deine Hilfe und Unterstützung. Übrigens, guter Musikgeschmack.;)

Anno, Liebes. Es war schön, dich dabeizuhaben. Cynthia hat bis heute Angst vor dir!

Jasmin und *Dani*, danke für euer Feedback, das flotte Lesen und eure Begeisterung für Farren und Kieran.

Kristina. Danke für dein konstruktives Feedback, dafür, das du die letzten Korrekturen vorgenommen hast und deine ganze Hilfe. Kollegen an seiner Seite zu haben ist etwas Wundervolles. Du hast immer zugehört, wenn ich dir wieder mal total verzweifelt geschrieben habe, weil etwas nicht funktioniert hat und hattest immer eine offenes Ohr. Ich bin froh, dass ich dir ein paar Tränen entlocken konnte, auch wenn Pretend nicht die typische Romanze ist. Du hast an mich geglaubt, wenn ich es selbst nicht tat. Deine Meinung zu meinen Manuskripten ist mir sehr wichtig.

Romy. Danke für die Hilfe in letzter Sekunde.

Michi. Was soll ich zu dir sagen, dass ich dir nicht schon in den vergangenen zweiundzwanzig (sind wir schon so alt?) Jahren gesagt habe? Danke, dass es dich gibt. Das, was uns verbindet, sehe ich nicht als selbstverständlich und auch wenn du einen Scheißdreck getan hast, was die Unterstützung während des Schreibens angeht, hoffe ich, dass du stolz auf mich bist und nun endlich ganz altmodisch zu lesen anfängst. I love you, my B.B. Ich werde immer die Taschenlampe halten.

Räuber. Schön, dass du dazugekommen bist und dich nicht nur in Michis Herz geschlichen hast. Ich hoffe, wir diskutieren hinterher ein paar Szenen.; D Hol die Nadel, Michi und ich gehen joggen.

Micha, mein Bester. Ich bin so unendlich froh, dass selbst die Entfernung unserer Freundschaft keinen Abbruch getan hat, und auch, wenn wir uns seit Ewigkeiten nicht mehr gesehen haben, bist du noch immer mein allerbester Freund. Ich bin dankbar, dass du mich unterstützt und an mich geglaubt hast. Du hast von Anfang an mitgefiebert, zugehört und schlechte Witze gemacht. Die hässliche … sechs liebt dich.

Dini. Du warst die Erste, die mir zugehört hat, als ich mit dem Schreiben anfing. Es tut mir leid, dass ich so viel darüber rede, dass du immer das erste Opfer bist, wenn eine neue Idee in meinem Kopf reift und das du dir jedes Kapitel von Abandoned anhören musst. Ohne dich würde ich wahrscheinlich noch immer englische Kurzgeschichten und Gedichte schreiben.

Zum Schluss danke an meine Tochter, die diesen Wahnsinn jeden Tag live ertragen hat. Danke, mein Schatz, für's Taschentücher reichen, wenn ich mit Farren geweint habe. Entschuldigung, wenn ich zu laut Metal gehört habe. Danke für's Zuhören, für alles.

An alle meine Bloggermädels. Besonders an Nicci, Becca, Michi und Sharon. Danke für eure Unterstützung. In euch habe ich nicht nur Menschen gefunden, die mich als Autorin unterstützen. Ich habe Menschen gefunden, die das Herz am rechten Fleck haben.

An jeden einzelnen Leser. Danke! Dass ihr mein Buch gelesen habt, bedeutet mir mehr, als ihr euch vorstellen könnt. Mein

Traum war es, meine Geschichten zu teilen, durch euch wird er wahr. Ich hoffe, ihr hattet Spaß. Wenn ihr fünf Minuten Zeit übrig habt, wäre eine Rezension etwas, dass mich sehr glücklich machen würde, denn eure Meinung interessiert mich. Wir sehen uns hoffentlich bald wieder.

Printed in Poland
by Amazon Fulfillment
Poland Sp. z o.o., Wrocław

76930716R00209